オーダーメイド殺人クラブ

辻村深月

集英社文庫

目次

オーダーメイド殺人クラブ

『これは、悲劇の記憶である。』

1

教室移動や休み時間にトイレに行くとき、私を誘っていた芹香《せりか》たちから声がかけられなくなって一週間が過ぎた。

まだ中二の四月なのに。もうすぐ、ゴールデンウィークだって来るのに。

こういうのはいつも、突然起こる。

昨日まで何もなかったように思うのに、あるとき話しかけたら、もう誰も私に相槌《あいづち》を打たなかった。給食を食べるとき、班ごとに机を向かい合わせてくっつける。班決めのとき、私たちは普段仲のいい男子と同じ班になれず、何を聞いても「え」「あ」「別に」のどれかで済ます、何を考えてるかわかんない青木たちと同じ班だった。向かい合わせた机は完全にくっつくことはなく、間に深い谷のような数センチの隙間が空いて、男子と女子は一列三人ずつ並びながら、互いが互いを見えないもののように扱い、それぞれだけで話す。

映画の話だった。

野球部の津島《つしま》と先週から付き合いだした芹香が、デートで映画を観《み》に行った。私の横で、芹香と倖《さち》が話してた。こんなストーリーで、あの俳優がかっこよかった、ラストがよくわかんない、等々。

ぎくしゃくした嫌な空気は、肌で感じてた。それでも私の勘違いかもしれないと一縷《いちる》の望みをかけて、無理して声を張り上げ、聞きたくもない質問をしてみた。

「その映画、何時間あるの？」

芹香と倖、両方が黙った。答えなかった。そのまま目線を給食に落とし、目配せし合って、会話を止《や》める。

社交辞令的質問は宙に浮いたまま放置され、私は空気を壊さないために、芹香たちには聞こえなかったのかもしれない、と思ったふりをする。目の前の、谷の向こうに座る男子たちが、私たちの険悪ムードに気づいた様子はなかった。一瞬の沈黙の後、芹香と倖が別の話を始める。私は今度こそもうはっきりと状況を悟ったので、給食を食べることに集中した。ドロドロに具が溶けたホワイトシチュー。まずい。しかももう冷めてるし。

給食が終わって昼休み、倖が近づいてきて「気にすることないよ」と早口に言った。芹香はトイレだろうか。教室を出て行ったみたいだ。

「芹香はあんな感じだけど、話しかけるのやめない方がいいよ。アンからやめちゃったら、そこでおしまいになっちゃうもん。芹香が許してくれるかわかんないけど、がんばって話しかけたアンは偉いよ」

私はどうとも答えられないまま、じっと倖の顔を見た。『今、無視みたいになっちゃっててごめんね。これは、詳しくは言えないけど、水深200メートルくらいの深い理由があるの』と、昨日、私に手紙をくれた倖。怒ったような顔で、「アン、これ」と渡してきたから、結構ハラハラしてたのに、そんな、私にも芹香にも両方に媚《こび》を売るような内容で幻滅したんだった。——それでいて、媚を売られてる自分がほっとしてることも、悔しかった。

水深二百メートルがどんなものかわかんない。水の中で足がつかないことがいかに不安定で落ち着かないかってことは想像できるけど、深さなんて、身長以上で足がつかないなら全部同じだ。社会の授業で、大陸棚と海溝の勉強をやったばっかりだから出てきた単語に違いない。

去年、私が芹香と一緒に倖を無視してたとき、倖はこんな気持ちだったんだろうか。だけど、あれはもう終わったことだ。今その只中《ただなか》にいない倖のことが羨《うらや》ましかった。どれぐらいの期間、倖は無視されてただろう。それと同じだけの時間が経《た》てば、芹香たちとの会話は戻ってくるのだろうか。

「部活、今日行く？」

「行く」

「そっか」

私は部活も芹香や倖と一緒のバスケ部だ。

部活が盛んなうちの学校にしては弱い部だけど、人数は多い。バスケの漫画に憧れて入った子もいるし、何しろ、うちの学校のバスケ部は試合のときのユニフォームがトリコロールカラーでかわいい、と評判だった。白に入った赤、青の二本の斜めライン。フランスの国旗の配色。

「部活も、大変かもしれないけど、塚田さんたちとは……」

「うん」

乱暴に頷《うなず》くと、倖も「うん」と頷き返した。

「あんまり、仲良くしてるとこ、芹香に見せない方がいいよ」

私は、顎先《あごさき》を少しだけ動かした。

私たちが揉《も》めてるところに首を突っ込んで話を大きくしたがる子は多い。芹香とあまり仲良くない、同じ部の塚田たちが先週から急に話しかけてくるようになった。

私、今、迫られてるのかもしれない。

戻るかわからない芹香を待つか、それとも見切りをつけて新しい場所に行くか。ため息が出そうだ。六月になれば県大会の予選が始まるから、そろそれに向けて練習が本格的になる。このまま選べないとどっちにも入れないからキツい。

　昼休みの教室で、男子が騒いでいる。

　特に声が大きいのは、いつも同じ男子たち。いつ洗ったのか、ひょっとするともともと洗うことすら考えられていないかもしれない教室の黒いカーテンに、一人がぐるぐるぐるぐる身体《からだ》を巻きつけて、それを別の一人が横から煽《あお》るように回してる。カーテンの中から、「やめろよー」と甲高い笑い声がした。何の悩みもなさそうな遊び。無駄な情熱。男子、気楽でいいな、と思う。

　ああいう男子たちのこと、昆虫系って分類して芹香と笑ってたことが、思い出みたいに遠い。何考えてるかわかんなくて、仲間内でしか盛り上がらない。一人一人には意志を感じないけど、クラスで一定数を占めてて、イケてないなりに集団で一つの意志を持っていそうでもあるから、「昆虫系」。名づけたのは、私。

「昆虫系」は、単なるイケてない地味な男子とも違ってて、もっと極端だ。キャラモノって感じ。今みたいに派手な奇声を上げたり、ものすごいチビだったり、あるいは逆にオッサンみたいに体格よかったりする。イケてないって点は一緒だけど、タイプがバラエティーに富んでる。

　うちのクラスの昆虫の長《おさ》は、田代。トトロみたいなもっさりした体型は、太ってるというよりバカでかいという印象。小山のような背中を丸め、目も鼻も顔のパーツが一つ一つやたらに大きく、鼻の下と顎まわりにうっすらとした産毛のような髭《ひげ》が生えてる。肉眼で近くから確認したとき、見ちゃいけないものを見てしまった気になった。本やテレビで見る、蛹《さなぎ》から羽化したての成虫みたいな、透明で白い髭。

「森の妖精の域だよね」って芹香が言ってから、私たちはヤツのことを陰で昆虫王って呼んでる。

クラスの昆虫系分類は、主に昆虫王・田代と同じグループに属してるかどうかで決まる。

昆虫王は、確かにバカにするような呼び方だけど、田代に関してはそういうこと言っても別にいいと思う。あいつ、自分の仲間の昆虫のことも、私たちのこともどっか見下したように見てるし、面と向かって私たちに何も言ってこられないくせに、昆虫たちには威張り散らしてる。この間すれ違ったとき、「まだ製作途中の来期のアニメを、コネで入手した」とか、「友達がイラストレーターだ」とか、嘘《うそ》か本当かわからない話をふいて、鼻の穴を膨《ふく》らませてた。話を聞くヤツの仲間たちは、そんなハッタリめいた自分たちの王の自慢話を、ただ「へえー」と頷いて聞いていた。

「あいつら、共通してみんなランニングシャツとブリーフ着用っぽい。小学生みたいなさ」

芹香と倖が笑ってたけど、私はそれには乗れなかった。二人とも、それぞれ男兄弟がいるから笑って話せるのかもしれないけど、私にはピンとこない。芹香の彼氏、津島はトランクスで、お兄ちゃんはボクサーパンツなんだって言われたときも、どう反応していいかわからなかった。

芹香がトイレから戻ってくる。

一人でトイレ行くなんて珍しいな、と思ってたら増田さんが一緒だった。ブラスバンド部で、サバサバしてて、わかってるって顔で誰ともつるんだりしない増田さんのことを、「増田さんって、いっつも一人でトイレ行くよね？」って芹香が物言いたげにみんなに言ってきたことがあって、それに「別にいいんじゃない」って倖が答えたのが、そういえば、去年、倖を無視したきっかけだった。

中立立場の増田さんまで巻きこんで、トイレで私に関する何かが話し合われたのかと思ったら、いたたまれなくて、おなかが痛くなる。

教室に戻ってきた芹香の姿を確認して、倖が私からぱっと離れた。小さく手のひらを合わせ「ごめんね」と口パクで言うけど、ターゲットが自分じゃないことに心底安堵《あんど》してるのが見え見えだ。

私は黙ったまま、倖を見送る。

カーテンに巻きついた男子が、窓辺から離れる。制服の背中に埃《ほこり》がべったりついていて、その白い色が無性に腹立たしかった。

家に帰ると、油と、バニラエッセンスの匂いがした。

ドーナツを揚げた後なのだろう。アンの家のママみたいなお母さんなら良かった、と、私はよく言われる。家庭的で美人。おしゃれ。友達が来ると、獲物を見つけた猛禽《もうきん》みたいな勢いでお菓子を部屋に持ってくる。手作りのクッキーとジュースを出してから、しばらくして部屋を覗《のぞ》きに来て、牛乳カンがあるけど、そろそろどう？　と尋ねる。

そんなに食べられるわけないじゃない！　とママにキレる私を、芹香たちが目を丸くして見ていた。そんなことで怒るなんて、ケンカするなんて贅沢《ぜいたく》だ、わがままだって言われた。

「おかえり」

エプロン姿でリビングから出てきたママの背後で、今日もテレビの音がしている。大袈裟《おおげさ》に抑揚をつけ、わざとらしくセリフを読み上げる声。私はうんざりして、靴を脱ぎながら「また観てるの？」と尋ねた。

――明日は常に新しい出発なのよ。

――失敗したときは、いつもこの言葉を思い出すわ。明日は失敗のない常に新しい日。

――そう、まだ失敗のない、ね。

ママが「うん」と頷く。

「もうすぐご飯にするけどどうする？　その前に軽く何か食べる？　ドーナツ揚げたの。シナモンシュガーまぶしてね。パパは、ほら、あの匂い嫌いだって言うから、ママとアンちゃんで食べないと困るよ」

リビングを覗くと、案の定、小さなテレビで『赤毛のアン』のＤＶＤが流れていた。主人公のアンが、自分の学校の先生と歩きながら話してるシーンだ。

このシーンと、物語の終盤、「私が男の子だったら畑の仕事を手伝えたのに」と言うアンにマシューが「女の子でよかった。お前は自慢の娘だ」と答えるところが、ママのお気に入りだ。

「いらない。部屋行く」

「そうなの？」

まだ何か言いたげなママを残して階段を上る。場面が移り変わって、次はアンが住むグリーン・ゲイブルスのシーン。ＤＶＤが磨耗《まもう》して擦り切れるんじゃないかと思うくらい、うちのママは『赤毛のアン』ばっかり観てる。

部屋に戻ってベッドの上に鞄《かばん》を投げ出し、そのまま仰向《あおむ》けに倒れこんだ。朝出るときにはぐしゃぐしゃだったベッドのシーツがきちんと伸ばされ、掛け布団もぴしっとメイキングされてる。いつも通りのママの仕業。

アンという名前で生を受けた私は、自分の名前をどうすることもできない。小林なんていう平凡な苗字《みようじ》に、純日本人なのに名前だけアン。小林アン。お笑い芸人みたいだってからかわれて、小学生の頃、本気で泣いてしまったことがある。

西洋風の出窓、手作りのダサいキルティングカレンダー、レース編みのテーブルクロス。かかっているDVDはカナダのプリンスエドワード島を舞台にした『赤毛のアン』なんていういかにもな家を作り出したママを持つ自分を、私はどうにもできない。

小学校の頃、私の読書感想文や感想画の宿題は、ほぼすべてがママの趣味で統一されていた。

川で乗っていた船が沈み、アンが橋の下の柱に摑《つか》まっているところを描いた読書感想画。そばかすの女の子を、ハンサムな男の子が助けに来る。ママがつけた絵の題名は『たすけて！　ギルバート』。こんなひねりの利いたタイトルがついた絵を描く子は他にいない、とママは満足していた。

普段はまったく声を荒らげない人なのに、アンの髪を、文字通り真っ赤なクレヨンで塗った瞬間「違うでしょ！」と大声を出された。何を見てたの、赤毛ってこんなものじゃないでしょ。ママ、アンをもっとセンスのいい子だと思ってた。

センス。

ママのセンスに何の疑いももたない人間だったら、私、もう少しいろんなものとうまくやれただろうか。

うちのママは、美人だ。

好みはあるかもしれないけど、美人だという事実を誰も否定できないような顔立ちをしている。体質なのか、細くてスタイルもいい。結構食べるけど、胃下垂だとかで太らない。テレビで女優を見ても、明らかにうちのママの方が綺麗《きれい》って思うこともあった。

女の価値は顔だと書いてある漫画を読んだことがあるけど、私はそれだけじゃどうしようもないんだってことを知ってる。確かに、そこそこいい人生を送れるかもしれない。だけど、世の中にはうちのママみたいなのもいる。生まれたときからこんな長野の田舎で一生暮らすことしか考えず、芸能人になれたかもしれないのに憧れを覚えることもなく、ここから離れることなんて露ほども考えなかった人。流れ、流されるようにして来るもの拒まずで人と付き合って、パパのプロポーズを「他には誰もしてくれなかったから」なんていう、ぼんやりした理由で受けたママ。美しいのに、肩透かしで愚かな、私の母親。

『赤毛のアン』がどれだけ好きか。自分の結婚式のときに、当時でさえ古くないとは言えないデザインのパフスリーブドレスを着て、「少女時代の夢が叶《かな》った」と満足気に写真を撮ったママ。写真は今でも玄関に飾られている。

小学六年生のとき、近所の映画館でリバイバル上映された『赤毛のアン』を観に行ったときのこと。ママは、始まって二分しないうちに席を立った。本編が始まってすぐ、横で「ええー」と嘆きの声を上げた。

「字幕スーパーなの？　これじゃあ、ダメだわ」

日本語の吹き替え以外の映画を観たことのないママは、その一回を試しに観てみることもなく、私を連れて映画館の人に文句を言いにいった。子供向けの映画のはずなのに、これじゃ、観られない。私はいいですけど、この子が……。

テレビでも、吹き替えがついていない映画をやっているとママは不機嫌だ。「何で、日曜日の朝から字幕スーパーなんかやってるの！」

頬を膨らませているママは、娘の私から見てもアイドルみたいにかわいく、それは実際文句をつけられている映画館のお兄さんにもそう見えたようだった。彼は「はあ、すいません」と頭を下げ、チケットの交換をしてくれた。ハローキティ演じる『シンデレラ』を観て、私たちは帰った。

「せっかく大好きな『赤毛のアン』だったのに、字幕スーパーしかやってなくて」

近所の人や友達に、そんなことを堂々と胸を張って話すママを、私は恥ずかしいと思っていた。英語がダメなのは私じゃない。ママだ。あれだけ繰り返し流しているDVDを、一度だって吹き替えなしで観たことがないのは、ママだ。

美人ってのは、中味が伴っているわけではないのだ。何にも特別じゃなく、薄っぺらい。うちのママはおしゃれでも、ましてセンスがいいわけでも絶対ない。美人だから、スタイルがいいからそう見えるだけの宝の持ち腐れ。スカートはカーテンや壁紙の柄みたいなダサいのがほとんどだし、ブラウスのレースだって、まるでテーブルクロスだ。値段も全部、数千円。近所のファミリー向けモールで買う。

うちはそういう家だ。不徹底で中途半端。

世の中には、「演じてる俳優の声をきちんと聞きたいから」って理由で字幕スーパーを観る人が多いこと、私も最近はそうだってこと。友達の何人かが『赤毛のアン』は、アンの夢見がちなとこがダメで読めない」って言ってることを、新しい常識を諭しきかすような気持ちで、ママに説明したことがある。彼女はよくわからないって顔をして、それから「その子、変わった子ね」の一言で片づけた。ただほわーっと笑って、自分の常識の外のことを寄せつけないまま、そのうちに私からそんなふうに言われたことも忘れてしまったようだった。

起き上がり、部屋の隅に置いた姿見を覗きこむ。

ママ譲りの大きな目。切り揃《そろ》えた前髪が、日本人形みたいにパッツンとしてる。何だか個性的でいいかもって自分で切っている。最初そうした日は、学校に行くのにも勇気がいった。芹香たちに指摘されたら、「失敗して」「朝、急いでて」とありったけの言い訳をするつもりでいた。

だけど意外というか、計算通りというか、私は彼女たちから「似合う！」と絶賛された。

「アン、すごい。モデルみたい」

以来、私の前髪は、ママに反対されてるけど、ずっとこれ。次の夏休みには、本格的にいじって、東洋モデルっぽくしてもいいかもって思ってる。ちょっと癖のある、ママ譲りの茶色い猫ッ毛を、まっすぐにストレートパーマかけて、青みがかった黒に染めるのだ。学校では、茶髪に染めた子が先生といたちごっこのように揉めに揉めてるけど、黒にする子なんて、きっと私だけだ。先生たちにだって、文句は言わせない。

鏡の中、ママに似てるけど似てない、彼女の原石のような私と見つめ合う。

あんなつまらない生き方はダメだ。私は、あんなことにはならない。しない。

鞄から携帯電話を取り出す。芹香たちとああなって以降、着信数が極端に減った。待ち受け画面下に流れる一行ニュースのテロップが、どこかの中学生が自殺したことを流していた。

そういうのを見ると、胸がぎゅっとなる。

特に珍しくもないことのように、私たちと同じ年の子が自殺したり、事件に巻きこまれたり、或《あ》いは殺人事件を起こしたりしてる。

そのたび、私はその子たちに遅れてるんじゃないかと、少し焦る。

芹香の機嫌を損なったとするなら、それは多分、私が言った、あの言葉のせいだ。

四月に入って、新学期が始まる直前の土曜日。

県民文化会館に、セブンス・クライシス（略してセブクラ）がツアーで来た。芹香に誘われて、私たちは普段仲のいい三人プラス、芹香のお母さんと一緒に観にいった。うちのママも「そんなテレビに出てるアイドルがすぐ近くに来るなんてすごい！」とはしゃぎながら送り出してくれた。だけど、ママの言葉を芹香に伝えると、「セブクラは、アイドルでもビジュアル系でもないんだから」とちょっと怒っていた。そんな呼び名を超越したスター性と音楽性というのがどういうものかについて、こんこんと説明された。

会場には、人気絶頂のセブクラを追いかけてきたらしい、明らかにうちの地元じゃない人もたくさんいた。セブクラそっくりにコスプレしてる女の人もいたし、物販の前に並びながら「福岡のときは～、大阪のときは～」と訳知り顔でツアーの解説をしてる人たちもいた。会話の中には、ファンだけにわかる専門用語が羅列され、親同伴の私たちじゃ太刀打ちできない匂いが充満していた。年は多分、二十代。ＯＬとか、自分でお金を稼いでる人たちだと思った。

「あの人たち、どうするんだろう」

そのとき私が言ったのは、深く考えていないからこその単なる感想だった。

「高校とか大学くらいまでならいいけど、二十歳《はたち》過ぎてまでセブクラに夢中なんてイタい」

芹香が驚いた顔して見てたらしいけど、気づかなかった。

芹香は、いろんな言い方で、私のこの言葉に傷つけられた、怒ったってことを周りの他の子に話したらしい。その反応は概《おおむ》ね「バカにされた」って感じだったそうだ。別に芹香のことを言ったわけではないのに。あの子の好きなセブクラそのものを悪く言ったわけでもないのに。

私と違って、芹香はむしろ逆で、自分が二十歳過ぎてもセブクラを追いかけ続けられるかどうかの方を不安に感じていた。小学校の頃、大好きなお父さんと、いつまで一緒にお風呂に入ってもいいのかってことで悩んでる子がいたけど（これも私には意味不明だったけど）、その子の感じてたのと同じ、いつかやめなきゃいけないっていう、考えたくない怯《おび》えのど真ん中を、私は突いてしまったらしかった。

私たちは今、中学二年。

中二病っていう、名誉なんだか不名誉なんだかわからない言葉の語源になってる中二。性の芽生えにより男子は何を見ても欲情するし、世の道理がわからない子供だからこそ怖いもの知らずな自由な発想をしてしまう、脳の柔らかい中二。その中二が考えそうな発想をする人たちのことを、大人であっても中二病って呼ぶ。だけど、私たちは正真正銘の中二だから、中二病の大人よりはまだ可能性だって持ってる。再来年の高校受験がとりあえず目先の課題だけど、そこから先もまだまだ長い。

二十歳より先の未来のことなんて、私は芹香が不安に思ったりするほどにもイメージできなかった。二十歳まで生きてることはないかもしれないと考える方が、ずっとしっくりくるし、気持ちが落ち着く気がした。


その日、夕ご飯の後で倖から電話があって、芹香が私のことを今何て言ってるか、教えてくれた。部活のときも、二人一組のパス練習やハーフコートでのチーム練習が私とにならないように、あの二人は離れた場所に座ってた。時々こっちをそっと見ながら、話してた。

『教えてもいいけど、どうする？　知っといた方がいい？』と聞く倖の声は心配そうだけど、それ以上に楽しそうで、私は迷ったけど「教えて」と答えた。

副担任の佐方《さかた》が私を贔屓《ひいき》してるというのが、芹香が最近、一番口にしてることらしい。

佐方。

顔を思い出すと、あまりの気持ち悪さに頭痛がした。

あの野郎。死ねばいいのに、マジで。

佐方は体育教師で、二十代で、デブだった。大声を出し、偉そうに常に命令口調で話す。そこが頭悪そうで、だけどプライドが高い。去年のスキー教室のとき、若い独身教師だからという気安さで男子の部屋に入りこみ、生徒と一緒になって、「学年の女子で誰が一番かわいいと思うか」という談義に興じ、そこで私の名前を口にした。

噂《うわさ》は瞬く間にぱーっと広がった。

男子からはからかわれたし、女子からは「かわいそー」と同情された。女子からの目線には明らかな反発も混ざってて、私はそれがいつか変な形で暴発してしまうんじゃないかと気が気じゃなかった。

教師だからってズルい。

噂になったことを知ってるだろうに、何事もなかったかのように話しかけ、授業中も私の方をチラチラ、意識するように見てくる佐方は、その容姿と横柄な態度から想像するだけでも、自分自身の中学時代は女子と付き合ったり、そういう華やかなヒエラルキー上部の楽しみとは無縁のタイプだったはずだ。だったら、今のこの扱いはフェアじゃない。大人だから、教師だからというだけで、私たちの世界で、持って生まれた階級の枠を越えようなんて卑怯《ひきょう》だ。あいつの実際の中二時代の、その個性のまま今同い年でここにいたなら、佐方なんて男子からさえ相手にされず、「好きな女子の教えあいっこ」からも、きっと弾《はじ》かれたに違いないのに。

賭けてもいいけど、あいつは絶対、昆虫系男子だったはずだ。

悲しくなった。芹香が、あのとき一番「佐方キモいよねー」って私を庇《かば》ってたのに。

『きっとそのうち、芹香もわかってくれるよ』

倖が言って、電話が切れる。しばらく経ってもう一度電話がかかってきて、すごく遠まわしな言い方で、「私が教えたって、芹香には絶対言わないで」という主旨の口止めをされた。二度目の電話は、それだけですぐ切れた。

うちの学校で一番若い男性教師が佐方なら、一番若い女性教師は音楽のサクちゃんだった。櫻田《さくらだ》美代。音楽専科の教師として去年、うちの学校に赴任してきた。

「実は、私はこの雪島南中学校出身で、三年間、ここに通いました。家もこの近くです。みんなから見て、随分年上の母校の先輩ってことにもなります。よろしくお願いします」

サクちゃんは、自転車で通っている。うちの中学校のすぐ近くは、千曲川の河原が広がってて、数年前に整備されたサイクリングロードを私たちは通学路にしていた。

私たちが河原を登校する横を、サクちゃんが、チリリリンッて爽やかにベルを鳴らして追い抜いていく。音楽教師だけあって、おなかから出したいい声で「おっはよー」と屈託なく生徒に声をかけていく。

実際に自分を教えた恩師が今もいるとかで、「徳川先生は私にとっても先生だったんだよ。すごく人気だったんだから」と男性教諭の名前を挙げ、それが強面《こわもて》の三年の学年主任だったせいで、みんな騒いだ。

本当？　先生。

当時の話、聞かせて。

櫻田美代が言う「徳川先生」の響きには、変な子供っぽさと、それでもそれを口にするのが大人の女だというエロさみたいなのがあった。女だ、と思った。

彼女は「かわいい」ということになっていた。女子の中には、学年問わず、手紙書いて自分の恋愛相談なんかをしてる子もいたし、男子は特にみんな懐いてて、派手な子がからかうことはおろか、昆虫系だって、サクちゃんにならら相手にしてもらえるということで、嬉《うれ》しそうに「先生、先生」とよく声をかけていた。

芹香たちの無視は、音楽の授業のときが一番こたえた。

サクちゃんの授業では必ず起こる女子のひそひそ話の声が背後でしてると、自分のことを話されてるんじゃないかと、気が気じゃなかった。合唱に便利なよう、男女に分かれて座った席は、女子が固まって無駄口が叩《たた》きやすいようになっている。

「はーい。みんな、静かにしよー。女子、こっち向いて」

誰も言う通りにせず、意味ありげな視線を交わしながら小声で「こっち向いてえ、だって」と口調を真似する。サクちゃんが困ったように顔を曇らせながら、それが聞こえたわけではないだろうけど、「いい加減にして」と続ける。

櫻田美代の悲劇は、教師になってしまったことだ。

彼女を見てると、私は、将来、絶対、どんなことがあっても学校の先生にだけはなるまいと思う。愛されることと、愛されないこと。そのバランスと反発ってものを思い知る。

みんなに好かれ、かわいいとされているサクちゃんは、一年経って、女子の評価がはっきりと下がっていた。手紙で相談してる子だって、手紙を出すのと並行して櫻田美代を悪く言う。こんなろくでもない、勘違いしたアドバイスをしてきたと、彼女の手紙を回し読みし、書き文字の癖や、ダサい色ペンを使ってたことなどを報告し合う。直接係《かか》わりのない私でさえ彼女のその手紙を見たことがある。

でも、みんなが徐々に気づいたらしいそういうことを、私は最初からわかってた。櫻田美代は、他の先生たちに比べたら確かに若い。色白で髪も長いけど、それだけだ。くるぶしまでのダサいスカート。安っぽい素材でできた、蛍光ピンクみたいな色の、テロテロしたシャツ。ファッションセンスはうちのママと似てなくもないし、買い物してる場所もひょっとしたら同じような店かもしれない。でも櫻田美代はママのような美人じゃないし、第一、ママの年ならともかく、若いのにそれでいいの？　と思う。

顔が沖縄出身のアイドルに似てるって褒めてる子がいたけど、私には、目と目の間が離れた薄い顔立ちはウーパールーパーみたいに見えるし、ピアノを鳴らしながら「あ、あ、あー」と低い音から高い音への発声練習のお手本を示すときの口の開け方と低い鼻の上の向きっぷりは、正直、ギャグの域だと思う。ブサイクだ。それに、若いと言いつつ、実際の年が三十三だってのもかなりイタい。それがわかったとき、去年の段階ではまだ三十二だったけど、女子の気持ちが決定的にサクちゃんから離れてしまった。あの人は、おばさん。

女子のシビアな目は、もう櫻田美代をそう見てるけど、男子は単純だからまだ催眠術にかかったままのように彼女に懐いてて、そのことがさらに女子を苛立《いらだ》たせている。もちろん、表立って彼女の授業を放棄したり、邪魔するわけじゃないけど、失笑と陰口は、日に日に程度を増しているし、サクちゃんという呼び名は、男子からそう声かけられていい気になってる彼女を揶揄《やゆ》する意味もかなりある。

もし櫻田美代が真に美人だったとしても、学校の中での先生の存在は、生徒にとったら芸能人みたいな娯楽の対象で、女子は若い先生をどれだけ好いても、一方で嫌う。どう振る舞っても悪く言われるのだから、回避する方法は一つしかない。最初から、教師になんかならないことだ。

「今日はシューベルトの『魔王』を聴く、音楽鑑賞の授業です。この曲はね、毎年どの子もみんな印象に残るみたいで、三年生の最後に、どの授業や曲が印象に残ってるかを聞くと、必ず上位にくる曲なの」

　魔王だって。

　笑える。

　何、それ。

　背後で声が交わされる。

『魔王』、私、知ってる。好きだ。

　ストレスだらけの、乙女チックなママの家で押しつぶされそうになりながら、私はよく聴いてる。

　ママは知らない。

　私の机の引き出しに、私の本当に好きなものが入っていること。鍵をかけて、しまってあること。それは、古新聞から切り抜いたニュースの切れ端で、ほとんどが人の死に関することだ。同じ年の子の自殺や、殺人。中には、男子生徒が担任の女教師を授業中に切りつけた、なんてのもあった。先々月あった、滋賀県の事件だ。

　事件だけじゃなくて、たとえば、雪山の遭難事故や飛行機の墜落事故の記事もある。集団の中で、生き残った人とそうでない人。横の誰かが死にながら、自分が生きることを考えるときの気持ちがどういうものか。想像すると、身震いするように、足首から上に向けて、鳥肌がぞわっと立つ。

実際に身の回りに起こることなんて考えられないけど、そういうのがあると、吸い寄せられるように見入ってしまう。惹《ひ》かれてる、ってことなのかもしれない。

本物の死体を撮影した写真を集めた写真集や、傷や包帯をモチーフにしたスケッチの作品集を専門に出してる出版社があるらしいってネットで見つけて、近所の本屋に探しに行ったこともある。このあたりでは見つからなかった。うちから中学校を挟んで反対側にある、町で一番大きい本屋でも、その出版社のものは一冊しかなかった。

『臨床少女』

人形の写真集。怪我《けが》をした女の子の人形の写真ばかりが、最初から最後まで何枚も並ぶ。小さな薄い本なのに七千円もして、さすがに買えないから、何度も何度も立ち読みしに行ってる。

中の一枚に、肩の付け根のところから切り取られた真っ白い腕が水槽に沈んでいる写真があった。それを水槽の向こう側のガラスから、片腕のない女の子の人形がじっと見つめている。私の一番のお気に入り。自分の腕が青い色の砂が敷かれた水槽の中で光を受けてるのを、すべてを受け入れるようにして、表情のない目で見てる。

こういうのが好きだってことを、私は誰にも話したことがない。

今だって、『魔王』を知ってること、歌詞になったゲーテの詩を聴いてどう思ったかを、誰にも話すつもりなんかない。それは多分、目立つことだから。櫻田美代のような、人の娯楽になる一歩手前のことだから。

「教科書の、じゃあ三十二ページを読んでくれる人」

サクちゃんが挙手を求める。ざわざわと揺れる私たちは、無視するように答えない。こういうとき、サクちゃんはまず、女子を指名しない。男子が自分を好きなことがわかっているから、安全策をとってそっちを指す。

「じゃ、徳川くん」

指名された途端、男子からどよめきが起こった。ただ教科書を読むだけだというのに
「ジュニアー、ひゅう」っと口笛まじりの声が上がる。

男子の席の一番前、青白い顔したひょろい男子が立ち上がる。

徳川勝利《しょうり》。

面倒くさそうに立ち上がる顔の、前髪が長い。私と徳川は、目が悪かった。春の健康診断で視力を測定するたび、眼鏡を作るように何度も言われていたけど、眼鏡をかけた途端に自分がダサい子たちの仲間入りをするような気がして、私は作っていなかったし、コンタクトレンズもなんだかなぁって感じだった。お金がかかるし、それに、普段生活する上で、そこまで不便ってわけでもなかった。

徳川も、何故《なぜ》かわからないけど眼鏡をかけなかった。持ってはいるみたいで、授業中、たまに机から出してかけるときがあるけど、基本的にはそのまま。

教室には、目が悪い子の席のようなものがなんとなく用意されていた。班ごとに座るときも、前に押し出される形で座るせいで、私と徳川は、班は違うけど隣同士だ。ぼそぼそとした声で、倒れそうに細い徳川が、教科書をほとんど顔にくっつけるようにして読み始める。一刻も早く終わらせてしまいたそうに、過剰に早口だ。

私の隣に座った倖に、後ろの席からメモが回ってきた。ちらりとだけ見ると『サクちゃんは、ショーグンJr.がお気に入り』と書いてあった。

見て見ぬふりして、私は静かに座っていた。

芹香たちの気紛《きまぐ》れな無視はいつまで続くのだろう。早く終わって欲しい。教室に帰れば、徳川が私の隣の席だって、彼女たちに気づかれてしまう。ここでは、何が新しいネタになるかわからないのだ。

徳川勝利は、サクちゃんの恩師で、三年の学年主任をしてる英語教師・徳川の息子だ。徳川だから「ショーグン」、その息子だから「ショーグンJr.」。教師の息子だからって勉強ができるわけでもなければ、強面で姿勢がまっすぐな父親と、容姿もまったく似ていなかった。ボサボサの髪、不格好な猫背。もやしっ子。極度に口数が少なく、何考えてるかわからない昆虫系。他の子たちのようにカーテンに巻きついたり、掃除用モップでチャンバラするわけじゃないけど、それらをそばでにやにやしながら見てる徳川は、昆虫というより植物だ。びっくりするくらい細いところも草っぽい。

『魔王』とシューベルトの説明が書かれたページを徳川が読み終え、サクちゃんが旧式プレーヤーにCDをかける。

私は徳川をちらっと見た。

普段、隣の席だから知ってる。徳川は、授業中、何でもないところでにやにや笑ってたり、舌打ちする回数が多い。小さな「チッ」って声がするたび、横に座ってるのが嫌になる。今は、舌打ちしただろうか。

『魔王』が、流れる。

歌声の間に、音楽室のそこかしこから忍び笑いが洩《も》れる。サクちゃんが「きちんと聴いてください」と怒りと悲しみを織りまぜたような顔をして、二回、手を打ち鳴らした。

父を呼び、魔王が来ることを訴える息子。

心を完全に違う場所に飛ばしてしまいたい。目を閉じ、音楽に没頭して妄想したい。私は音楽に浸ったり、酔ったり、そういうことができる。芹香たちはそれができない、どこまでも目の前の現実しかない子たちなんだってことが、去年の終わりくらいから、私はわかるようになっていた。

いろんなことを想像する。静かな森や、嵐、水槽、死体、人形、腕、死というもの。

中二病というものを、私は多分、正しく理解している。私は、中二病。

「サクちゃーん、来週何すんの？　オレ、また『魔王』聴きたい」

授業の終わりに、津島が手を挙げて言った。先週、告白してうまくいったばかりの芹香の今彼。野球部で坊主だけど、制服のシャツをだらっと着こなしてるところがいい、物怖《ものお》じしないで先生と対等な口を利くとこもかっこいいと、芹香以外からもモテてる。

「津島くん、きちんと聴いてなかったじゃない。先生、見てたんだからね」

サクちゃんが見えない手にくすぐられたように、首を竦《すく》めて笑う。

空気が凍りつく音が聞こえた。横の倖が、後ろを振り返る。巻き込まれたくないから、私は首を動かさず、ただ脳天気な櫻田美代とその背後の黒板を見てた。

芹香の舌打ちが、はっきりと聞こえた。徳川のと違って、聞こえよがしに大きな音だった。


一人で教室に戻る途中、職員室の前を通る。

うちのクラスの副担任、若くてデブの佐方が立っていた。嫌な予感がして、回れ右したくなる。だけど、私を見つけた佐方が「小林」と真顔で呼んで、近づいてくる。

逃げ出したかった。

これから、帰りのホームルームの前に掃除をするはずだった。「掃除はいいから」と、佐方が私を職員室横の会議室に連れて行く。

芹香はもう先に教室に戻っていたけど、別の生徒の何人かが私と佐方をちらっと見て通った。気持ちがざらつく。早く教室に戻ればよかった。

「最近、一人でいるけど、斉藤たちと何かあったのか」

まだ春で、今は真夏ではないはずなのに、佐方のぷっくりとした鼻の下が汗をかいていた。特に運動をしてきたわけでもないだろうに、首にかけたタオルで何度も首と額を拭う。にきび痕の目立つ頬《ほ》っぺたに散った赤み。同じ部屋の空気を吸いたくなくて、私はうっすらと息を止めていた。

佐方の分厚い唇の動きを目で追いかけながら、私は「中村先生は――」と尋ねる。私たちのクラスの担任は、五十過ぎのおばさん先生で、とにかく勉強ができる子を、容姿やクラス内での人気、人望ということにかかわらず、かわいがる教師だった。朝と帰りのホームルームの最後には話をしてしめるけど、他の細々としたことの多くは、副担任の佐方がやっていた。

佐方は去年まで、ただの学年つきの教師で、どこかのクラスを持つということがなかった。私たちのクラスが教師になって初めての自分のクラスだということで、張り切りすぎてるのが生徒の目にも明らかだ。

「だから、中村先生も気にしてる。なあ、小林。お前が外されてるのは、俺のせいか」

言われた瞬間、ぞっと鳥肌が立った。

教師だからとか、大人だからとか、そのどの理由でもなく、お前なんか違う。私の人生に、お前が入る余地なんか、一ミリだってない。

「違います」

全身に、見えない羽虫が張りついてくるように感じた。嫌な気分だった。太った背中、汗に濡《ぬ》れたシャツが丸い丘のような肉にくっついているのが、耐えられないほど不潔に思えて、すぐにも会議室を出て行きたかった。

「外されてなんか、いません」

「でも」

「大丈夫です。先生、やっぱり、私、掃除に行きます」

班ごとの掃除、芹香と倖から話しかけられることもなく「ちりとり貸して」の声すらかけられない時間は気まずいことこの上ないけど、ここよりマシだ。

会議室を出て階段を上る途中、二階の踊り場に、去年のコンクールで入選した絵が学年ごとに掲示されていた。佐方が会議室のドアの隙間からまだこっちを見ている気がして、肘を突き出すように小走りになっていたのが、絵の前まで来て、初めて足を止めることができた。

ハイソックスとスカートの間、むき出しの部分がちりちり痛む。顔を上げると、去年の入選作の一枚に、自然と視線が向いた。

部活で走っている自分、帰り道に自転車を走らせる友人たち、自分の手のひら。たくさんの絵が並び、それぞれにタイトルがついている。『シュート！』、『帰り道』、『僕の手に握るもの』。

県内入選止まりの絵の中で、一枚だけ金色の折り紙の花が掲げられた絵がある。

真っ黒い、色彩。

黒、藍色、毒々しいほどの赤、燃え立つような花が、血を流すような花弁を散らしている。獣の牙や、枯れ木、鳥。月と太陽が同じ場所に描かれ、デタラメに絵の具を流したような闇がその上を覆う。

絵のタイトルは『魔界の晩餐《ばんさん》』。

意味不明だ。他の絵とあまりに毛色が違うし、学校の踊り場に相応《ふさわ》しいものとも思えない。

これを描いたのは、ショーグンＪｒ．の徳川勝利だった。徳川は、美術部だ。うちの学校の男子では珍しい。

この絵が、全国規模の中央コンクールで金賞を受賞したと聞いたとき、私たちは多少なりとすごいと思ったけど、実物の絵を見て仰天した。なんでこんなものが紛れ込んでしまったのだろうと、言葉を失った。ゲームのパッケージか、アニメやラノベのイメージイラストのように抽象的で、プロの描いたファンタジー小説の表紙みたいに見えた。

実際、その影響も受けてはいたのだろう。

こういうのってありなの？　と度肝を抜かれたけど、入賞したこと自体に関しては疑問に思わなかった。クラスのオタク系の子たちが描いてるいかにも漫画っぽいイラストと比べて、徳川は技術が圧倒的だった。東京の審査員たちもきっと、中学生っぽくない、爽やかさがないと言いつつも、認めざるをえなかったんじゃないだろうか。

今日の『魔王』の音楽鑑賞と同様、徳川の絵はみんなに笑われ、女子からは怖いとかキモいとか言われていた。私も、芹香たちに合わせて、そう言った。

女子どころか男子とだってきちんと話せてるかどうかわかんない昆虫系植物担当の徳川が、こんな絵を描くことは確かに怖い。だけど、私はこの絵を気に入っていた。何が描いてあるかわからない、ピカソの芸術の域。痺《しび》れたのは、タイトルだった。『魔界の晩餐』。

魔界に惹かれたわけじゃないし、何それって思う。でも学校の課題にそんなタイトルつけるなんて、私には信じられなかった。

よく覗きに行ってる、本屋の奥。そこで開く、水槽に沈んだ人形の腕の写真を思い出した。

徳川の絵は、全然違うけど、それと似ていた。いいと思うことを隠さなきゃいけないってことも本当によく、似てる。

帰りのホームルームで、佐方が宿題について説明していた。

このところ、大量の宿題を出すことが、佐方の中でブームだ。中間試験までの間、猛特訓をする。中二になってからの初めての試験。クラスの平均点を上げるのだと息巻いて、テスト科目である五教科のプリントを何枚も刷り、私たちに持ち帰らせる。

「先生、自分の勉強ができません」

と、学級委員の笠原《かさはら》が言った。

「先生のプリント、やりたくありません」

眼鏡の奥の目がうんざりしていた。彼の言いたいことはよくわかった。

塾にも通わず、テスト前も勉強しない、本当に成績の悪い子たちは、佐方の宿題をそもそもやらないだろうし、やったところで無駄だろうし、かといって、できる子たちには「自分の勉強」があって、体育教師・佐方の出す難易度の低いワークブックをコピーしただけのプリントはピントがずれている。

笠原の意見に、クラスの半分ほどが頷く。だけど佐方は鼻先で笑った。「わけがわからない」と。

「だから、『自分の勉強』って何だよ。人のための勉強なんてものが世の中にあるか？全部、勉強は自分のためだろ。言い訳するな」

笠原が眉間に皺《しわ》を寄せる。後ろで椅子に座ってる担任の中村は、どうだっていいというようにすべてを佐方任せにしていた。

「やったことはすべて自分の身になるって先生は言いたいのかもしれないですけど、僕たちは自分に合った内容が何かってことをよく知ってます。信頼して、任せてもらえないでしょうか。先生のプリントじゃなく」

「だから、この宿題だって自分の勉強だろう。やって無駄にはならない」

だから、だから、だから。

佐方の口癖が、クラス中を苛立たせていく。

女子も男子も、げんなりしていた。宿題にも、いつまでも佐方が続けたがるこのホームルームの空気にも。自分たちの副担任が、四月のこの時点から増長していくのを許していいのか、という漠然とした反感もあった。

「先生、僕が言いたいのはそういうことじゃなくて」

「だーかーらー、わからないことを言うなよ。だからな、俺はお前たちのためを思って」

舐《な》めきった口調。大人の権威を笠に着る佐方は、どの場面でも一緒だった。

ざわめいた生徒たちが互いに顔をしかめ、舌を出し、首を振る。

そのときだった。横でふと、呟《つぶや》きのような声がした。

「――『だから』、の前を、言ってください」

顔を上げ、隣を見る。徳川だった。

私には、耳元で囁《ささや》かれたようにはっきりと聞こえた。だけど、ぼそっとした小さな声は他の誰にも聞こえていなかったようだった。

徳川は、猫背をさらに丸めて教壇の佐方を見てた。横顔にかかった長い髪のせいで表情がまったく見えない。

「小林」

騒がしく揉めていたはずの教室が、佐方が私の名前を呼んだ途端、勘弁して欲しいくらい静まりかえった。

私はぎくりと姿勢を正す。顔を前に戻すと、佐方が笑いながら私を見ていた。目が合って、そっちを向いてしまったことを後悔する。

「聞いてたか？　小林、お前、どう思う？」

何の復讐《ふくしゅう》をされているのだろう。

死んで欲しい。今、ここで個人的な意見を特定の一人に求めることが、お前にとって何の意味があるのか。私にとって、どれだけ危機的な意味を持つのか。少しは考えてみて欲しい。

立ち上がる。クラス中みんなが私を見てる。

目の奥が、痛い。一つ息を吸う。

「どう思うって、何をですか」

「だから」

聞こえた途端、言っていた。

「『だから』、の前を言ってください」

佐方が「え？」って顔で、私を見た。横の徳川は姿勢を変えなかった。私はそのまま、一気に告げた。

「さっきから、先生『だから』『だから』って言ってますよね。『だから』というからには、その前に何か言い分があると思うんです。だけど、さっきから先生は会話の始めが全部『だから』で、私たちには、その前の論理がわかりません」

「だから——」

言いかけて、佐方が口を噤《つぐ》んだ。

その途端、男子からも女子からもわっと歓声が上がった。

すっげ。

本当だ。先生、『だから』の前、言ってくださいよ。

「だから」

「また言った！」

笠原が楽しそうに声を上げ、拍手が続いた。

面白いほどだった。

自分で言ってしまったけど、私は目を瞬《しばたた》く。口癖は呪いをかけられたように滑稽《こっけい》なタイミングで佐方の口を突いて出る。佐方の顔が真っ赤になり、私を睨《にら》む。私は視線をそらし、黙って座った。

その日、ホームルームの収拾は担任の中村がつけた。「佐方先生、もういいから」と。宿題のプリントを、佐方はみんなに配るのを忘れた。全部終わって出て行くまで、分厚い瞼《まぶた》の下の目が私の方を見てるのを感じたけど無視した。

先生二人が出て行って、私はのろのろ立ち上がる。鞄を引っ掛けると、背中に汗をかいているのがわかった。

そのときになって、初めて徳川のことを思い出した。横を見ると、すでにいない。あいつの言葉をまんまパクった私に怒ってるんじゃないかと思ったのに、昆虫王・田代率いるいつもの仲間たちの方にもう歩いていってしまってて、中に同化してる。

「アン」

背後で声がした。振り返ると、倖と芹香が立っていた。毎日顔を合わせてたのに、正面から見る芹香の顔が本当にひさしぶりの懐かしいものに感じた。

「芹香」

「一緒に帰ろう。アン、今日かっこよかった。佐方、超いい気味」

それより先にもっと言うことがあるだろうとか、今度は私が倖を巻き込んで芹香を外すとか、いろいろ、いろいろいろできる。でも、数週間ぶりの芹香の微笑《ほほえ》みは本当に癪《しゃく》なことに、私をこの上なく安心させた。涙が出そうになった。今からまた、芹香の視線に耐えながら、針のむしろみたいな部活に行くのだと思ってたのに、今日からは、それがなくなる。

物も言えず、しばらくどんな顔をしていいかわからず立っていると、少し顔を曇らせた芹香が近づいて一言「ごめんね」と言った。

こういうのは、いつも突然起こって、そしていつも、突然おしまいになる。そういうものだ。わかってたけど、身体が芯から溶けるように温かくなる。

ゴールデンウィークに入った。

最初の二日間は部活が入ってて、芹香や倖と一緒に行った。県大会の予選前に問題が片づいて本当によかった。残りの休みで、芹香や、前のクラスの仲良しだった子たちと買い物と映画にも行った。重たい気分のまま休みに入ってたら、することなすこと全部が灰色に、つまらなく見えたに違いなかった。

あの日以来、佐方からの風当たりが強い。露骨に睨まれることもあるし、かと思うと前あんなにも話しかけられたことが嘘みたいに無視される。これまでが過剰だったわけだから、普通になっただけなのかもしれない。憂鬱《ゆううつ》は憂鬱だけど、耐えられる。芹香が戻ってきて、笠原たちからも一目置かれた私は、佐方のことなんか別に怖くなかった。奪われた友達がその分元通りになったと思えば、何でもない。

一度、徳川勝利と話さなきゃ、と思っていた。

今年初めて同じクラスになったけど、一回も口を利いたことがない。隣の席だとはいえ、どっちかが消しゴムやシャーペンを落としても、拾い合ったこともない関係だ。互いに攣《つ》るほど手を伸ばせば拾えたし、会話する必要なんかなかったのだ。

助けられた、というほど恩義を感じてるわけではなかったけど、パクった言葉でそのままクラスから英雄扱いされてるのは、何となく後ろめたい。

ゴールデンウィークの、休みの最終日。

本屋に行った帰りに、私は偶然、徳川を見かけた。

誰も買わないあの人形の写真集を置いた店からの帰り道だった。イヤフォンをあてた音楽プレーヤーの音をガンガンに鳴らしながら自転車をこぎ、学校の近くを横切る。陸橋を渡る途中、下の河原に徳川が立っているのが見えた。草むらにいつものようにぬぼっと立っていた。前髪のせいで、今回もまた顔がよく見えない。でも、あの立ち姿と、もさっとした髪は徳川だ。棒切れみたいに細いシルエット。

一人きりだった。

もともと、仲のいい友達とも何を話してるかよくわからないタイプだけど、今日はまた潔いくらい一人だ。集団で意志を持ってる昆虫系の定義に反する気がして、私は自転車を降り、ヤツの幽霊みたいな立ち姿を眺めた。

見ていると、予期していない速い動きが起こった。

草むらに向けて、徳川の折れそうな足が、くっきりと黒い線のように伸びて、すぐ縮んだ。何かを蹴ったのだと、少し遅れて、目からの情報を頭が理解する。

びっくりした。

徳川には似合わない動作だった。もう一度、普段の空っぽな顔つきからは想像つかないやり方で、徳川の足が何かを踏みつける。

横の車道を、車が通っていく。そのエンジン音と風を感じながら、私の目は徳川に釘《くぎ》づけだった。足の動きはだんだんと大きくなり、身体の輪郭線がぶれて、腕が振れる。

徳川が行ってしまうまで、私はそのまま見ていた。徳川は何度も何度も蹴りを突き出してから、やがて、ふいに興味をなくしたように近くに停めた自転車に跨《また》がり、学校の反対側に向けてこぎ出した。

休みの日で、学ランを脱いでいても、徳川の服装は真っ黒だった。背中が段々、小さくなっていく。サイクリングロードの先の道を上がり、角の道を曲がって消えた。

徳川がいなくなった後の、河原の、ヤツが立っていた草むらまで下りていく間、私の胸はドキドキしていた。自転車を倒し、芝生を滑るように下りる頃には、急いでいた気持ちが、徳川が戻ってくるんじゃないかという別のものに変わって、その可能性に今度は胸が圧迫されるように苦しくなった。

徳川勝利。

ショーグンJr.。

昆虫系。

何考えてるかわかんない横顔。

人が言葉をパクっても、動かないし、こっちを見ない。だから私もいいんじゃないかって思ってた。虫なんて、何しても言葉で言い返してこないし、怖くないから。

徳川のいた場所には、白いビニール袋が落ちていた。近所のスーパーのものだ。『野菜と肉のオサダ』。知ってる店名のロゴが書かれてるのが一部見える。袋は、何重かになっているように見えた。

草むらの中、ぽつんと、捨て置かれたように落ちている袋の表面は、擦り切れたようにところどころが切れていた。袋の下から、赤黒い、どろっとした液体が溢《あふ》れていた。掠《かす》れたような赤茶色が、袋の上の、縛られた口の部分についている。

液体は、まだ袋の下から周りに広がり続けている。小さな池を作るように。

自分が唾を呑《の》む音が、重たく、おなかに沈み込むように響いた。それでいて、唇と口の中が一気に水分を失って乾いていく。

急いで、わざわざやってきたというのに、それ以上は近づけなかった。だけど、目がもう、そらせなかった。

袋の下から、液体がさらに広がる。袋そのものに傷口があるかのように、じわじわと、草むらにその面積が広がり続ける。

魔界の晩餐。

徳川勝利の金賞の絵のタイトルを、何故だか思い出した。指先が痺れたように痛くなる。

2

連休明けの朝のニュースで、中学生の心中についてやっていた。

千葉県のとあるマンション横にある駐車場で、アスファルトの上に二人の女子が折り重なるようにして倒れていた。横のマンションの屋上から、一緒に飛び降りたものと見られている。

うちでは、朝ご飯はそれぞれみんな時間差で食べる。中学生になってから部活の朝練が入るようになって、これまで七時台にパパやママと食べていたのが、六時台に早まった。私のご飯の支度を万全にするために、ママは私よりさらに早く起きて、先に食べている。

トーストやサラダを運び、毎日違う種類の蜂蜜を食卓に用意するママは忙しそうで、テレビのニュースに無頓着だ。娘と同じ年のどこかの中学生の心中なんて、彼女にとったらまったく無関係な他人の出来事なのだろう。自分の娘とは違うと思ってる。

それが、ムカつく。

私だって、いつか急に飛ぶかもしれないのに。自分の娘は平凡だとばかり、ママはきっと思いこんでる。自分と同じ、ここを出て行かない平凡な女なんだって決めつけてる。

ニュースは続いていた。

屋上にも、死んだ彼女たちの自宅にも遺書の類《たぐい》はなし。いじめの事実も、悩んでいる様子も見られなかったと学校の教師たちは言っているらしい。現場となった駐車場に引かれた人型の白いチョークの、空っぽな輪郭線。――飛び降り自殺の死体は無残なんだって聞いたことがある。彼女たち、それを知っていたろうか。私はホラー漫画で、そういう死体の絵、何回も見た。そこにかけられるセリフも覚えてる。

――原形留《とど》めてなかったんでしょ?

――歯の一部が見つかったから、それでどうにか本人だって照合したらしいよ。

そんなふうに同級生たちから囁かれるところを想像すると、肩と首がゾクゾクした。そして、もったいない、と思う。

せっかく、自分の命を使ったのに。この世の中、日本だけだって大量にいる女子中学生の、その他大勢にカウントされてしまう私たちが、特別になれる機会なんてそうそう訪れない。

夢見たことなら何度もある。ある日急に教室に、誰か、私も尊敬できるような大人がやってきて、肩に手をおいて「君は特別だ」とはっきり告げてくれること。同じ教室でそれを見てた芹香や倖の呆気《あっけ》に取られる顔を夢想する。彼女たちからの羨みの視線を軽く無視して、私は、わかっていた、と頷く。みんなは私を見抜けなかったけど、私自身はずっと前から知っていた、と宣言する。

まだ自分が何もしていないことが、もどかしかった。

鬼才って呼ばれたりするような絵を描いたわけじゃないし、小説や詩が書けるわけじゃないし、勉強がすっごくできるわけじゃない。だけど、本当にわかってくれる大人は私の頭の中味を全部見透かして、私が人と違うことを見抜いてくれてもいいはずだ。これから、何かを（それが何かはまだわからないけど）成し遂げる私。人と違う、私。だけど、そんな大人が現れない以上、特別になるためには命でも投下するしかないのだ。それが空っぽな、まだ何も成していない私たちにできる今の時点の精一杯。

千葉県のマンションから飛び降りた彼女たちが特別だったとは思わない。むしろ、普通の子がすごくがんばった結果なのだろう。

だけど、もったいない。遺書も残さず、主張もなく、演出もせず死んでしまうなんて無駄死にだ。

「アン、今日は蜂蜜どれがいい？」

ママが聞く。

蜂蜜は、パンやヨーグルト用に、ママが今凝っているものだ。アカシアや、レンゲ、中にはモミの木なんてのもある。すごくおしゃれなことをしてるつもりらしいけど、購入場所は近所のスーパー。そこがたまたま品揃えがいい、というだけの話。

「どれでもいい」

蜂蜜を掬《すく》う木製のスティックを、飴色《あめいろ》の瓶を開け、中に沈める。どろっとした蜂蜜の感触が微《かす》かに硬い。何種類も使いかけにするせいで、半分固まりかけている。瓶の底にたまった白い部分を見て、またただ、とがっかりする。こういうの、気づきたくない。おしゃれな生活、贅沢な趣向の舞台裏に漂うツメの甘い生活感。ママは、いつでも柔らかな新品の蜂蜜を取り出す映画や童話の住人には、どれだけ憧れたところで結局なれない。

七時台のニュースが見たかった。六時台は、やっぱりちょっと手を抜いた、全力じゃない作りになってる気がする。七時台の、できれば民放の、ワイドショーに近いノリのニュースで彼女らのことがもっと見たかった。

だけど、七時になったら、うちはNHKを見ることに決まってる。パパの習慣なのだ。「ほら見ろ、こっちのアナウンサーたちの方が賢そうだ。アン、お前もこっちを目指せ」といつだったたか言われた。がさつで大雑把なパパは、ママとお似合い。

まだ起きてこないパパの椅子の前に、新聞が置かれている。うちで、新聞はパパのもの。ママはもともと読まないし、二人とも、自分の娘と新聞を結びつけて考えたりしない。――記事を切り抜くのは、明日になってからだ。古新聞の扱いになって、部屋の隅のストッカー（ママがミシンで作った、キルティング生地のやつ）に積まれてしまえば、そこからはもう、私のもの。

「ごちそうさま」

トーストを半分だけ食べて、立ち上がる。蜂蜜はほんのちょっと載せただけだった。

「あら、いつもより十分も早いの？」

「うん」

十分とか、厳密にしないで欲しい。決まった流れの小さな家の中で完結してる生活を思い知らされる。

遺書がなくても、あの中学生たちが心中した理由で、わかることがある。

多分、昨日でゴールデンウィークが終わってしまったからだ。

休みが楽しかったんだ。学校が嫌いなんだ。今日からまた金曜日まで教室に通うことを想像したら、耐えられなかったんだ。気持ち、よくわかる。

尤《もっと》もらしく、遺書にでも書けばよかったのに。今から報道されるであろう、学校の友達や担任教師の話なんてもので自分たちが語られてしまっていいのだろうか。私のことで、芹香や担任の中村、佐方が話せることなんて何一つない。考えただけでも、見当違いだ。

心中は、どっちから誘ったんだろう。二人、合意の上だったのか。それとも片方はそこまで乗り気じゃなかったのか。友達を道連れにしよう、身体を原形なくなるまでバラバラにしようと思い立ったんだったら、他の演出だって徹底的にやらなければ。

駐車場で倒れているのが発見されたということは、落ちてすぐの発見ではなかったということだ。飛び降りるところも、地面に叩きつけられる音も誰にも認識されないで、倒れたまま放置。そこも間が抜けている。一番いい瞬間、絵になるいい場面を選びたいと思わなかったのだろうか。どのくらいの間、アスファルトにへばりついたままにされていたのだろう。

アスファルトの上に私が想像する血は、今朝の蜂蜜ぐらいにどろっと固まっている。

連休明けの死にたい感覚。

学校を休めばいい、と大人は言うかもしれない。だけど不登校になるのは、それはそれで私が思うのとは別の道を行くことだ。腫れ物にさわるような特別扱いと、陰のひそひそ話。そんなものは結局、ややこしい問題をより自分に引きつけるだけ。第一、不登校になったら、途端に私、そこで満足してしまう気がする。堕落して、きっとそこから先の「もっと特別」を今みたいには考えなくなる。

十分早く、家を出る。

「行ってきます」

ゴムのきついソックスを履き、臙脂色《えんじいろ》のジャージを着て、家を出る。学校指定のやけにハンドルの重たい、他校から「南中《ナンチユウ》スペシャル」とバカにして呼ばれる自転車に跨ると、隣の浅田家のおばさんから「おはよう、アンちゃん」と声をかけられた。ちょうど、新聞を取りに出てきたところだったみたいだ。

「おはようございます」

うちの制服も、バスケ部のユニフォームも好きだけど、ジャージは嫌い。学校の登下校は制服で、というのが校則なのだけど、去年から、特例で、部活の朝練に出る場合だけはジャージで登校してもよくなった。みんなは楽になった、と喜んでいたけど、勘弁して欲しい。ズボンの裾が間抜けなほど機能的にすぼまり、学年ごと、水色、臙脂、緑と指定されたジャージはお世辞にもかっこいいとは言えない。うちの学年の臙脂色は、臙脂と言えば聞こえはいいけど、他の学年から「アズキ色じゃなくてよかった」と安堵されてる、一番ダサい色。

かといって、登校ジャージが許可された今、制服で行って向こうで着替えるのは、先輩たちや芹香たちから「変わり者」って見られる。

ジャージ姿を長く見られたくなくて、顔を下に向け、浅田さんの前を、自転車ですばやく過ぎる。河原に急ぐ。

昨日は、ただ立ち尽くしたまま、しばらく呆然《ぼうぜん》としていた。

徳川勝利が描いていた『魔界の晩餐』の絵や、私が書店で繰り返し立ち読みしてる人形の写真集の方がよほどすごいし、きっとグロテスク。

――でも、徳川が残した袋に、近づけなかった。

どれぐらい、そばでじっと見ていただろう。風が時折ビニールの表面をカサカサ揺らす以外、袋は動かず、物音もしない。

ジャージ姿の生徒が、部活帰りなのか中学校の方から出てくるのが見えた。臙脂色の中二生の姿はなかったけど、はっとして、あわてて、ようやくそこから離れた。立ち去りがたく、目はまだ袋を見ていたかったけど、逃げるように全速力で、家まで自転車をこいだ。

袋に触ること、結び目を解いて中味を確認することもできたのだということに気づいたのは、もうすっかり河原が見えなくなった後だった。

仕方なかったんだ、と言い聞かせる。

汚れた袋を触って、もし、あの赤黒い液体が手についたら。

近くに手を洗える水道もなかったし、ウェットティッシュだって持ってなかった。

だけど、真相は、ママの蜂蜜と一緒だ。

憧れて、集めて、実際に叶ったと満足していた夢が、現実の前で無力化する。底に白く沈殿した蜂蜜は、彼女にとって、想定外の生々しい現実だったはずだ。

あの写真集で、色彩の暗いページの中、水槽の透明な水に沈む人形の腕は、血を流していない。

私はこれまで、満足に血を見たことがなかった。大きな怪我をしたこともないし、小学校時代の擦り傷切り傷は、すぐに手当てして絆創膏《ばんそうこう》やガーゼで覆った。

昨日見た、袋。表面についた赤茶色の汚れ。染み出た液体。

十代の頃は、自分にはよくわからないもの、恐怖するものに無闇に惹かれてしまう傾向がある、とさっき、ニュースで誰かが言っていた。死はその象徴、最たるもの。十代の頃は死と近い。

自分が死と近い場所に、今、十四歳で立ってることにほっとするけど、この考え方が十代が終わると同時になくなってしまう扱いをされてることがしっくりこない。私はいつか、こういう考えと遠くなることもあるのだろうか。はしかや水疱瘡《みずぼうそう》みたいに、子供の頃は誰もがかかる病気の一種みたいに言われるのは癪だ。だって、芹香や倖たちは、私が思うこの感覚と無縁だ。明日のテストや、好きな男子についてだったらいつまでも気にするし、悩むだろうけど、死について考えてるとは思えない。死と無縁の十代を過ごす子が、世の中、大半だ。

徳川勝利は、どうなのだろうか。

少年犯罪のニュースが流れるとき、事件が起こった後で「前兆があった」と証言が寄せられるケースがある。今まで見てきた中で、いくつかあった例だ。

事件前、近所の猫が殺されていた、という証言。

鳥や犬のこともあるけど、首を絞められたり、蹴り殺されたり、毒の餌《えさ》を盛られたり、あるいは手足をバラバラにされて殺された動物が、周囲で発見されていた。

人を殺すまでの予行演習のような「前兆」が、専門家によって事後、分析される。心の闇とか何とかの名の下に。

子供を分析する大人のことは好きじゃないけど、昨日の袋を見て、私も分析し始めている。徳川の『魔界の晩餐』の絵に、私は、ひょっとして「前兆」を感じてたんじゃないか。

耳の後ろが汗をかくようにじわっと熱い。


河原に着いたとき、袋はまだ同じ位置に、昨日と同じようにあった。見つけてしまってから、心臓が痛むようにどくんと鼓動を跳ね上げた。

今朝は、いつもより十分早い。でも、それはあくまで十分だけ。

長く留まっている時間はなかった。通学路であるサイクリングロードからも、ここはすぐに見えてしまう。誰が通りかかるかわからない。

意を決して自転車を降り、袋に近づいていく。結び目の上の部分を、汚れを避けて引っ張るようにつまむ。力を入れていなかったら、思いのほか重たくて、うまく持ち上がらなかった。

一瞬だけ宙に浮いた袋の底が再び地面についたとき、袋ごしなのに、ぐんにゃりとした感触が伝わってきた。大量の柔らかい泥が、中で揺れ動いたように感じた。

リップクリームを馴染《なじ》ませるときのように口を閉じ、唇を内側で湿らす。咄嗟《とっさ》に離してしまいそうになった手を思いきって動かすと、中の何かが袋の底に張りつくようにまた揺れた。――肉屋の店頭で見る、唐揚げ用の肉を連想する。しかも、十個単位で並んでいるところ。悲鳴を上げそうになる。

急がなきゃ。

草むらの、さらに奥深く。簡単には人が見つけられない場所まで、袋を持って行く。隠し終えた後で、袋をつまんでいた自分の右手を見る。土がついたけど、汚れの部分はどうやら触らずに済んだ。

自転車に乗るとき、片手だけで乗った。意識してるようで嫌だったけど、早く手を洗いたいという気持ちに、逆らうことができなかった。

部活を終えて教室に行くと、目がまず、徳川勝利を探した。私の机の隣、鞄がもう置かれている。ヨレヨレの肩かけスポーツバッグ。ナイロン地に蛍光グリーンでラインとメーカー名の英語が入ったダサい鞄。表面が擦り切れ、ロゴの蛍光色も一部はがれている。

席に着いて後ろを振り返り、不自然じゃない程度に首をぐるっと動かし、教室を見回す。

いた。

徳川勝利は今日もクラスの後ろで他の昆虫系たちと一緒に、王である田代を囲んでいる。

――犯罪少年は、一人静かに孤立してるものじゃないんだろうか。

これまで漠然と見ていた新聞記事の中に出てくる少年Aは、幻惑的だった。独自の世界で生きてるんだって気がしていた。周囲に理解されず、一人きりであっても自分の価値観を強く守り、衝動を温める。そういうもんじゃないのか。

「連休中、知り合いのゲームデザイナーからモニターしてよって頼まれちゃってさ。仕方なく最新作のテストプレイしてて、それで休み終わっちゃったよ。さいあくー」

田代の声に聞き入る昆虫たち。甲高い声、「宇宙人」というあだ名の日比野が「ぎゃー、すっげえ」と声を上げる。

徳川勝利は、黙って、魂が抜けたような顔で頷いていた。バカにしてる様子もなく、感嘆まではしないけど、興味がないわけでもなさそうなところが、何故かカチンときた。あんた、田代なんかに従ってて不満ないわけ？

あんな昆虫系と同化してつるんでしまう。そんなのが、少年A的行動を取る。これまでニュースで見てきた「彼ら」も皆、こんなものだったのだろうか。

チャイムが鳴る。

「わー、席つけー」

わらわらと、蜘蛛《くも》の子を散らすように昆虫一団が解散し、各自の席に戻る。徳川がこっちに歩いてくる。見ていたらこのまま目が合ってしまいそうに思えて、あわてて顔を前に戻した。

肩に力が入る。

思い出したくないけど、去年、テニス部の河瀬と付き合ってたときのことを思い出していた。家に遊びに行ったとき、急に沈黙が走り、おもむろに彼が立ち上がった。話しかける言葉が急になくなり、何も話してはいけないような気まずい空気が流れ——。

何かをされるのだ、ということが一瞬で理解できた。

急に知らない人になってしまったような河瀬が、こっちを向くまでの、緊張したあの時間。

河瀬はあのとき彼氏だったし、仕方なかったとも言える。だけど、こんな昆虫系のショーグンＪｒ．に、同じように肩を強張らせなければならないなんて。

徳川が、横の席に座る。

連休前と何も変わらず、相変わらず、こっちを見る気配もない。

「アン、アン」

後ろから背中をつつかれ、振り返ると小さなメモを渡された。ルーズリーフの切れ端を、やけに凝った折り方にしてある。最近雑誌で、「女子中学生折り」っていうのが特集されてた。全国的に中学生の間で流行してる、独特な手紙の折り方。何種類もあり、今も新しいものが全国どこかの中学校で生み出されている。

私は熱心に覚えてないから、一度開いた手紙を元通りの形に折り直すことだってうまくできないけど、芹香たちは熱心だ。

渡されたメモは、まだ見たことがない、最新の中学生折りだった。ひまわりみたいな花の形。表面に蛍光ペンで「アンへ」と書いてある。横には、芹香手描きのハローキティの絵。

『部活、おつかれ。県大会終わるまではマジたいへんだよー。だけどこれ終わったらセンパイ引退で、うちらの天下！　がんばろー。

ところで今きづいたんだけど、ショーグンＪｒ．のカミがた、チョーウケる。見てみて』

チラリと顔を向けると、学ランの首にかかった徳川の後ろ髪が、尖《とが》るような角度ではねていた。後ろを振り返ると、芹香がにんまり笑って、こっちに口パクで「ね」と言った。

私も「ん」と頷き、おかしいねってふりをする。内心、いつ徳川がこっちに気づくか、それどころかひょっとしてもう、私たちがやってるこんなことも全部知った上で、心の中で舌打ちしてるんじゃないかって気が気じゃなかった。

だけど、徳川はこっちを見ない。教科書を開いて座ってるだけだ。

連休前に思ってたよりずっと、徳川に話しかけるのは、相当ハードル高そうだった。

私たちの雪島南中学は、町内の二つの小学校から生徒が集まっている。雪島第一小学校と、第二小学校。大きいのは一小の方で、二小は、そこの人数の四分の一程度しかいない。

一学年百五十人以上いた一小と比べ、二小の子たちは団結が強い、と言われている。少人数だからこそ結びつきが強いし、派手な子、地味な子の垣根を越えて、卒業生はだいたい中学に入学してからも、みんな仲がいい。

一小は、小学校のうちから五クラスくらいあって、入学から卒業まで一度も喋《しゃべ》ったことがない子同士もいるし、なんだか殺伐《さつばつ》とした印象。派手な子が露骨に地味な子をバカにしたりする文化は、一小から入ってきたものだ。

私の母校は、少人数の二小の方。

芹香や倖は、中学校に入ってからの一小出身の友達。それに徳川勝利も一小だ。小学校時代、彼らがどんなふうだったのかはっきり知らないけど、多分、ポジションは今と大差ないだろう。芹香は中心にいて、倖はその親友。徳川はきっと昔から昆虫で、芹香たちが属する生態系ピラミッドにさほど影響してなかった。そんなところ。

違う小学校だった私が、徳川勝利について知ってることは、だから少ない。

雪島南中学校、二年三組。

美術部。

昆虫系植物担当。

長い前髪。

今後、少年Aになる疑惑アリ。

——その日の放課後。私はえっちゃんに会いに行くことにした。花崎江都子《えつこ》は、うちの美術部で、私と同じ二小出身だ。

部活もクラスも違う、しかも地味系文化部の子と仲良くするなんて、普通だったら芹香たちから「え?」って目で見られるポイントになってしまうのだけど、二小の繋《つな》がりは別。それなら仕方ない。あんたたち、みんな仲いいもんね、って許される。

もともと、私たち二小は、派閥とかヒエラルキーとはあんまり関係なかった。二クラスしかない四十人ちょっとの小さな集団だったし、牧歌的で、人の好き嫌いは多少あっても全員が名前で呼び合うくらいに仲が良かった。

地味とか派手で分けられてしまう一小のルールに、私たちはみんな巻きこまれてるだけなのだ。えっちゃんみたいな、地味に分類される子のことを、二小の男子はかっこつけて、入学してから段々と名前から苗字で呼ぶようになったけど、そういうのは、あまりにわかりやすくて逆にかっこ悪い。

「えっちゃん。一緒に帰ろう」

美術室を覗くと、えっちゃんは黒板の前でスケッチブックを開いて何か描いていた。私が入ってきたのを見て、えっちゃんの向かいに座ってた子が途端に口を噤んだ。私の知らない、元一小の子だ。

えっちゃんがコンテを持った手を止めて、私を見た。

徳川勝利はいなかった。部活を休んだのか、それとも美術部は毎日参加しなくてもいい決まりなのか。運動部と違って、うちの中学の文化部は相当ゆるい。

「アン」

えっちゃんが立ち上がり、近づいてくる。のそっとした彼女は、アニメや漫画が好きで、その上、それらの話を相手に一方的に捲《まく》し立てるのが好きな子だった。私も、一度も見たことないけど、えっちゃんのせいで知ってるアニメがたくさんある。キャラクターの名前や作者名、声優の名前だって覚えた。

小学校時代、みんなが「えっちゃん」と親しみをこめて呼んでいた彼女に、今、一小出身の子たちから「おかあさん」というあだ名が追加されてるって、つい最近聞いた。理由は多分、太ってるから。うちのママみたいなのもいるけど、一般的な日本のお母さんの体型から連想されたあだ名だ。

今思うと、二小は本当に平和な場所だった。えっちゃんは、自分の興味のあることしか話さない、ちょっと困った子だよねっていう程度の扱いで、女子からも男子からも嫌われるところまでいかなかったし、運動会で応援旗を作ったりするときには絵が得意だからって頼りにされてもいた。一小にいたら、今も、こんなふうに伸び伸びとしていられなかったかもしれない。

「部活、まだ終わらないの？」

「もうそんな時間？」

えっちゃんが黒板上の時計を見上げる。私は「うん」と頷いた。

美術部は、うちの部活と違って顧問の先生がつきっきりでそばにいるってわけじゃなさそうだ。三年生の先輩の姿もない。運動部が、夏の大会後、先輩の引退を心待ちにしてるのとは雰囲気がまるで違う。

えっちゃんがのんびり「じゃ、帰るかー」と伸びをする。スケッチブックを閉じ、一緒にいた子を指差して私に言った。

「帰るの、なっちも一緒でいい？」

「なっち？」

「この子。四組の……」

「あ、えっちゃん。私、今日、寄るとこあるからいいよ」

指差された「なっち」が、先回りするように首を振った。私とえっちゃんを、おどおどした目で交互に見る。

「先に帰って」

「そう？　じゃ、ごめんね」

えっちゃんはそれ以上深追いして誘うことはせず、美術室の隅に置いた自分の鞄を肩にかけてさっさと立ち上がった。「いくよ、アン」と私を呼ぶ。

「あの一小の子と、帰る方向一緒なの？」

「門までだけどね」

廊下に出てすぐ尋ねると、えっちゃんが答えた。

二小地区と一小地区は、中学を挟んで反対側。普通は帰り道が一緒になることなんてない。私も、芹香や倖とは仲がいいけど、一緒には帰ってない。

「なっち、アンが怖いんだよ」

えっちゃんがズバリと言った。ふうん、と私は頷いた。あの子、思いきって話しかけてくれればいいのにって思うけど、仕方ないんだろう。ほんと、あっちの小学校の空気は嫌。

「どんなとこが？　私、おとなしくしてるつもりなんだけど」

「バスケ部ってきっつい女子多いじゃん。それと話せるってだけで、もうおとなしくないよ。彼氏いたりするしさ。自覚した方がいいよ。アンは派手組」

「彼氏、いないよ」

今は。

と、つけ加えようとしたけど、嫌らしい気がして黙った。

「で、ボクになんか用事？　珍しいじゃん」

「用事っていうかさ」

えっちゃんのこの「ボク」言葉がイタいって言われ始めてるのも、「おかあさん」のあだ名と同じく、噂で聞いた。

えっちゃんは、しばらく話さないでいた間に、身体がさらに大きくなっていた。太ったのと、背が伸びたのと、多分両方だ。一年のときから背負ってるナイロン製のリュックが、背中で一回り小さくなったように見える。長い三つ編みが横で揺れる頰も前より厚い。ついでに、リュックについた、目のやたら大きなアニメキャラのマスコットキーホルダーの数も増えていた。

小学校の頃は、ゲーセンでUFOキャッチャーに付き合い、えっちゃんが取るところを何人かで見守った。キャラクターの名前、その頃には半分くらいわかったけど、今並ぶ新しいものの名前は、もう全然わからない。

「徳川勝利って、どんなヤツ?」と尋ねることができたのは、校門を出て、二小地区に入ってからだった。

「徳川?」

えっちゃんが尋ねる声に、頷く。

「うん。ショーグンJr.」

「知ってるって。というか、キミたち同じクラスじゃなかった?」

「席も隣だよ」

「興味あんの? 意外」

「変な意味で聞いてるんじゃないの」

誤解されたら困る。あんな、昆虫系。

「ただ、階段の踊り場のところに美術部で入賞した絵が飾ってあるでしょ? なんだっけ、『魔界の晩餐』とかいう……」

「あー、あの天空紀伝プラス、鬼姫夜叉をジノサーガの世界観で割った絵ね。でもあれ、モチーフに使ってるキャラがまんまアリエスだから、ちょっと引く」

えっちゃんの口から急に知らない単語が次々出てきて目を瞬く。だけどそれらの全部がアニメに関することなのだろうとすぐ察しがついた。

「そうなの？」

「確かにうまいんだけど、審査員もっと勉強して欲しいよ。元ネタについて何にも知らないんだな、教養ないんだなって呆《あき》れちゃった」

「教養？」

「だって、アリエスはきちんとギリシャ神話をモチーフにして、小物や衣装そのまんまなんだよ。あー、アンにも今度見せてあげたい。彼ね、ヘタレなの。現代にお笑い芸人として現れて素《す》であぁだったら、きっと十年に一人の逸材ばりの才能発揮してたと思う」

話し出すと止まらないえっちゃんは、無理に止めてはいけない。聞こえなかったように流して、「アリエスはいいからさ。徳川勝利はどんなヤツ？」と再度尋ねる。

えっちゃんがむっとしたように口を尖らせた。

「アン。げんなりしてるでしょ。顔が聞きたくないって言ってるけど、聞いてよ。最近蓄積したアニメ知識、美術部の子以外に話せないんだもん」

「後で聞く」

不満気なえっちゃんが眉根を寄せる。しばらく黙って自転車を互いに並行して一こぎ二こぎ、走らせる。それから彼女が驚くべきことを言った。

「――徳川のこと、誰か好きって言ってる子でもいるの？」

「はあ!?」

思わず大声が出た。今度は私の反応の方に驚いたように、えっちゃんが肩を引く。

「違うの？」と顔を覗きこんできた。

「じゃ、そういう子が、アンのクラスにいるわけじゃないんだ」

「いるわけないよ」

昆虫系は、哺乳類の生態系から弾かれてる。好きや嫌い、彼氏や付き合うっていう概念自体がヤツらの上に降りてくることはないと思ってた。冗談でも言ってるのかと笑おうとしたところで、えっちゃんが「ならいいけどさ」と唇をすぼめた。

「――徳川のことといいって言ってる子、美術部にいるんだよ」

ほとんど反射的に、私と帰ることを拒否した「なっち」が頭に浮かんだ。だけど、ついさっき会ったばかりなのに、うまく顔が思い出せない。こんもりとした、こういう耳の犬いるよなっていう、セミロングの髪だった気がする。

「意外」

「そう？　美術部は他に男子いないしさ、先輩たちからもかわいがられてるよ、徳川」

「えっちゃんは？」

えっちゃんが面食いだってことを、私は知っていた。アニメの、生活感のない男の子たちで目が肥えてるからだ。小学校の頃から、クラスの男子を見下すように見てた。媚を売る女子の対極に位置し、男子とケンカして、凶暴だ、怖え、って恐れられてた。

だけど、そのえっちゃんがすぐには答えず、「え？」とわざとらしい一呼吸を置いた。

その瞬間、私はそれこそ、さっきよりさらに驚いた。えっちゃんが動揺してる。

「――別に、ボクはどうとも思わないけど」

「いいって言ってる子たちは、どんなところがいいって言ってるの？」

芹香の彼氏、野球部の津島や、私の前彼の河瀬や。そういう男子なら、わかる。

だけど、えっちゃんたちの中で、徳川は人気高いのか。私は本当にびっくりしていた。

派手な子たちが、同じく目立つ男子と付き合うのは珍しくないけど、地味な子たちの中にも、好きとか、付き合うっていうカルチャーが存在してるなんて知らなかった。

えっちゃんが答えた。

「なんか、雰囲気あるじゃん。徳川、大人しいけど、物怖じしないっていうか」

「部活だと喋るの？　あいつ」

「あれ、クラスだと喋らないの？」

声に出してないけど、隣の席なのに？　と聞かれた気がした。むっとして、それ以上聞くのをやめた。

徳川の話題から、話は再びアニメに戻った。

えっちゃんの話し方は、昔から変わらない。「ほんっと、あのキャラ、バカなんだけど」と、好きなものと妙に距離を取った目線で話す。芹香のセブクラと、そこが違う。心酔して大好きっていうんじゃなくて、心を完全にそこに預けていないって、好きな相手を見下すように、かっこつける。

「ボク、初恋まだだからわかんない。現実の恋愛、好きじゃないんだ。苦手」

えっちゃんの家の前で別れるとき、聞いてもないのに言われた。「アンが羨ましい」と。

「ボクもみんなみたく、何にも考えず、恋愛に夢中になれるような子だったらいいんだろうけど」

「うーん。最近、夢中になってもないけど」

言っちゃいけないことは黙ってる。

えっちゃんは大事な二小の友達。ムカつくし、カチンとくることも多いけど、基本的には好きで、嫌いになりたくない。この子のサバサバした物言い、私は気に入ってる。

えっちゃんが苦手とか、好きじゃないと濁してるのは、恋愛じゃなくて、多分、それを含めた自分の現実全般だ。

「アン、今もゴス系好きなの？」

唐突に聞かれた。

「中学入って、お金たまったら服買うって言ってたじゃん」

小学校の頃、えっちゃんの横からアニメ雑誌を覗きこんで、この子の服がいい、こっちもいい、と一つ一つ指差していた頃の記憶が蘇る。アンの趣味はゴスだね、と言われたことも。——現実にはおよそ着られない、非現実の服。裾の広がったレースのドレス、金細工のブレス、髑髏《どくろ》モチーフの指輪。えっちゃんは、どうやらからかいや意地悪で言っているわけではないようだった。

「……部活忙しくってさ。お小遣いも、そんなに値上げしてもらえなかったし」

「ま、仕方ないよね。中学になってから、ほんっと忙しくなった」

文化部はそうでもないと思うけど。

思ったけど、話題を長引かせたくなかった。黙っていたら、えっちゃんが言った。

「バイバイ、アン。また一緒に帰ろうね」

「うん」

手を振り、自分の家に向かうふりをしながら、心は、河原に戻る決意をしていた。この先の角を曲がって、えっちゃんの姿が見えなくなったら、方向転換して、学校の方に戻ろう。

もやもやして、すっきりしない。

聞きたかった徳川勝利の話は、あんなピントのずれた恋愛話じゃない。

河原に戻って、朝、袋を隠した場所を探す。

夕闇が迫り、辺りは薄暗くなり始めていた。

袋は、どこにもなかった。誰かが持っていったのかもしれないし、暗いから、場所を間違えてるのかもしれない。誰かが食べたらしいコンビニ弁当の残骸や割り箸、つぶれたペットボトルのような他のゴミは散乱してるのに、『野菜と肉のオサダ』の、あの袋だけない。

徳川が、取りに戻ってきたんだろうか。

草むらを掻《か》き分け、探す。範囲を広げ、場所を移して。

人が近づいてくる気配に、私はまったく気がつかなかった。背後で、その声がするまで。

「小林」

周囲の音が、一瞬で消え失せたように感じた。息を呑む。振り返るまでは一瞬だったはずだ。こんなにすばやく首を動かしたこと、ない。

沈みかけた夕日をバックに、ひょろっとした影が立っていた。斜めになった土手の途中に立っているせいで、私は見下ろされる格好だ。

徳川勝利だった。

「徳、川……」

名前を呼ばれるのも、面と向かって呼び返すのも、初めてだった。

今、私、「小林」って呼ばれた。

呼び捨てで。こいつが私を、認識してるとは思わなかった。

仲のいい男子たちと同じように、私を小林って呼んだ。

徳川勝利の、薄闇の中でかろうじて見える顔にはどんな表情も浮かんでいなかった。私と同じように、呆気に取られているのかもしれない。

「私――」

芝生の土手を徳川のスニーカーがずっと滑り、ゆっくりとこっちに近づいてくる。唇を噛《か》んで、身構えた。身体が固まって、うまく動けない。朝、私が袋を動かしたこと、気づいたのだろうか。

距離をつめた徳川は、私と同じくらいの背丈だった。長い前髪の間から覗いた目がぎょろっと私を見つめる。足が自然と、一歩後ずさる。

しらばっくれなきゃ。言い訳を考えなきゃ——。

混乱していた私の口から、何故そのとき「あれ、何なの」という言葉が出てしまったのか。

どうかしてたとしか思えない。係わり合いになりたくないと思っていたはずなのに、聞いてしまった。

「あの袋、——中味、何なの？」

切り札の、戻れない一線を越える言葉をぶつけたと思ったのに、徳川の顔は微塵《みじん》も焦らなかった。

初めて、本当の意味で、実感する。

植物は、怖いくらい、どこまでも植物。どんな言葉を受けても、変わらず佇《たたず》むことができる。徳川が首を、後ろにふっと引いた。

「あれ、ネズミ」

随分時間が経ったように思えてから、声が響いた。太陽を背に暗くなった真っ黒い顔は、どこから声が出てるかわからなかった。細い身体が滑稽なほど、ゆらゆらバランス悪く揺れている。

土手べりを、夕方になってライトを点《つ》けた車が横切る。その光が河原にこぼれ、徳川の顔が、初めてはっきり、私にも見えた。

　ヤツがもう一度言った。

「あれ、ネズミ。害獣」

　唇の右端がゆっくり歪《ゆが》むように上に吊《つ》り上がる。光が、その顔から遠ざかる。再び真っ黒に戻ったヤツの顔が、闇の中で私に尋ねた。

「——ネズミで、安心した？」

　両腕に、ざっと鳥肌が立った。

　ネズミ、と唇の間から、声が出た。

　具体的に想像できたわけじゃなく、ただ、徳川の言葉を復唱しただけだった。しばらくして、ようやく、本やテレビで見たことのある、あのネズミの姿を思い浮かべる。

　動かずにいる私たちの横を、車が数台また過ぎる。光に映し出される私たちの影が土手に反射し、そのまま車のヘッドライトに持ち去られるように消えていく。

　何台、見送っただろう。

　何かされるんじゃないか、と朝の教室で徳川に感じたような怖さは、不思議と消えていた。

「ネズミ、どうして……」

　スカートの下、膝の後ろを抜けていく風が冷たくなり始めている。徳川がふるりと首を振った。出てきた声は、抑揚もなければ、温度も感じさせない落ち着いたものだった。

「ネズミのこと、かわいいって思ってる？」

「え」

「ハムスターがかわいい、とか、ネズミ、イコール、ミッキーマウスって思ってる？　そういうキャラモノでしか、ネズミ、認識してない？」

ロボットみたいな声だった。答えずにいると、さらに言う。

「知らないと、ただかわいく思ってるヤツ、多いかもね。本物、見たことないんだろ？」

私は黙って目線を上げ、徳川を見た。ハムスターなら、友達が飼っているのを見せてもらったことがある。何匹もいるから貸してあげるって、小学校の頃、借りて、家に持って帰ったら、ママが「怖い！」と声を上げた。小さくてちょろちょろしてて、非力なこの子の何が怖いんだろうって、そのときはおかしかった。「怖いから絶対にカゴから出さないで」と悲鳴のような声で言われ、預かっている間、ママは私の部屋の前を嫌そうな顔をして通っていた。こんなにかわいいのに、と私はそのときもママをくだらなく思った。

私の方から見ても、徳川の顔は暗くてはっきり見えないけど、向こうからは私がはっきり見えているんじゃないか。優位を取られてるようで、逃げ出したくなる。答えないでいると、徳川が私からふっと視線をそらした。拍子抜けするほどあっけないタイミングだった。何の言葉もなく背を向けて、行ってしまおうとする。

「徳川」

小さな灰色の粒子を飛ばしたようなうす闇の中、徳川は振り返らなかった。聞こえなかったのか、無視されたのかどうかすらわからない。喉元にかっと熱い息の塊がこみ上げた。

「徳川！」

大声を上げると、徳川が足を止めた。数歩先で、めんどくさそうに振り返る。何も声を発さないけど、仕方なくそうしたんだってことがわかる。

どうして行ってしまえるのか。私にはわからなかった。意味深なことを単語みたいに喋っただけで、それ以上説明もしないし、口止めもしない。明日、こいつは学校にだって変わらず現れて、私の横に何もなかったように座るだろう。ひょっとして、今の会話以外に、この先一生、こいつと口を利くこともないのかもしれない。

だけど、そんな気持ち悪いこと、私は御免だった。私と徳川の隣同士の席を隔ててた壁は、透明だったけど、強固なガラスだったはずなのだ。それを一度破られ、再びラップみたいな軽さで覆われても、私は安心できない。崩れた壁と生態系の中で、素知らぬ顔して生きてくことなんてできなかった。昆虫系のくせに、他の男子みたいに私を「小林」って呼んだのだ。そんなの普通だったら許されない。

「ネズミってどういうこと？　あの袋、徳川がどこかに持ってったの？」

「袋、動かしたの、お前？」

ぐっと言葉につまる。

お前。

他の男子にだって、相当仲良くないと呼ばれない。

「……そうだよ」

「かわいそうだって思ってるなら、本物のネズミ見りゃわかるよ。あれ、ケモノだよ」

徳川の顔、唇の片方が吊り上がったのが見えた。真っ黒い影絵が、口の部分だけ赤くなるのを見るようだった。現実のはずなのに、よくできたアニメの演出みたいだ。

「ネズミ捕り仕掛けて、親子で捕まって、カゴの中で親子で生きてたんだけど、先に親ネズミが弱った。子供がちょろちょろちょろちょろ、親の周りを動いてるし、寂しそうにくっついて、顔を近づけてるから、かわいそうに思ったら」

それまで一息で話してた徳川が、大きく息を吸いこむ。そして笑った。

「カゴからだらーって血が流れて、下の床が真っ赤になってた。くっついてたんじゃなくて、食ってた。親を。弱ってたけど、まだ生きてたのに」

足が竦んだ。

「食べ物がなけりゃ、食うんだよ。とっとこハム太郎やミッキーは大嘘で、家族や友達なんて概念ないんだよ。ネズミはケモノ。伝染病運ぶからとか、人間にとって害獣だからとかっていう、それ以前の問題。知能はないし、肉ならなんでもいい」

　金属みたいな徳川の声を聞きながら、心が遠くに飛んで、ここに立ってる自分が、さっきまでえっちゃんとアニメの話をしながら帰ってた小林アンじゃないように思えた。徳川だってそうだ。昆虫系たちと同化してるあいつも、美術部での半端なモテ方も、今のこいつとは、全然遠い。

「血って、本当に赤いの」

　空気が洩れるような声が喉から出た。黙ることで、負けたくなかった。何か話さなければ、徳川に呑まれてしまいそうだった。

「赤い。出たばっかだと、絵の具の色と同じくらいに嘘みたいに赤い。量によるんじゃない。最終的に黒い」

　最終的、という言葉がリアルだった。

　ビニールについていた茶色っぽい汚れ。時間が経つと、色、変わるのか。数年前に借りてきたハムスターの身体は小さくて、血なんか本当に少ししか入っていないんじゃないかと思った。床が真っ赤になるくらい——と、想像したら、ゾクッとした。

　ゾッと、じゃない。ゾクッと。

「——袋のネズミは、家の、その、ネズミ捕りにかかってたヤツなの？」

尋ねると、徳川がにやっと笑った。

「『袋のネズミ』って慣用句あったよね」

「あ」

「それ知ってどうすんの。俺、もう帰っていい？」

徳川の顔から表情が消える。再び背を向けられてしまうと、もう呼び止めることができなかった。

『袋のネズミ』は、追いつめられてもう逃げられない、という意味の慣用句だ。意識して言ったわけじゃなかったけど、指摘されたことで、完全に調子を崩した。

あいつ、頭よくなかったはずだ。

父親が教師なのに、意外なくらい成績も普通で、父親の科目である英語だってできる方じゃない。相手に切り返す言葉が咄嗟に出てくるような男子じゃないと思ってた。

――ネズミで、安心した？

小さくなっていく徳川の後ろ姿を見つめながら、悔しいけど、その通りだと思った。あの袋の中味が猫や犬だったら、きっともっと受ける衝撃が大きかった。どうしてかわかんない。ケモノだから害獣だからっていうのと別の次元で、ネズミだと抵抗が少ないのは確かだ。

だけど、徳川はわかってない。

私は、猫や犬で、よかったのに。それでも全然、怯《ひる》まない。その辺りが、他の女子たちと違う。舐めないで欲しかった。

こっちを振り向かない徳川のふてぶてしさに苛立ちながら、ひょろいシルエットから目が離せない。思うより先に、身体が動いた。自転車の方に取って返し、大急ぎで跨る。徳川を追いかけた。

「待って！」

自転車で横に並ぶと、徳川がさすがに驚いたように私を見上げた。距離がさっきより近いせいで、まともに顔が見える。紛れもない、隣の席の昆虫系徳川の顔だった。真っ白い顔に、ざらついたにきび痕。前髪の間の目が小さいのがかっこ悪いし、低い鼻はテレビや漫画で見る宇宙人リトル・グレイみたいだ。

「ネズミ、見せてよ」

徳川が瞬きもせず、私を見つめ返し、足を止めた。私も自転車を降りて、斜め前からヤツを見つめ返す。

「見たことないから、見せて」

徳川はしばらく答えなかったが、やがて「いいよ」と言った。面白がるようにまたにやっと笑う。

「明日、ここに置いとく」

私の返事を待たず、また、こっちを無視するように歩いていく。

足元から、痺れる感じが這《は》い上がってきた。首と顔までその感覚が伝染して、熱くなる。

河原で袋を蹴り、激しく顔を歪めて、歯を食いしばってた徳川を想像する。実際には顔が確認できたわけじゃない。だけど、あの蹴り方は半端じゃなかった。それぐらい、感情がこもってた。憎しみなのか、八つ当たりなのか、鬱屈なのか、ストレスなのか。感情の名前はわかんない。だけど、普通じゃなかった。

それが猫であれ、ネズミであれ、徳川は、やったんだ。

家に帰ってから、引き出しを開けて、スクラップブックを取り出す。

夕食が終わり、今はパパがお風呂に入っている時間。今日の新聞はもう用済みになったはずだけど、千葉県の女子中学生の心中の記事は、朝に比べたら魅力を感じなくなっていた。

随分前に新聞に載ってた記事を、中から探す。あった、見つけた。

それは少年犯罪を扱ったものじゃなかったけど、ある幼女連続殺人事件の犯人について書かれた記事だった。犯行当時、犯人は三十三歳。彼もまた、小さい頃に近所の猫を殺していたと言われている。

記事には、ある心療内科医のコメントが載っていた。

『――昨今のマスコミの報道に、被告の過去の小学校、中学校の頃の文集を入手して、作文その他の記述を取り上げるものが目立つ。幼い頃からよく暴力を振るったとか、少年時代にトンボを殺した数が人より多いとか、そういったものを取り上げ、容易に事件と結びつけて語る風潮に警鐘を鳴らしたい』

これを見たとき、思ったのだ。

――少年時代にトンボを殺した数が人より多い。

それって、そんな普通のこと？

だって、トンボだ。秋になると、この辺りを飛び、部活の遠征でちょっと山の方の中学に行くとうるさいほど見かけるあれ。男子バスケ部の連中が、トンボの目の前で指をくるくる回して気絶させたとき、女子の何人かが触ってたけど、私、あれ、触れなかった。

翅《はね》が、今にも千切れそう。あんな細い身体の中に器官が通って、生きてるなんて不思議。

まだ保育園だった頃、パパが洗面所の窓にトンボを挟んだ。私、横で歯を磨いてた。勢いよくサッシを閉める音と、パパが上げた「あ」という声がほぼ同時に聞こえた。顔を向けたら、トンボがいた。大きくて、色は赤かったように思うけど、私のトラウマによる脚色かもしれない。

パパは、さほどあわてるふうもなく、仕方ないなあという顔で窓を開けた。窓に押されてペシャンコになったトンボの身体。苦しそうに翅が動く。チキチキ、チキチキ、羽音が鳴る。

細い、紙みたいな身体が、窓サッシにペシャンコに張りついてつぶれている。真っ二つに切れてしまったりしないんだ、と驚きながら、私はぼんやり、トンボが悶絶《もんぜつ》するように動く光景を見ていた。

パパが、トンボをサッシからはがす。紙一枚ほどの薄さになったおなか。――そもそもおなかなのかもわからない、尻尾のような、ふくれたあの部分。サッシには、トンボの模様そのままのいびつなチェック模様が、刻印のようにくっついて残った。あれは、絵の具でも、クレヨンでもなく、トンボの身体の一部で染めたのだ。顕微鏡みたいなもので覗けば、生き物の細胞が確認できたはずなのだ。

普段よく見ているはずの漢字を、ふと「こんな形してたっけ？」と思うことをゲシュタルト崩壊っていうらしいけど、私はトンボでゲシュタルト崩壊してた。この生き物、何？　頼りない紙みたいな身体なのに、生きてるってどういうこと？

そのトンボをパパがどうしたか。覚えてない。小学校に上がってしばらくした頃、パパに思いきって尋ねたことがあったのだけど、パパは「そんなことあったっけ？」と首を捻《ひね》っただけだった。しらばっくれてるわけじゃなくて、本当に記憶にないのだ。それくらい、トンボの命なんてパパにとったら些細《ささい》な問題だった。

窓のサッシを今確認しても、トンボの痕はついてない。きれい好きなママがくまなく掃除するせいで、うちには埃なんかたまらない。だけど、鼻歌でも歌いながら自分が拭き取ったもの、お湯を張ったバケツの中でガシャガシャ洗った雑巾の染みがトンボだったって、ママが知ったらどう思っただろう。ハムスターを見たときみたいに「怖い！」って言うだろうか。

私は、トンボが怖いわけじゃない。ただ、心療内科医にコメントを返したいだけ。トンボを殺した時点で、相手は一線を越えてしまってる。薄い尻尾がピクピク動く様子、あれに耐性があるってだけで、殺そうと思っただけで「普通」じゃない。あの心療内科医にも、あなたは殺したことあるんですかって聞きたい。殺したとするなら、その人だって異常だ。

少なくとも、私の周りでは知らない。トンボを殺すようなヤツ。

——袋のネズミ。

逃げ場のない、追いつめられたネズミ。蹴った袋の中で、ネズミはすでに死んでたのか。生きてたのか。シュレーディンガーの猫って言葉を思い出す。説や理論そのものを完全に理解してるわけじゃないけど、それをモチーフに使った小説や漫画がいくつかあったから知っている。

猫を箱に入れ、放射線を使った実験にかける。人間が箱を開けるまで、中の猫の生死はわからないまま。放射線が放出されたのとされてないのとで、猫は生きてるのと死んでるのの、両方の可能性を持つ。見てみるまでは、絶対にわからない。そんなような話。生きたネズミを蹴り殺す世界と、ネズミの死体を蹴りつぶす世界。徳川が選択したのはどっちだろう。

スクラップブックを閉じる。右手の人差し指の爪が、少し割れている。今日、部活でボールをパスされたとき、弾みで傷つけてしまった。「長くしてるからだ」って、顧問の宝井に言われた。明日の朝練までに、やすりで削って行かなきゃ。

この手が朝、朝露にしっとりとした袋をつかんだこと。あの中の、ずっしりとした感触。重かった。知ってるハムスター大の大きさで想像すると、きっと一匹や二匹じゃない。

私が、見せて、と頼んだネズミ。あの袋が明日の朝、土手べりにまた置かれているところを想像したら、胃の腑《ふ》がきゅっと痛んだ。言わなければよかった、という後悔と、思いきって言ってよかった、という期待。混ぜこぜに押し寄せて、どちらにせよ逃げ出したくなる。

徳川勝利は、興奮していた。トンボをちぎって殺せるヤツだ。

翌朝は、二十分早く家を出た。早起きした私を見て、ママが驚いていた。

「バスケ部、今年はそんなに熱心なの？」

「違うけど、自主練。芹香たちと」

短く答えて、蜂蜜の食事もそこそこに立ち上がる。徳川勝利が私にネズミを用意している。そう思ったら、目がばっちり覚めていた。

比較するのもどうかと思うけど、これも河瀬に対してかつてもった感情と似てた。去年、みんなが彼氏を作り始めたとき、アンなら河瀬いけるよって芹香たちに煽られて、確かにかっこいいから、告白して、うまくいって、初めて彼氏ができた、その翌日、今日から私、彼氏がいるんだって舞い上がったあのときと、似たような気持ちだった。学校に行くのを楽しみに感じるのは久々だ。

二小出身でよかった。一人で学校に行ける。他の仲良したちとずっと一緒にいなきゃいけないって、正直しんどい。学校の行き帰りが芹香たちと別々なことに私は心底安堵するけど、芹香や倖は、他の友達が先に帰って、せっかく一人の時間を手に入れても、別の一緒に帰れる子を探そうと、放課後の学校でよく奔走してる。そこまで仲良くない子であっても「良かったー、誰々ちゃんがまだ残ってて」とかなんとか言いながら一緒に帰る。探してる間に一人で帰れば、今頃はもううちに着いてるんじゃないかって思うのに、頑《かたく》なに一人では帰らないのだ。一小の子たちのあのルール、窮屈じゃないのだろうか。

隣の浅田家の新聞が、まだポストにささったままだ。ジャージ姿を見られないうちに、自転車に乗って河原に急ぐ。

昨日の場所が近づいてきて、目を凝らす。袋は見えない。自転車を降り、私が隠したような茂みの間も探すけど、袋はない。どこにも、なかった。

「明日、ここに置いとく」と、徳川、昨日、確かに言ったのに。

『野菜と肉のオサダ』のビニールじゃなくて、紙袋や、別の袋まで含めて、草を掻き分け、範囲を拡大して繰り返し探したけど、見当たらなかった。

嘘でしょ。

約束したじゃないか。あんなところを私に見られたというのに、平然と約束を破るのか。誰かに言い触らされてもいいのか。

しかし、言い触らす、と言葉にして思ってしまってから、それが自分の気持ちにちっとも合わないことに気づく。そんなこと、私がするはずがない。だって、多分、誰も理解できないから。芹香たちは「コワーイ」と言っておしまいだろうし、教師や大人に言いつける気がしないのは言うまでもない。――ああ、芹香もママも、私の周りのセンスない人たちは、私がいいと思うものをそろって同じ言葉で「怖い」と形容する。

袋もネズミも、どこにもない。ゆっくりと怒りがこみ上げてきた。

期待させたのはそっちなのに。

裏切られたような気持ちで、それでも時間ギリギリまで河原の同じ場所を何回も探した。私と同じように朝練に向かう子が、自転車でこっちにやってくるのが見えて、諦めて、ようやく自転車に乗った。ぐいぐいこいで、彼らから距離を取る。顔を見られてしまわないよう、できるだけ急いで。

普段より二十分も早く家を出てしまったこと、朝、ドキドキしながら家を出た自分のことがバカみたいに思えた。チクショウ、徳川のバカ。死ね、昆虫系、ショーグンJr.。

唇を噛み、サイクリングロードをまっすぐに走っていく。

部活は上の空で、「アン、具合悪いの?」と芹香から聞かれた。「違う」と答えると、「休みたかったら言いなよ。飯野先輩に言ってあげるから」と声をかけられた。

三年の先輩たちの中にも、勢力の図式みたいなものも派閥もあるし、誰がどの後輩と仲がいいのかもそれぞれ違う。話がわかる先輩を作っておくのは大事だ。

芹香は多分、私を心配してるわけじゃない。副部長の飯野先輩に「セリ」って呼ばれてかわいがられてることを、言いたいだけだ。普段から、自慢みたいに、芹香はよく先輩の名前を出す。

「ボケボケしてんな！　たるんでる」

　三人組でのピボット練習のディフェンス役を、順番にバスケットゴールの前で並んで待っていると、先にやってた塚田が飯野先輩に注意されるのが聞こえた。二年になってだいぶよくなったけど、一年のとき、私も相当言われた言葉だ。

　ボケボケしてる。

　たるんでる。

　本当にそうかどうかは別として、習慣のように言われる。私たちも、一年に言い始めている。塚田が反抗的な目をしながらも、声だけは素直に「はい！　すいません」と答える。だけど、別の先輩たちが彼女の方を見ながら、固まってひそひそ話し始めるのが見えた。

　横を見ると、表向きは興味なさそうな顔をしてるものの、芹香が嬉しそうだった。

　部活を終え、教室に戻ると、徳川はすでに来ていた。

　姿を見て、心臓がズキン、と鳴る。予鈴はまだ鳴ってなくて、他の昆虫系は教室の後ろで今日も田代といるのに、もう席に着いてる。グループ行動してなければ、徳川は昆虫分類じゃなくて、ただの地味男子として通用するんだ、と座ってる姿を見て思った。

　隣の自分の席まで歩く間、緊張した。昨日話したこと、朝、河原にネズミの袋がなかったこと。徳川が、話しかけてきたらどうしよう。謝ってきたら、どうしよう。

息を呑みこむように唇を閉じ、精一杯さりげないふうを装って座ったのに、徳川はいつもと同じように席でノートを開いているだけで、こっちを見なかった。完全な無視だ。キレそうになった。つい睨みそうになったけど、気持ちを抑えて強引に座る。話しかけたら負けだ。他のクラスメートに昆虫系と話してるところなんて見られたら傷になる。

出席点呼のとき、「小林アン」と呼ばれ、返事をしたら、横で徳川がにやにやする気配を感じた。顔を向けないけど、わかる。

私の名前が点呼されるとき、徳川がたまにそうなるのを、私は気づいてた。前は、勘違いかと思ってた。だけど、今日は確信する。また、かっとキレそうになる。本日二度目。

お笑い芸人みたいな、みすぼらしい私の名前。徳川は多分、バカにして笑っているのだ。センスがないって。

給食を食べ終わった昼休み、芹香が津島に呼び出されて出て行った。「斉藤、ちょっと」と声をかけられた芹香の顔が輝く。教室内がどよめいた。二人が付き合ってることは周知の事実でも、放課後一緒に帰るときや休日はともかく、休み時間に会うなんてことは、うちの学校では付き合ってる者同士にもまず起こり得ないことだ。しかも、逆ならともかく、男子が女子を堂々と誘うなんてありえない。

「芹香、すごいね」

倖が目を輝かせながら言う。私も頷いた。音楽教師・サクちゃんに懐いちゃったり、そういう子供っぽいところもあるけど、今のは確かに大人でかっこよく見えた。

運動部の男子たち、確かにいい。この間から、私が昆虫系徳川のことを考えていたのは、やっぱりおかしなことだったんだと思い知る。私がいるのは、ああいう男子たちの世界。

休み時間が終わり、チャイムが鳴ってから、芹香と津島はそれぞれ別に戻ってきた。冷やかされるから、途中で別れたのかもしれない。口角が上がり、冬の朝のように頬が赤くなった芹香が、席に座る。倖と二人で振り返って見てたら「後で話すね」と口が動いた。話したくて話したくてたまらないんだろう。私は、無言で頷いた。

「徳川せんせえい」

と、そのとき、場違いな声が廊下で聞こえた。

サクちゃんの声だった。何があったか知らないが、授業に向かう相手を呼び止めたのだろうと想像がついた。甘えるような声。徳川先生はいつまでたっても私の恩師だから、と微笑む櫻田美代の顔が思い浮かぶ。

「ショーグンJr.、サクちゃん呼んでる」

男子が、後ろから徳川を呼んだ。一気に笑いが起こる。徳川は答えず、かといって完全に無視するわけでもなく、ああって感じに顔を後ろに向けた。

眉をいつもひそめてるようないかつい顔をした、寡黙な徳川先生。テレビドラマでカタブツって形容されてる役柄の人を見るたび、ショーグンにそっくりだと思う。彼はきっと、櫻田美代の女女《おんなおんな》した声にも表情を変えたりはしないのだろう。サクちゃんの声は一度聞こえたきりで、すぐにまた静かになった。

「だから」の前を言ってください、とやりこめた副担任・佐方が、その日、私に復讐をした。

帰りのホームルーム、私はぼんやりしてた。

帰るとき、また河原に寄ろうかどうか、考えてたせいだった。ホームルームなんて、ぼーっと座ってれば終わるっていう油断もあった。この間揉めた佐方の宿題も、あの日を境にもう出されなくなっていた。

だから「小林」という声がして、佐方の目が教壇から私を見下ろしているのに気づいた瞬間、ふいをつかれて背筋が伸びた。「聞いてたか?」と佐方が言う。

「聞いてました」

咄嗟に答えたけど、本当はまったく聞いていなかった。佐方の目が細くなる。ゴールデンウィーク前に、廊下で私を呼び止め「外されてるのは、俺のせいか」と悦に入ったキショい声で話しかけてきたのと同じ顔が、突き放すように冷たく言った。

「じゃ、言ってください。先生が何を話してたか。聞いてたなら言えるだろ？　立って、みんなに聞こえる声で言ってください」

黙ったまま、佐方の顔を見上げるしかなかった。後ろの芹香や、他のクラスメートがどんな顔をしてこっちを見てるか、一番前に座ってるせいで確認できない。――横の徳川が、無関係を決めこんで黙って前を向き、こっちを見てないことだけ、わかった。

この間私を助けた呟きは、今日は落ちてこない。

「立ってください」

普段はこんなに丁寧に話すとこなんて聞いたことがない。本当は乱暴なくせに。私たちが言う「ふざけんな」を、「ふざけろ」と言うこと。漫画やテレビだけで見たことあるそんな言い方を、私たちは人生最初に佐方から聞いた。そんな人間に初めて会った。

「お前らみんな、ふざけろよお」と、分厚い唇の端を嚙むように言うのを聞いて、去年、男子の一人が「じゃあ、ふざけます」と小躍りしたところ、首根っこつかまれて職員室に連れて行かれた。

丁寧語、使うな。ふざけんな。

「立ちなさい、小林。先生、なんて言ってたか言ってください」

黙ったまま立ち上がる。——言ってください。

これは、この間「だから」の前を言ってください、と突っこんだ私に対する復讐だ。あのとき盛り上がっていたみんなは、黙りこくってしんとしている。

答えないでいると、佐方が大袈裟にため息をついた。嘆く仕草だけど、目の奥にははっきりと勝ち誇ったような光が浮かんでいた。

「答えられないなら、そう言いなさい。正直に」

「……聞いてませんでした」

悔しくて、唇を噛みしめる。掠れた声で言うと「謝りなさい」と言われた。

驚いて、何の冗談だろうと思う。だけど佐方の顔は真剣そのものだった。恥をかいてもなおやめられない例の口癖で言う。

「だから、謝りなさい」

咄嗟に、黒板の左角に座ってホームルームの様子を見ている担任の中村を見た。この頭の悪い教師をどうにかしてください、と助けを求めるつもりだった。明らかに、こんなのこいつの個人的な復讐だし、やりすぎだ。だけど、中村は興味なさげに、表情のない目で私をじっと見てるだけだった。確認した瞬間、喉がつまる思いがした。

「すいません、でした」

小声で口にする。佐方が満足そうに笑った。

「次から気をつけて。……なあ、小林は、河瀬くんと一緒に帰ることばっか考えてるからそうなるんじゃないですか」

教室中がざわめいた。

当の私も耳を疑う。空気の塊に顔面を殴られたようだった。

今、こいつ、なんて言った？

「はい、静かに」

佐方が笑いながら言う。つい口が滑った、というようにふいっと横を向き、手を二回打ち鳴らす。

「来週からまた、宿題を再開します。先生の出した内容に不満がある人もいるみたいだから、今日から各教科ごと、人を振り分けてプリントを作ってもらいます。初回は学級委員の笠原くんにやってもらうことにしました。笠原、来週月曜に数学のプリント作って持ってこい。それ、コピーして配るから」

「俺ですか？」

笠原が素っ頓狂な声を上げる。

やってもらうことにしました、と断定する言い方をしたくせに、話を通していないのだ。佐方が得意げに「そうだ」と答える。腹が立つほど、たっぷりと間合いを取った、余裕のある言い方だった。

「自分で作ったプリントなら問題ないだろ。問題を作るっていうのは、自分にとっても勉強になる」

どこかの誰かからの受け売りのようなセリフを吐き、顔を前に戻す。

「そういうわけだから、今日はこれで終わります。日直、号令」

動揺した様子の日直が声を出さないでいると、佐方がさらに「日直！」と怒鳴った。

起立、礼。

号令をかけられた後の「さようなら」の言葉はまばらで、クラス内はまだ喧騒《けんそう》に包まれていた。聞こえよがしに笠原が周囲に不満を言うのが聞こえた。たりー、冗談じゃねー！　俺のレベルに合わせた問題だと、大抵のヤツは解けないんだけど、それでいいわけ？

佐方は聞こえないふりをして教壇を降りた。

私は、それどころじゃなかった。笠原や他の子たちの声を聞きながら、目はまだまっすぐ佐方を見ていた。本当はそうすることさえ、こいつを喜ばせそうで嫌だったけど、どうしようもなかった。

「小林、ごめんな。弾みで言ってしまった」

黙って行ってしまうだろうと思ったのに、佐方が私に言った。

その途端、全部わかった。こんなにも私にわからせてしまって、露骨で恥ずかしくないのかって思うくらいに。

絶対わざとだ。

「先生」

一歩先を歩く中村が佐方を呼ぶ。「あ、はい」と返事をして、二人がドアの向こうに消えた。

「アン！」

後ろから、飛びつくような勢いで芹香が私のところにやってくる。肩越しに、倖が心配そうにこっちを見ていた。許せない、と芹香が言った。

「佐方、今の絶対わざとだよ。むっかつく。この間アンにやられた仕返しに、アンのこと、知ってるぞって言いたいんだよ。お前らのこと、知ってるぞって」

「そうだよ！」

倖も言う。

「キモい。うちらのこと、先生たちになんか関係ないのにね。だいたい、情報古い。どこから知ったか、誰が教えたか知らないけど、まだアンと河瀬が付き合ってると思ってるなんて、ばぁか、遅いよってカンジ」

「大丈夫？　アン」

すごい剣幕で声を上げる二人を前にしても、私はまだ口が利けなかった。身体に力が入らない。芹香と倖が顔を見合わせる。

「本当、大丈夫？　部活、休んでもいいよ。先輩には私、言っとくから。事情、話せばいいよ。飯野先輩も、佐方のことキショいってよく言ってるから大丈夫だよ。一緒に怒ってくれるって」

「いい。話、大きくしないで」

それだけ言うのが精一杯だった。騒ぐ私たちの方を、クラスの大半がまだ帰りもせずに興味深げに眺めている。

遠くに行きたい。

こんなとこにいないで、どっか、行きたい。あの書店で、人形の写真集が見たい。家で、一人でスクラップブックが見たい。

「お母さんに、言えば？」

芹香が小声で言った。

「お母さんに、佐方のこと、学校に電話してもらえば？　中村だって、そしたら事大きくしたくないだろうし、あいつのこと注意するよ」

「いいよ」

ママの顔を思い出したら、なおのことうんざりした。うちは、芹香みたいに、セブクラのライブに一緒に行けるような親子じゃないのだ。

アン、かわいそう。

二人は何度も繰り返した。

アン、かわいそう、かわいそう、かわいそう。

——部活の間も、ずっと言われ、一人で帰るときにも、頭の中で声がずっと続いた。

河原の袋をもう一度探そうと考えてたことを、河原を過ぎてしまってから思い出す。だけど、いいや、と思った。戻ることは、もう考えなかった。

だって、何もないに決まってる。

徳川と口を利くことだって、もうない。

家に帰ったら、その日、新しい少年Aが誕生していた。

夕ご飯を食べる食卓のニュースで報道されていた。島根県の中学校で、二年生の少年がクラスメートの女子を殺害。昼休み中、空き教室に呼び出して、家から持参した包丁で胸を一突き。周囲の友達などの証言によると、二人は付き合っていて、前日、彼女の方から別れ話を切り出したことが原因になったようだ。

少年Aの顔写真は、いつものごとく出てこない。被害者の女の子の顔がテレビに大写しになる。

「あら、やだ。かわいい子じゃない」

テーブルの上に醬油差《しょうゆさ》しを出しながら、ママが顔をしかめる。私は「本当だ」と答えた。パパは今日、仕事の付き合いでご飯を外で食べてくるらしい。営業の仕事をしてるせいで、そういう日が週に半分くらいある。

テレビに映った女の子は、くりっとした大きな目に、少しだけウェーブがかかった黒髪をしていた。体育祭か何かの写真なのか、頭に赤い鉢巻をカチューシャみたいに巻いてる。頰っぺたにくっつけた二本の指で作るVサインが、黒髪の中学生でもギャル風だ。えくぼの下でくっと上がった唇が薄くも厚くもなく、笑顔を作るのに程よい大きさに見えた。

死ぬと誰でも、二階級特進扱いになる。刑事の殉職と同じ。デブでもブスでも「かわいそう」ってことになって、皆が口を揃えて「いい子だった」って性格のよさを褒めてフォローするし、普通の容姿の子なら「かわいい」ってことになる。だけど、今テレビに出ている被害者は本当に珍しいくらいかわいい子だった。

「中学生のうちから付き合うとか、別れるとか。アンの学校にもあるの？」

「どーだろ」

顔を曇らすママに首を振る。この事件が、芹香が津島に呼び出されたのとまさに同じ日の昼休みに島根の中学で起こっていたのか。芹香の桃色の頰。結局、今日、帰りのホームルームでゴタゴタがあったせいで、津島の話はまだ聞いていない。

心配しないでよ、ママ。

私たちの日常にある「付き合う」は、こんな事件や少年Aとは違う。もっとずっとチャチで、誰も何の度胸も持たない、事件が起きないものだ。

『かわいくて、明るくて、学年のアイドル的存在だったんです』

『優しくて、友達思いで……。なのに、どうして、こんなことに』

テレビの向こうで、かわいい被害者の二階級特進は続いていた。現場の様子についてはほとんど触れない。少年Aは別れ話を思いとどまらせようと、脅かすつもりで包丁を持って行ったらしい。頭に血が上って、刺してしまってから自分でも驚き、助けを求めて教師の元に走り、犯行が露見。すぐに救急車が呼ばれたけど、少女は数時間後に死亡、ということらしかった。

この子ももったいない。

自分で自分の死に方を選べず、そんな中途半端な気持ちで刺され、挙句、犯人はうろたえた。殺すつもりはなかった、と犯人にすら死を望まれず、後悔されながら、だけど、彼女は何時間も苦しんで、病院で死んだ。

選べなかったなんて、かわいそうだ。

せっかく自分の命を使える機会で、しかも、人からかわいいって言ってもらえる容姿をしてたのに、本当に惜しい。半端な少年Aのせいで、世間でもきっと長く続く話題にはならない。成人した男女の色恋沙汰が、とうとう中学生にまで下りてきたかって分析されて、そこには深い「闇」だって見られないだろう。この少年Aは多分、徳川みたいな動物殺しもしないリアル充実型の、考えナシの男の子だ。津島や、河瀬のような。私がいつも思う少年Aとは、ちょっと違う。

サラダを皿に取る。取り分け用の北欧風の大きな木のスプーンとフォークのセットはママのお気に入りだ。これが使いたいからこそ、ママはサラダを作り続けるのかもしれない。

「アンも気をつけてね。——あ、大丈夫よ。ママ、アンちゃんが男の子と付き合ってるなんて思ってもないから」

「思ってもない？」

取り繕うように言われた声にカチンときた。ママが「あ、違うの」と続けた。

「モテないって思ってるわけじゃないの。アンはきっと男の子に人気がある。ただ、ママはあなたを信じてるって言いたいの。わかる？」

声は、映画のセリフチックに響いた。言うまでもなく、赤毛のアンの吹き替え版でマリラや先生たちが「いい言葉」を言うときを意識して真似《まね》てる。……ママの好きなアンだってギルバートと付き合ってるよーなもんだし、文章化されてない裏の部分では何やってるかわからないいんじゃやない？

私はうんざりして、食べかけの皿を持って席を立った。

「アン」

「何」

私の頭は、ママ、早くお風呂に入らないかな、ということでいっぱいだった。パパが遅くなるなら、リビングにおかれたパソコンでネットが見られる。うちにはパソコンが一台しかないから、ネットが見たいときはいつも苦労する。それだって、履歴の消し方をいろいろいじってるうちにようやく覚えて、やっと最近安心して使えるようになった。さっきの事件の詳細が見たい。あの子の評判、本当のところ、裏の顔。みんなの書きこみが読みたい。

「アン。どうして、そんなふうになっちゃったの？」

「は？」

「前はもっとたくさん話してくれたでしょ。本だって、もっといいのを読んでたじゃない」

私はママの顔を見た。

本。リビングで読むことだってたまにはあるけど、基本、私は部屋で読んでる。何を読んでるか、ママにバレてるとは思わなかった。私が図書館で借りて読んでた『罪と罰』や『カラマーゾフの兄弟』が、ママの持ってる『赤毛のアン』と同じ出版社から出てて、背表紙が同じだって、この人が嬉しそうに騒いでから、私はママに自分の本を見せなくなった。全然違うのに、ママの好みに自分を絡め取られてしまったような気がしたからだ。

今読んでるミステリやホラーに、この人はきっと興味がない。

「もっといいのって何？　ママにとって、今私が読んでるものは難解だってだけじゃないの？」

頭に血が上る。今日のママは「いい話」モードのお説教がしつこい。

娘から「難解」の言葉をぶつけられたママが、びっくりしたように立ち竦んで黙った。睨みつけると、姿勢を正し、意を決したように私を見つめ返した。その目に迷いがないのを確認して、嫌な予感がした。ママが言う。

「ねえ、アン。お母さん、本当は少し前から注意しようと思ってたんだけど、新聞、切り抜いてどうするの？」

ずん、と身体のどこかに重たい衝撃が落ちた音が聞こえた。

足が床にくっついたようになって、簡単に動けなくなる。咄嗟に口が利けないで、視線だけがママの顔に向く。眼球がぎこちなく動いた感覚が、鈍く、頭に伝わる。

ママの顔が悲劇のヒロインのような嘆きの表情を浮かべる。本当はこんなことしたくないのだというように。

「お母さんね、アンがうるさく思うだろうなと思って、今日まで我慢して、注意しないようにしてたのよ。だけど、アンちゃん、人が死ぬような、怖い、気持ち悪いニュースばっかり切り抜いて、集めて、貼《は》って、何のためにそんなことして」

「見たの？」

声が掠れた。額の奥を、カンと金属の棒で殴られたみたいだ。目の前がぐらぐら揺れる。怒りは、衝撃から一瞬遅れてこみ上げてきた。吐きそうになるくらいの憎しみ。

ママと、迂闊《うかつ》な私自身への怒りと後悔を、どう処理していいかわからない。

毎日掃除されて、ベッドのシーツまで完璧に整えられてしまう私の部屋。その机の引き出しを、どうしてママが開けないはずがあるだろう。鍵がかかっていても、その鍵は、壁にかかったレターケースのポケットに入ってた。

手を握りしめる。信じられない。

「見たの、ママ」

「何も見てないよ。ただ、新聞切り抜いてるから」

「嘘言わないでよ。今、集めて貼ってって言ったでしょ？」

ママが黙る。レベルの低さに気が遠くなりかける。これが自分の親だなんて思いたくないくらい、ツメが甘くて頭も悪い。最悪だ。その上、私に説教しようとしてる。

「人が鍵かけて、見られたくないって思ってるものを、勝手に見るんだ？」

「アン、どうしたの」

　立ち上がったママが、おろおろ、私に駆け寄ってこようとする。触らないで、と私は身体を引いた。

「前はもっと素直だったじゃない。お母さんね、アンが心配で心配でたまらないの」

　前はもっと、前はもっと、前はもっと。

　言葉が通じないし、分かり合えない。何より、絶対に踏みこまれないと信じていた場所を、一番そうされたくない相手にめちゃくちゃに荒らされたのだと思ったら、むき出しの心に大きくヒビが入ったようで、何の準備もなかった私は奥歯を噛みしめて耐えるしかなかった。

　口を利く気もしない。情けなかった。自分のことも、ママのことも。心配だ、と言うママ。本や服の趣味が合わず、私の選ぶものに反対意見しか言わない、見当外れにセンスの悪いママ。私はいつまで、ママの子供でいればいいの?

　それ以上何も言わず、二階の部屋に逃げこもうとしたら、後ろから声がした。さっきまでの戸惑ったような声とはまるで違う、バカにするように温かい、赤毛のアンの先生のような声。

「――ねえ、アン。お返事は?」

「もう、やだ!」

振り返り、ママを睨む。いい親ぶりたがるママ。激しいケンカをしても、自分はそれさえ包みこむ優しい母親なんだって主張したがってる。普通の家だったらしないかもしれない本音の話をうちはするんです、何でも話す親子なんですってことに、多分したいからだ。

目を見開いて、ママが黙る。

私は今度こそダイニングを出て、ドアをバタン！　と閉めた。

部屋に戻ると、目の前に相手がいなくなった分、怒りがどんどんどんどん、とめどなく湧いてきて、机の引き出しに手をかけた。鍵がかかっている。自分でかけたものなのか、それともママがかけ直したものなのかはわからない。手に返ってきた固い感触に息を洩らし、そのまま何度も、ガンガン、引き出しを揺すった。壊れてしまえ。

鍵なんか、何の意味もない。もう、何の意味もない。

力任せに、ぐらつくまでやっても引き出しは開かず、私は両手で、自分が何のためにやってるか意味ももう曖昧なのに、ひたすらずっと鍵を壊そうとし続けた。何度目かで、手が滑って、指がかすり、爪に激痛が走った。

手が、止まる。

昨日やすりをかけ忘れた爪に、新しく、大きく深い亀裂が入った。血は出ていなかったけど、じんじん痺れた。歯医者で麻酔をかけられたときの唇のように、指が腫れ上がった感じがした。

声が出た。うっと、泣き声が洩れた。

悔しかった。

悔しくて、悔しくて、泣かずにはいられなかった。

引き出しの鍵なんか、何も守ってくれない。それなのに、油断してた自分がバカみたいに思えて、ママがあまりにバカで愚かだって知ってしまって、胸がつぶれそうに苦しかった。私は無力で、自由になれない。

痛む指を押さえて俯《うつむ》く。昨日まであんなに大事だったはずのスクラップブックを、今から自分が取り出して、ぐしゃぐしゃに破り、切り裂き、捨ててしまうところをイメージすると、それだけで涙が出た。実際には、レターケースから鍵を取り出す気力すらないのに、宝物を自分の手で台なしにせねばならない自分を思うだけで、それがとてつもない悲劇に思えた。実際には、やらない。けれど、頭で結んだ像のせいで、それはもうすでに起こってしまったこととして、私を泣かせた。

私の気持ちを理解しないような、私のいいものを「怖い」なんて言うような相手に、大事なものを壊された。屈辱だった。日常の中で私が自分に必要だって思えるのは、これくらいの、些細なものだったのに。人形の写真集だって買ってないし、パソコンで見たいサイトだって極力我慢してるし、自分のパソコンだって欲しいのに持てない。

――ママが知ってた。見てた。

スクラップブックの中の、少年Aたち。鈍感なママでも、私が集めた記事の共通項には気づいただろう。ママが「心配で心配でたまらない」と言う理由を想像したら、おなかが痛くなってきた。ふざけんな。チクショウ。心配できるほど、自分が理解できてると思ってんじゃねえよ。私は別に少女Aにもならないし、非行にだって走らない。ママが考えるようなくだらない目には遭わないのに、あの人、心配なんかして図々しい。

いつから気づいていたんだろう。どうかと思うくらい教科書通りのステレオタイプなママは、ドーナツを揚げる。帰って来た私を、油とバニラエッセンスの匂いで迎え入れ、そんな家庭の匂いで私をこの家に繋ぎとめられるとでも思ったのだろうか。

泣きながら、机を蹴り、腕で引き出しを押し、指を押さえる。

ドアの向こうにママが来て、呼ぶのが聞こえた。

「アン」

「入ったら殺すから！」

怒鳴り返すと、静かになった。人が立つ気配がまだしていて、しばらくしてドアノブが回される気配があった。ドアが開く前に走って行き、全体重をかけて押さえる。「入んないでよ！」と叫ぶ。ママが息を呑むのが聞こえた。しばらくして、ため息が続き、足音が遠ざかっていく。

身体から力を抜き、私は、どうしたらママを後悔させることができるかを考え続けた。自分がしたことの重さを理解させ、謝らせるにはどうしたらいいだろう。私の価値観をわからせるには、負けを認めさせるには、どうしたらいいだろう。

二度と口を利かない。

家出する。

行方不明になる。

――自殺する。

言葉にして思った途端、ぶるっと鳥肌が立った。ママが涙を流して後悔するところが、火花が散るような明るさを放ちながら頭に浮かんだ。想像が止まらなくなる。それはとても、甘くて温かい、ぬるま湯に浸《つ》かるような誘惑だった。

ママ。後悔すればいい。

大事な私を自分が殺したって、自分の愚かさを思い知って、私に、謝れ。

どれくらい時間が経っただろう。

泣き疲れ、それでもまだぼんやりと自分が死んだ後の世界に思いを馳《は》せていると、携帯が鳴った。場違いに明るい電子音が鳴り響く。セブクラの最新曲。芹香が強引に私の携帯でダウンロードして、自分の着信のときに鳴る設定にした曲だ。

「もしもし」

『もしもし、アン？　おっつー。今、ちょっと大丈夫？』

「うん」

泣いてることを知って欲しいような、欲しくないような気持ちだった。本当だったら言いたい。でも。引き出しの中のスクラップブックの存在は説明できない。それでも芹香の声を聞いて、少し安心する。窒息しそうなこの家、ママの王国の外に友達がいることで、私は大丈夫だと思える。外にだって、きちんと世界がある。

今日の帰りのホームルームのことを心配して、かけてくれたのかもしれない。けれど、電話から聞こえる芹香の声はどちらかというとはしゃいで聞こえた。

『実はさ、アンに話があるんだ』

「うん」

『アンさ、河瀬とヨリ戻すつもりない？』

「え？」

芹香が早口になって続ける。

『すぐにそうしろって言ってるわけじゃなくて、気持ちを知りたいの。アン、河瀬のこと、もう全然好きじゃない？　やり直したいとか、向こうがまだ言ってくるなら、とか。ちょっとは望みある？』

「……河瀬に何か言われたの？」

『私じゃなくって、津島が』

答える声を聞いて、わかった。今日の昼休みだ。

『河瀬さ、まだアンに未練あるんだって。津島と河瀬、仲いいじゃん？　私からアンに聞いてもらえないかって河瀬が津島に頼んだらしいんだよー』

何も返す気がしなくなる。芹香の声が弾み、自分の役割を楽しんでいるのが伝わってくる。芹香はもともと、ダブルデートが大好きだった。河瀬と付き合ってた頃、よくその当時の芹香の彼氏と四人で映画行ったり、スケートに行ったりした。カップル同士で仲がいいっていう設定の少女漫画が大好きでよく貸してくるし、そういうのに出てくるリーダー格のちょっとおせっかいな面倒見のいい女の子ってものに、きっと憧れてる。

『もともと、河瀬のこと、先に盛り上がったのはアンじゃん。好き好き騒いで、告白して、付き合った途端に、主導権、アンが持つようになって、それでいきなり冷たくなってバイバイだもん。河瀬にしてみたら、俺、何だったの？　って混乱したと思うな。罪な女だよ、アンは。――去年、別れたときのことは、それはそれでもう仕方ないけど、あのときより河瀬も反省して大人になったと思うよ。私、正直羨ましい。うちの学年のカップルってさ、だいたい長くても半年くらいしかもたない上に、別れたらもう完全にそのままで、モトサヤの話なんかあんまり聞かないじゃん？　せいぜい、女の方からもう一度告白するくらいでさ、五組のリナちゃんみたいな。男の方からなんて初めて聞いた。しかも河瀬みたいな、他にも彼女すぐ作れそうなヤツがって。アン、すごいよ。河瀬、本気なんだって、私と津島、感動しちゃった』

相槌《あいづち》一つ打たないのに、芹香は続ける。『ねえ、望みある？』とまた聞いてくる。

『河瀬のこと、考えてもらえる？　返事は私から津島に伝える』

「――なんで、河瀬は直接私に言わないの？　携帯、知ってるはずなのに」

『そこが偉いんじゃん。いきなりかけたりすると、ストーカーみたいでアンに引かれるかもしれないと思って、そうしたいの我慢してわざわざ私を頼ったんだよ。わかってやりなよ』

望みある？

尋ねる芹香の声。望みって、何だ。誰にとっての、何の望み？

ひさしぶりに河瀬の顔を思い出す。付き合ってたことに後悔はないけど、教室移動や全校集会のときに姿を見かけると、やっぱり気まずい。河瀬は、自分と同じような、クラスの上の方に位置する男子たちと笑ったり、ふざけ合ったりしてた。背が高いから、すぐにわかるのだ。向こうがこっちを見てる視線も、たまに感じてた。

敏感だったのは、私より、芹香だったはずだ。「あいつ、まだこっち見てるよ」って睨んでたし、芹香も倖も、あの頃は私に「かわいそう」って言ってくれてた。「河瀬ひどい」「気持ち悪い」って、あいつを笑ってたのは、私以上に自分だったくせに。

『別れるときさ、無理矢理アンが振ったの、今考えるとよくなかった気がするんだよね。河瀬と一度話すだけ話してみるの、いいことだと思うんだよ。私としては』

「何でいまさらやり直したいなんていうのか、わかんない」

『好きなんだよ』

芹香が答えた。世界で一番尊い、誰もがひれ伏すに違いないと信じる言葉を語るように。ママが、私に説教するときと似ていた。

『去年のこと、トラウマかもしれないけど』

「もう、それはいいけど」

河瀬にされたことの一部始終を、私は芹香や倖たちに話した。濃いキスも、帰り道で急に胸を触られることも、部屋でのことも、芹香や倖は、自分の彼氏とそこまでしたことはなかった。手を繋いだり、一緒に帰ったり。あとはせいぜい、軽いキス。

——そんなことするなんて、あいつ、変態じゃん。

私が河瀬に徹底的に冷めたのは、芹香のその一言だった。

河瀬の部屋でも、最後まではしてない。

直前までは何度もしたけど、いつ、最後までいってもおかしくなかったけど、そこで私は河瀬に「別れよう」って電話かけた。興味はあったけど、付き合って、最初は会話したり一緒に帰ったりが楽しかった河瀬は、会っても私に触ることしか考えなくなった気がして、一緒にいても楽しくなくなった。後半、話なんかほとんどしなくなってた。

河瀬の未練は、私じゃなくて、あのときやり損ねた行為にこそあるんじゃないだろうか。

『ねえ、じゃ、ここからはぶっちゃけ！　過去は置いといて河瀬個人だけで考えてみたらどう？　かっこいいじゃん。狙ってる子いっぱいいるよ。なのに、アンと別れてからまだ彼女作ってないんだよ。そういうの、いい』

「ネルにならら、会いたい」

『は？　あー、猫？』

河瀬に対する未練なんて考えたこともなかった。

別れるときに思ったのも、あ、これでもう河瀬の家には行かなくなるんだなってことだった。海外のサッカーチームのポスターが貼ってあるあの部屋に入ることはなくなるし、ネルにはもう会えない。手の中にすっぽり収まってしまいそうに小さかった、黒猫のネル。最初見たとき、びっくりした。猫ってこんなに小さいの？って。

生まれたてなんだ、と河瀬が笑った。あの頃はまだよく話してて、私に触る手も強《こわ》張《ば》って緊張してた。

兄ちゃんの彼女のうちで保護してたヤツ、引き取り手を探してて、縁があってうちでもらった。これからどんどん大きくなっちゃうらしいから、今が一番かわいい時期らしいよ。

ネルは、すばしこい、スピードの速い猫だった。シュタタタタッて、気づくと部屋の隅から隅に移動してる。隙間に入りこんだり、人の後ろに回りこんだりするから、こっちはつぶしてしまうんじゃないかって気が気じゃなかった。大きくなってもいいように、とサイズがすぐに変えられる赤いベルト状の首輪をしてた。時々、窮屈そうに身を捩《よじ》る。

最初警戒して、触らせてもくれないふうだったのに、「チチチチ」て舌で音を出して手を伸ばしたら、すぐに寄ってきた。小さな歯の甘嚙み。――河瀬の話じゃ、本当は甘嚙みじゃなくて本気の嚙みらしいんだけど、全然痛くなかった。

付き合っていた三ヵ月間で、ネルは、かなり変わっていった。最初は真っ黒の猫だと思っていたのが、成長とともにおなかと首の周りに薄い茶色がマーブル模様のように入ってるのがわかるようになっていた。

河瀬と別れたことよりも、ネルにもう会えないことの方が寂しかった。私は本気で言ったのに、芹香が呆れたように言う。

『アンって、本当、たまにそういうドライなとこあるよね。冷めちゃうとダメな人なんだもんね。魔性の女。怖いなあ』

「そんなことない」

『ともかく伝えたから、ちょっと考えて。あ、あとこのこと倖にはナイショにしとく？

どうする？』

「どっちでも」

『了解。じゃ、秘密ってことで』

倖が外され、私が外され、それぞれ戻って、でも中で秘密が増えて。

無限に繋がってく。でも、私もそれをやめようよって言えない。

『今日のことなら、気にしちゃダメだよ。佐方のこと』

「──うん」

忘れてたかと思ったのに、一応、覚えていたらしい。それがまた、私の気を滅入らせた。今日は一度にいろんなことがありすぎて、もう何にも考えたくない。

佐方にみんなの前で恥をかかされたことがどれだけ嫌だったか、芹香たちならわかってくれてると思ったのに、何でこのタイミングで、同じ日に河瀬の話？

河瀬が好きとか嫌いとか、未練がどうとかって問題じゃなかった。みんな、私のことなんて結局どうでもよくて、自分の事情の方が大事なんだ。親友のために世話を焼くリーダー的ポジションで悦に入ることの方が、ずっとずっと大事なんだ。

ママのことを芹香に話してしまおうと一瞬でも思ったことを後悔する。

『佐方はキモいし、河瀬のこと口出すなって感じだけど、だからこそ、また付き合って見返しちゃえば？　河瀬ならきっと守ってくれるよ、アンのこと』

「考えさせて。ごめん、芹香。ママ来るから、電話切っていい？　また明日」

『わかった。ごめん、長くして』

「ううん」

おやすみ、と言い合って電話を切る。

どっと疲労感に襲われた。

河瀬とまた付き合うことが、どうして佐方を見返すことになるんだろう。芹香はそればっかりだ。守ってもらう。ママに話して、佐方のこと、学校に電話してもらう。どれも、イベントや事件を長引かせてずっと楽しみたいからだって気がした。

私は本当に、嫌なのに。

いつもだったら、私には逃げこめる、透明な空気を吸える逃げ場みたいなものがあって、それがこの部屋だった。だけど、自分の部屋も、今朝出たときとはまったく印象が違う、ママの家の一部に過ぎないんだってことに、もう気づいてしまった。

涙が滲《にじ》んでくる。

「アン、お風呂に入りなさい」

ママが来て言ったけど、私は返事をせず、ドアの前に重しのように座りこんだ。部屋に鍵がかけられないことが恨めしかった。

今度のママはドアを開けようとせず、「アン」と短い声でもう一度呼びかけただけで戻っていった。その後、パパが帰って来た気配があって、今度はパパが部屋の前に同じように来たけど、私はそのときもドアを開けなかった。

「ママとケンカしたのか？」

「そう」

「意地張らないで、出て来い」

答えない。ここで折れたらダメだ。ママを謝らせたい。一階のリビングに戻ったパパに向け、ママが言う声が微かに聞こえた。

「ケンカじゃないの。ただアンが……」

新聞記事とスクラップブックのこと、パパも知っているんだろうかと思ったら、再び頭に血が上った。怒りなのか、恥ずかしさなのか、わからない。だけど、どちらのときにもなるように肩が固まって、背中が熱くなった。

何でだよ、助けてよ。

誰にともなく、叫んでいた。本当に声が出た。

もう二度とこの部屋を出ない、口を利かない。

思ってたはずなのに、明日、学校に行かなければならないことを思い出す。佐方のこと、河瀬のこと、電話してきた芹香。行きたくないけど、ママと明日も一日同じ家の中にいるよりは、ずっとマシだ。

部活の後の身体が、汗臭かった。急にそう感じた。

このまま着替え、下着も替えて、ベッドで眠るのは嫌だった。

夜の十一時を過ぎて、一階からスポーツニュースの声が聞こえた。そっと部屋を出る。

ママとパパがすでにお風呂に入った気配は、部屋の中にいても感じていた。お風呂の栓、抜かれているだろうか。シャワーだけでも、今日は仕方ない。

ドアを慎重に閉める。

階段のすぐ下にあるリビングのドアが開き、ママたちが座っているのがわかったけど、私は顔を伏せて、すばやくお風呂場に入った。ママもパパも、多分、気づいただろうけど、呼び止められなかった。

バスタブは栓も抜かれず、お湯がたまったままになっていた。

蓋を取った途端、泣いてヒリヒリ痛い頰っぺたを溶かすような温かさがもわっと噴き上げて、また、涙が出た。普段は身体を先に洗うけど、目を閉じて、顔をこすりながら、お湯に入る。

どうして、部屋を出ちゃったんだろう。

二度と出ないで、心配させてやる。次にママがドアを開けたとき、中で私が死んでて、ママが激しく後悔して泣き伏すまでの想像があんなに楽しかったのに、出てきてしまった。なんで怒りも悲しみも、決意が続かないんだろう。私、ダメだ。

顔を覆い、ママ、あんまりだ、と声に出すと、また泣けた。後悔しろ、謝れ。怒りはひっきりなしにこみ上げるのに、外に出たとき、ママと顔を合わせてしまったら気まずいなっていう心配の方が今は切実になってしまって、胸がムカムカする。

バスタブを出る。身体を洗うとき、河瀬に初めて胸を見られたときのことを急に思い出して、かあっとする。あわててシャワーを浴びる。割れた爪の間に、髪の毛が引っ掛かった。無理矢理引っ張ったら、ぎ、と痛みが走って、息を吐き出してからゆっくりと外した。情けなかった。

お風呂を出ると、バスタオルが新しいものに替わっていた。

中で泣いたせいで一度は穏やかになりかけていた気持ちが、耳の温度の上昇とともに、またざわっと掻《か》き毟《むし》られた。気配、感じなかった。その気の遣いよう。私が泣いてる声も、聞こえただろうに。

着替えて洗面所を出るとき、わざと派手に音を立ててドアを閉めた。顔を伏せ、リビングの方は見ない。ママもパパも、声をかけてこなかった。

その夜は眠れなかった。

寝よう、寝よう、と自分に繰り返し言い聞かせるけど、目はさえるばかり。悔しくて。スクラップブックを見られたことが、ショックすぎて。

普通、そんなことする？　ルール違反だ。

ルール違反だらけだ。

学校だってそう。よその学校で少年Aが彼女を呼び出して殺したのと同じ時間帯に、うちの学校では、平和な、人の恋愛相談会が無邪気に行われている。同じ中二でも、それが私の現実。世界はまあるく、たいしたことなく、平和に平凡に回ってしまう。

全部投げ出して、なかったことにしたいのに。みんな、センスが悪い。その悪いセンスで、私の人生に勝手に係わってこようとする。

朝の五時に、家を出た。

ママが起きる前に出て、部屋をもぬけの殻にしておきたかった。自殺死体になって、それ見て反省させる度胸もない私にできる最大限の抵抗だ。でもママは、こんなことくらいじゃきっと驚かない。本当はもう起きてて、出てく私を見てすらいたかもしれない。あの人は、単純だけど、変なとこ、したたかでねちっこい。バスタオルだって勝手に替える。

すばやく顔を洗い、歯を磨き、いつものイケてないジャージで自転車に乗る。引き出しの鍵は、レターケースから取り出して、ポケットにしまい、今度こそ家から持ち出した。

早朝の街は、空気が澄んでいた。

静まり返り、時折すずめの声がチュンチュン聞こえるだけ。誰もいない。うっすらと明るい空を見たら、きれいだった。

嫌なことがあったり、自分を不幸だと感じるときほど、世界が美しく見えるのは、何故だろうか。私はこれが、嫌いじゃない。嫌なことは嫌だけど、一人きりの世界にこうやって入ってしまえるのは、その中に立つ自分を想像できるのは、大好きだ。

肌寒かった。仄《ほの》かに吐く息が白い。五時の世界はこんなんだってこと、私はずっと前から知っていた気がする。誰もいないここが、本当は私がいるべき場所なんだって気がした。ジャージを伸ばして端を指で摑み、袖ごしに自転車のハンドルを握る。

河原の土手、昨日、私が膝をつくようにして地面を探した場所付近に人影を見たとき、心臓がズクッと音を立てて揺れた。熱が背中を包む。猫背な上に前のめりになってる立ち姿。稲穂かススキみたいなシルエット。

走り出してた。

自転車で。土手の芝生にさしかかってからは、自転車を横倒しにして、足で走った。気づかれたら、逃げられそうな気がして。

おととい、夕闇を背負って立ってた徳川勝利を包む影は、今日は朝日が混じったせいで明るい。顔が見えるし、輪郭もはっきり、私の目にだって見える。不意打ちじゃない。あのときはいきなり背後から声をかけられたけど、今日は、私が自分で駆け寄る。

「徳川！」

朝の空気に吸いこまれるのだったら、声を出すにも躊躇《ためら》いがなかった。この前は、同じ場所に立っててもひょうひょうとして動じなかった徳川が、驚いたようにこっちを向く。完全に面食らった顔だ。こいつが焦るところを初めて見る。気持ちよかった。

小林、と、徳川の口が空気を噛むように動く。

白いビニール袋を手に持っていた。それを確認した次の瞬間、徳川の足元に気がついた。大きく、それこそ、本当に大きく息を吸いこんだら、それ以上、声が出なかった。足元と徳川の顔とを、両方、交互に見る。

何で、涙が出たかわからなかった。

昨日から、涙腺が緩くなって、弾みだったのかもしれない。目の縁が痛くなって、ぽろっと、頬を一粒、涙が滑っていく。徳川は全然クールじゃなかった。昨日はそう見えたけど、違ってた。今はうろたえてる。

徳川の足元に、ネズミが倒れていた。

薄暗くてもわかる。何が理由で死んだのかわからないけど、生きてるときそのままの形で、身体のどこが千切れることもなく、だけど、のびたようになってる。動かない。目を開けたままだけど、生きてない。ネズミの身体が凍ったようにコチコチなのが、触ってないけど、しっかりわかった。袋の中味。私の想像は、唐揚げ用の肉のように柔らかだったけど、死体は、硬いのだ。こんなにも、きっと。

　このネズミは、生きてない。

「一日遅れたけど」

　狼狽《ろうばい》した声が、弁解のように言う。おとといの声とはまるで違って聞こえた。私は足元から顔を上げ、徳川の顔を見つめた。促してもいないのに、ヤツがぽつぽつ続ける。

「昨日は、ネズミいなくて」

「……ありがとう」

　袋から出してある死体は、私がすぐに見つけられるようにそうしたのかもしれない。どうやって死んだんだろう。血が流れてる様子はない。冷凍保存されたような死体は、見ても少しの嫌悪感も湧いてこなかった。

　だけど、確かにネズミはかわいくなかった。ミッキーマウスやハム太郎じゃないことはわかる。種類がもともと違うのかもしれないけど、害獣と聞いて納得する。みみず色の尻尾も、やけに生々しい肌色をした手足も気持ち悪い。だけど、私の胸と首周りがくすぐられるようにざわざわした。もっと、見たい。ずっと、見ていたい。このネズミは本物だ。

　思ったより、大きい。

　早く明るくなればいいと、願った。

徳川のブサイクな顔も、前髪の奥の目も、ネズミの死体も、全部まともに見てやりたい。人が誰も来ない、こんな時間の河原でなら、私は少しの気後れもなく自由でいられた。

頬に手を当てると、昨日泣きすぎてひびが入ったようになった目の端が痛くなって、また少し涙が滲んだ。寝ていないけど、頭はいつにないほどクリアだ。ちっとも眠くないし、だるさもない。尋ねていた。

「おとといの袋の中味と同じネズミ？」

「違う」

「新しいの？」

徳川が無言で頷いた。私はふうんと首を動かし、しゃがみこんでネズミを近くで観察する。

「袋のは？」

「臭《にお》いがひどくなったから捨てた」

「あ」

当たり前だけど、死体は臭いが出る。

不思議だった。元は同じ成分なのに、生きてるかいないかだけで腐るか腐らないかの境界があるなんて。

短い時間で、朝日はぐいぐいと顔を出しつつあった。徳川の身体の左半分が、卵の黄身のような色で輪郭を覆われつつある。あいつから見て、私もそうだろう。河原の上流が、キラキラと光を弾く。せせらぎの音を急に身近に感じた。

ぼうっと立ってる徳川は、今日は自分から去る気配がなかった。こいつをこの場に繋ぎとめて話をしたいなら、私も何かを差し出さなきゃならない気がした。話さなきゃならない。ネズミの死体と引き換えに、私もきっと、自分のことを。

「――徳川、自分の名前好き？」

勝利という、堅い上に週刊少年ジャンプのキャッチコピーみたいな名前。それに、ショーグンJr.というあだ名。

徳川だからショーグン。銀色の指し棒片手の、いかつい徳川先生の息子だから呼ばれる名前だ。

徳川の顔は、またいつもの無表情に戻っていた。何故そんなことを尋ねられるかわからないという顔で、私を見下ろしている。

ネズミの死体の上、霜が降りたような筋が毛の中に輝いている。

顔を俯かせ、ネズミを見る。待ちわびていた朝が来て、この時間にも、もうすぐ終わりが来る。私は教室に戻らなきゃならない。佐方みたいな愚鈍な教師や、無神経な芹香や、優しい彼氏として用意されてる河瀬のいる、私の世界へ。

昆虫系・徳川と話せる場所は、今しか出現しないのだ。教室に行っても、もうない。

「私の名前って、そんなに笑える？」

人生で一番自虐的な声になった。誰にも、女友達や彼氏にだって、こんな話はしたことない。

「あんたいっつも、隣の席で私が出席取られるとこ聞いてるでしょ？　――たまにさ、にやにや笑うの、気づいてるんだ。そんときに限らずだけど、舌打ちしたり、笑ったり」

徳川は制服のポケットに手を突っこんで立ったままだ。

「――笑って、バカにしてるでしょ。私の名前」

返答はひどくゆっくり、落ち着き払った声で返ってきた。首を傾《かし》げ、朝の日差しをだるそうに浴びる肩が、頼りなく細かった。

「アン・ブーリンから取ったの？　アンって」

前髪の間からまともに見る徳川の目は、充血して赤かった。左目なんて、ほとんど真っ赤で血の色だ。胸を射貫《いぬ》かれた気がした。

「アン……ブーリン？」

赤毛のアンは、アン・シャーリー。ママに刷りこみのように聞かされて、きちんと読んだことなくたって、知ってる。立ち上がり、徳川を見た。

知らないの？　と徳川が乾燥した声で尋ねた。

「イギリスの、エリザベス一世の母親。ブーリン家の姉妹の極悪の方。夫の国王に首切られて処刑された。罪状が鬼。反逆、姦淫《かんいん》、近親相姦、魔術ってのもあったらしいね。まあもろもろ。魔女だよ、魔女」

徳川がまだ続けようとする声の先に、ふわっと翼が広がるようなビジョンが見えた。

エリザベス一世。

襟と裾が分厚く膨れたドレス。その美しさ。気高さと、強さのイメージ。

アン・ブーリンは、その母親。魔女。

唇を噛んでいないと、気持ちが全部叫び声になって洩れてしまいそうでやばかった。身体の奥の、胸の下、おなかの少し上に力が入って、顔が真っ赤になった。空気が触れるのが、気持ちよかった。

アン・ブーリン。

私の名前、アン。

「徳川」

センスがない、と言い続けた。

誰もみんな、センスがない。私を理解しない。誰も、誰も、誰も。こんなセンスのいいことを言ってくれた人はいなかった。

歯を食いしばり、吐息のような声を出す。

「私を、殺してくれない？」

3

朝の体育館は、まだ誰も来ていなかった。春だというのに、空気がぴりっと冷たく感じられる。

部活の一番乗りは初めてだ。鍵を取りに行った私に、先生が「今日はまた早いね」と言った。佐方がいたらどうしようと心配だったけど、まだ六時半を過ぎたばかりの職員室には、その先生ひとりきりだった。

体育館のひんやりと冷たい床の真ん中に座って、ボールを磨いた。

顔を上げると、上の窓から注ぐ光の色が、黄色く濃い朝日から、だんだんと白く平然とした昼間の色に変わってしまうのが見えた。魔法が解けるように、朝が終わる。

――私を、殺してくれない？

尋ねた私に、徳川は瞬きができなかった。無表情で、普通の人が見たら、多分、普段と何にも変わらない顔に見えたと思う。だけど、私、わかった。徳川は、私の言葉に激しく動揺した。目も合わそうとしなかった私の顔を初めて正面からきちんと見た。だけど、何を考えているのか、こっちをバカにしてるようにすら見えるあいつの度肝を抜いたように思えたのは束《つか》の間《ま》だった。

「いいの?」

徳川が答えた。怯む様子もない、しっかりとした声で。長い前髪の間に覗いた目が、遠慮なく、徳川のくせにまっすぐ、私を見つめていた。

少年Aの事件スクラップ記事をファイリングしていたことを、徳川が蹴っていた袋から流れた血を見て目がそらせなかったことを、今も、横たわるネズミの死体を見て足元から微かに興奮の震えが来るということを、順に話していた。

話し出したら止まらなかった。

これまで誰にも話したことがなかったし、これからも誰にも話さないと思っていたのに、徳川の口から「アン・ブーリン」と言われただけで、ダムが決壊するみたいに言葉が一気に溢れ出た。

徳川は私の前に突っ立ったまま、黙って聞いていた。昆虫系植物担当の徳川は、光合成以外に口開くことあるのって感じだと思っていたのに、紛れもなく私の声を聞いていた。

世界で一番、私を理解しないうちのママに、聖域だと思ってる場所を荒らされた話をするとき、目にまた涙が滲んだ。昨夜からはだいぶ収まったはずの悔しさが、聞いてくれる他人を前にしたらまた蘇ってくる。

後ろめたいことだってわかってた。ママたちが気持ち悪いっていう感覚もわからないじゃない。だけど、そんなのイケてない。私は悪くない。

話すのは、徳川相手じゃなくてもかまわなかったのかもしれない。私は空気がぱんぱんにつまった風船で、どこかに穴さえ空けば、どこまでも自分を吐き出してしまえた。このときを待っていた。

本屋さんでずっと見ていた、人形の写真集。高くて買えないけど、大事に思っていたはずのあの本と写真のことまでが、勢いで一気に口をついた。怪我をした人形の女の子たち。腕が切り落とされ、水槽に沈められた様子がきれいなこと。

泣きながら話していたせいで、呼吸の調子がおかしくなった。芝生を照らす陽光の温度が上がり、上に光る朝露がはっきりと目で確認できるようになる。ジョギングや犬の散歩で通る人の姿が、時間の経過とともに、一人、二人と増えていく。

一息に喋ったことで俯き、唇を噛んだ私に「つまり」と徳川が声をかけた。

顔を上げる。興味がないかと思っていた徳川の声は、普段の教室と同様に子供っぽく高く、だけど、意外なほど落ち着いていた。

「小林、そういうの、好きなんだ」

そういうの、と分類されたことが一瞬気に障《さわ》る。だけど、指摘する徳川の顔にバカにした様子はなかった。笑わない、真面目な顔だ。

こいつがこんなふうに話すところを初めて聞く。私は頷いた。

「『臨床少女』だろ」

徳川の声に、今度は私が瞬きできなくなった。たいしたことではないように、徳川が続ける。

「お前の好きな写真集。人形の。キタハラ書店の奥のコーナーにあるやつだろ」

「……そう」

その通りだ。徳川が初めて表情らしい表情を浮かべる。にやにやと続けた。

「あれ、確かにいいよな。首だけで、包帯ぐるぐる巻きになってて、眼帯の間から目だけちょっと出てるヤツとか。あそこ、クオリア出版の本、置いてあるなんて珍しい。知ってる？　クオリアつぶれちゃったんだよ。今買っとかないと、あの本そのうち完全に消えるけど、そんなに愛着あるなら俺、買わない。譲ってやる。好きは好きだけど、俺、人形系はそんなにだから」

「クオリア……」

「出版社。『臨床少女』もだけど、ああいうマイナーな写真集とかよく出してた。去年つぶれたけど。惜しい会社なくしたなって思う。他にも坂井戸出版とか、スコレー社とか似たようなとこあるけど、きちんと生き残り考えて欲しいよな。いくら良質で趣味がよくても、あんな経営じゃきっとクオリアの二の舞だ。つぶれる」

徳川の声がどんどん大きく、饒舌《じょうぜつ》になっていく。

「漫画持ってるとこは強いんだよな。社員の給料もいいらしいし。だけど、小さい出版社は大変なんだよ。特に芸術書や写真集なんて単価が高いし、売れないから部数も多く刷れない。だから高くなるっていう、終わらない悪循環。俺たちも貢献した方がいいんだよな、本当は。何も集英社や講談社ばっかりが出版社じゃないわけ。無数に小さいところがあって、だけど知られてないし、つぶれてくのが嘆かわしいと思うわけ。クオリアなんて、その最たる例だね」

徳川は完全に私を見なくなった。

まるで大人みたいだ。使う言葉の種類もそうだし、全部わかってると言わんばかりの、評論家みたいな話し方も。私は圧倒されつつ、言葉一つ差し挟めずにいた。何か声に出せば、その途端に自分の無知が露見しそうだった。

私の反応を気遣う様子も、話を止める気配もない。ふっと思った。

徳川の喋り方は、ネットの書きこみを連想させる。少年Aのニュースサイトや、人のブログについて無責任に意見する人たち。あれは画面上の文字だけど、声で聞くと多分こんな感じのはずだ。

「――だから、小林も買えよ。もう手に入らなくなるよ、『臨床少女』。俺だったら買う」

「お金、ないもん」

急に名前を呼ばれて、はっとしながら答えると、徳川が「死ぬのに？」と尋ねた。

「殺して欲しいって言ったのに、最後の小遣いの使い道も迷うわけ？」

「それとこれとは、違う話だと思うけど」

「ふうん」

徳川が目をそらす。そして妙に改まった口調で「本気なの？」と尋ねてきた。

「本気で死にたいの？　母親とケンカして出てきた際の思いつきじゃなく。明日もきちんとそう思う？」

私は無言で、だけどしっかり頷いた。

上から目線な徳川の言い方は相変わらず面白くなかったけど、だからこそ、負けたくなかった。私は本気、――その気持ちを保てるかどうか自信がない部分も含めて、徳川を巻きこむことで、明日からも真剣なんだってことにしてしまいたかった。

「自分に何にもなく終わってくのなんか、嫌なんだ」

まだ、小学生だった頃、えっちゃんとアニメの話をしてた。卒業する少し前、六年生のときだ。

このアニメがいい、キャラがいい、このラノベの作者を尊敬してる、この人の書くものってさ――。

えっちゃんも将来、漫画家や小説家目指すの？ と私は聞いたのだ。

彼女は小学校のクラブ活動も図画工作部だったし、好きなアニメキャラの絵をテストの裏やノートによく描いていた。オタクっぽい絵だけど、うまかった。

えっちゃんは「えっ、ボクはぁ」と間を取ってから答えた。

「将来は一般人になりたい。目立たず平穏に一般市民として暮らしたい」

そのときに何故、おなかの底から怒りが湧いてきたのか――。余裕を持った話し方、口ぶりまで込みで、そのときはもう、この子と話したくないと思った。

何故そんなに自信があるのだろう。言葉は本音と裏腹に違いなかった。バカにするようにうそぶいたえっちゃんは、まだその話題を続けたがっていた。将来、将来、将来。夢見ていないふり。特別だと思っていないふりをしなければならないほど、自分を疑いなく特別な存在だと思えるのは、何故なのか。

許せなかった。

私は、そんな彼女たちと同じになんかなりたくない。

「よくあることじゃ、嫌なの。少年Aがお母さん殺すとか、担任教師をナイフで刺すとか。そんなの、うんざりするほどありふれてるでしょ？　ニュース番組でだって三日くらいしかもたない。だけどたまに、麻痺した頭にも新鮮な事件が起こる。最近だと、福島のあの事件とかそうだったよね。あの、小説の真似した集団自殺の――」

「ああ」

徳川が顔色も変えずに頷いた。

芹香たちが「怖い」「うえー」と吐く真似までして言い合ってた事件を「いい」と思う感覚が、こともなげに徳川に共有されたのだと思ったら、話の途中なのに、安堵がこみ上げてくる。

「そういうのじゃなきゃ、ダメなの。ずっとテレビで流されて、後から振り返っても間違いなく今年のナンバーワンになるような事件じゃなきゃ。人が、ああ、あの事件からもう何年経つんだって語り継いで、すぐに記憶から引っ張り出せるような事件じゃなきゃ、起こす方にも死んだ方にも意味ない。誰も起こしたことがない、新しいパターンじゃなきゃ……」

パターン、と口にしたことで思いつく。

「この先の少年Aたちがやるたび、ああ、あのパターンだよねっていう基本に、この先ずっとなるような、そういう事件じゃなきゃ、意味ない」

想像したら、頭を抱える佐方の顔が、泣くママの顔が、「一般人」にならなかった私を見て言葉を失う芹香やえっちゃんの顔が、順に思い浮かんだ。驚くほど魅力的な光景だった。

「実際にはもう、やられつくされてるかもしれない。だけど、徳川、考えて、やってくれない？　新しい少年Aになってよ。私を使って」

少女漫画のように大胆なことを言っていると、後から気づいてさすがに少し恥ずかしくなる。だけど、返答の声はあっさりと出された。

「いいよ」

肩から力が抜けた。と同時に、それまで予想もしなかった別の感情が急に胸までつき上げてくる。それは猛烈な後悔だった。混乱もあった。焦りの感覚とともに鳥肌が立つ。

「すぐじゃなくて……」

声が出た。

「いきなり、すぐ、殺さないでね。私と相談して。いつ、どこで、どんなやり方で殺すのか、どういうのが見た人に効果的か、第一発見者は誰にするのかとかまで、話し合いで決めさせて」

「いきなりすぐ殺さないでって新しい」

徳川がさらっと言って笑った。不覚にも、そのさりげない、日常そのままの言い方にほっとしてしまう。

「俺の希望も言っていいの？　事件の詳細、やり方とか、場所とか」

少し考えて「いいよ」と答える。

「ものすごく、無理なことじゃないなら」

私の身体を預ける——、河瀬の部屋であったことを思い出す。変態だ、と私と芹香たちは騒いだけど、徳川はその点、安全な気がした。見ているものも、事件や少年Aの捉え方も、欲望の種類も濃さも全部違う。私は尋ねた。

「いつ、話し合う？」

「……日曜って部活？」

これまでの偶然ではなく、時間を決め、外で会う。ここから先は、本当に後戻りできなくなるのだ。徳川みたいな昆虫系と一緒に、それも二人でいるところなんて、学校の、他の人たちに絶対に見つかるわけにはいかない。

コドモ科学センター、と徳川が言った。

知らないと答えると、こども王国の近くだ、と教えられた。それなら知っていた。丘家神社の裏手にある施設で、この辺の子供なら、誰でも一度くらい親に連れてってもらったことがあるはずだ。アスレチックや大型すべり台のある児童施設。うちの中学とは学区が離れた場所にある。

科学センターの場所自体は曖昧だったけど「わかった」と頷く。待ち合わせは、日曜の四時、部活が終わった後にセンターの展望台で、ということになった。

「澁澤龍彥、知ってる？」

別れ際に聞かれた。徳川のとめどないお喋りに半ば感心、半ば圧倒されていた私は、深く考えずに首を横に振った。

「合うと思う、お前。『少女論』とか」

「なんで、そういう難しいこと知ってるの？」

学校の成績、よくないくせに。徳川がはぐらかすように「なんとなくだけど」と答える。偉そうで、ちょっとカチンときた。

「女子なんて、全員リアジューだと思ってた」

「リアジュー？」

「リアル充実」

いつものにやにや笑いを顔に貼りつけて言う。褒め言葉でなさそうなことがわかって答えないでいると、自転車に乗って、自分の家の方向にこぎ出した。まだ私服だし、一度、家に帰るのだろう。あいつは早朝、親にどう言って出てきたのだろう。目を落とすと、太陽を浴びるネズミは凍結を解除されたように、より生々しくなって見えた。

死体、ありがとう。

と、言おうとして、言っても多分振り向かないだろうと思ったから、やめた。

部活を終えて入った教室で、徳川の横の席に行くとき、昨日よりさらに緊張して身構えたけど、徳川は相変わらず、私を見ない。

今朝のことが、全部夢だったんじゃないかと思えるほどに。

反応されても困るけど、無視するなんて生意気だとも思った。私と、約束したくせに。

朝のホームルームが終わって、芹香と倖が「大丈夫？」と机までやってきた。

「佐方、今日もアンのこと超意識してなかった？　気持ち悪っ。おえっ」

「そうだった？」

本当に気づかなかったから言うと、「ウケる。佐方、相手にもされてない」と倖が小さく拍手した。

教室の隅で、「おいおいおい、それはないいんじゃないの。田代くん」と声がしている。昆虫王・田代のゲームか何かの話。ちらりとだけ振り返ると、徳川は昆虫系の群れの中で声を立てずに薄く笑っていた。

お昼になって携帯電話を見たら、ママから着信と留守電が入っていた。先生の姿がないことを確認して、携帯を耳にあてる。うちの学校は、防犯上の理由だとかで携帯を持ってくるのまではOKだけど、使うのは放課後まで禁止だ。

着信履歴に残った『ママ』の表示を見て、癪だけど、どっと安堵した。普段は切っておくはずの電源を入れておいたことまで含めて、バカみたいだけど、私はケンカ別れしたママの連絡を待ってた。

『――もしもし、アンちゃん。無事に学校行ってる？　交通事故になんか遭ってない？　ママね、今日はシフォンケーキを焼こうと思うから、部活の後、まっすぐに帰ってきてね』

声の裏側に、はっきりとした緊張が感じられた。それでもなお謝らないママは、一見柔らかいけど頑固だ。親だってだけで、心配だという言葉をたてに自分の非を認めず、ただうやむやにする。そういうところが、嫌いなのに。

うんざりしながら電源を切る。それでも、勝った、と気持ちが軽くなった。先に折れたのは向こう。私は今日、飛び出したあの家にきちんと帰れる。

「アン」

放課後の部活が終わってから、芹香が話しかけてきた。一緒にいた倖に「アンに話があるから、先帰ってて」と告げる。

倖の表情が変わった。「え」と呟き、何か言いかけ、それからぎこちなく頷いた。

「わかった、また明日ね」

自分には教えてもらえないのか、と尋ねることもなく、教えて欲しいとも言わず、シヨック受けてませんって顔をして、体育館を出て行く。普段はすぐ脱ぐバスケットシユーズを履いたままだった。

その姿を見て、微かに胸が痛んだ。こういうことをくだらなく思う反面、私は動けないのだ。昨日の電話で、倖にも言おうよ、と積極的に言えなかった。どっちでも、なんて、かっこつけるように投げやりに言ってしまったのが、すごく幼稚なことだったって気がしてくる。

体操着のまま鞄をひっかけ、芹香が私を先導していく。予感はあったから、そこまで驚かなかった。一年の校舎棟に続く非常階段に、ジャージ姿の津島と河瀬が待っていた。

面と向かって河瀬に会うのはひさしぶりだった。

横に立たなくても一目でわかるぐらい、背が伸びていた。夕日が差す階段の奥で、茶色がかった目が私を見下ろしていた。

指が長いところが好きだった。白い肌と茶色い瞳。近づかないとわからないくらい色のないそばかすが鼻の上に散ってるのも知っている。実際にはハーフじゃないけど、ハーフっぽい、外国人っぽいって、女子はみんな騒いでた。

「連れてきたよ」

芹香が言うのと、河瀬が姿勢を正すのが同時だった。

「なんか、ひさしぶり」と、河瀬が言った。私は黙って頷くのが精一杯だった。

別れる前は悪口を言い続けたし、今だってやり直す気はないのに、自分のものでなくなった河瀬は、客観的に見るからこそ、以前よりずっとかっこよく、大人っぽく見えた。

――今朝会った徳川の顔を思い出してしまう。同じ年の男子だなんて到底思えない。なのに同じ学校を共有してるなんて変な感じがした。

一言挨拶したきり話さない私たちを、芹香が「えっと」と眺め、困ったように津島を見た。

「うちら、お邪魔かな。――アン、一人で大丈夫？　河瀬、アンに話があるんだって」

「わかった」

普段は明るく、よく喋るはずの河瀬が黙っている。本当は息がつまりそうだった。津島がカラッとした笑顔で、河瀬の肩をポンとわざとらしく叩いた。河瀬は調子を合わせることなく、真面目な顔で頷いただけだった。

非常階段の上から伸びる河瀬の長く薄い影が、私の足元から伸びる濃い影と重なり合っていた。やがて、河瀬が言った。

「佐方が、俺とのこと小林に言ったたって聞いた。帰りのホームルーム、みんなの前で」

「うん」

「ごめんな。あいつ、本当最低だな」

「いいよ、別に河瀬のせいじゃないし」

「あのさ――、やり直さない?」

言葉は思っていたよりずっと深く、胸の奥にずしん、と響いた。顔が見られなくなる。彼の茶色い瞳が、水をいっぱいに満たしたコップの表面みたいにぴんと張りつめていた。悲しくなるくらい、唐突に悟ってしまう。河瀬はいいヤツだ。混じりっ気なく、健全で善良。付き合っていたとき、私とどこまでしたかをクラスの男子たちに話していたことを知って、私はショックだったけど、それだって多分、悪気なくやった。

河瀬は、不健全な私が一時でも付き合ったのがどうかしてたくらい、私が必要とするものを何にも必要としない男子なのだ。

私と合わない。

泣きそうになった。

ごめんね、と私は言った。

河瀬が一瞬だけ黙る。それから、どうして、と聞いた。続けて、どうしても? とも。

声が、掠れていた。ショックだからそうなってるわけじゃなくて、声変わりの途中なんだと気づいた。去年はまだ、こんな声じゃなかった。

「うん」

私は頷き、また謝る。泣きそうだったはずなのに、いざ河瀬の前で涙を流そうとしたら、うまくいかなかった。顔を歪め、雰囲気だけで泣き顔を作る。せめてそんなことでもしなければ、申し訳ない気がした。

こども王国のある山は、自転車で行けるギリギリの範囲だ。小学校の頃、子供だけでピクニックやダブルデートをしたとき、二度くらいずつこの山を自転車で上った。

こんな遠い場所を指定した徳川のことを恨みながら、つづら折りの坂道を自転車で上って行く。曲がりくねった道は、昔、車に揺られて気持ち悪くなったこともあるコースだ。途中、足がだるくなって、何度か自転車を降りて引いた。

背の高い木々に囲まれたうっすらと明るい道は、湿った土と葉っぱの青い匂いがした。ガードレールとコンクリートでやけにきれいに整備された道の上に、墨で雑に描いたようなタイヤ跡がところどころ現れる。

時間をかけて、こども王国の入り口まで上った頃には、脇の下に汗をかいていた。こうまでしないと人に見られないで会うことができないのか。私も徳川もバカみたいだ。同じ教室の隣の席に、ずっと座ってるのに。

部活の後で来たせいで、もう夕方になりかけていた。ひさびさに来た場所だったけど、徳川が指定したコドモ科学センターはすぐに見つかった。案内の矢印がついた看板がおかれている。こども王国のすぐ隣だ。

記憶にない施設だったから新しいのかと思ったけど、見えてきた建物は意外にも年季が入ってるふうだった。こども王国に夕方でもたくさんの車が入っていったのに対し、こっちの駐車場はガラガラだ。自転車置き場もあったけど、ほとんど停《と》められていない。——うちの中学の、男子の指定自転車が一台だけ。それを見て、少し緊張する。

一年使っただけのはずなのに、徳川の自転車は中学校名のシールが掠れ、後ろのタイヤも少し曲がっていた。書かれてる名前の字がやたらとうまくて迫力あるのは、本人じゃなくてショーグンかお母さんが書いたからだろうか。

なるべく距離を取った場所に、自分の自転車を停める。一年のときはしっかり書いてた名前を、「恥ずかしいから」って理由で芹香たちと一緒になってこすって消し、上にキャラクターのシールを貼ってある。芹香が持ってきたものを断って、雑誌の付録についてたハートの中に髑髏が描かれた柄のを貼った。ピンクだったし、ハートだったから、芹香たちもかわいいって言って、髑髏については何も言われなかった。

正面にある階段の上に、さらに別の階段が延《の》びていた。それをひたすら上っていくと、山の斜面に張り出す舞台のような場所に急に出た。わぁ、と胸がはしゃぐ。街が一望できた。

徳川が、端っこの手すりに身体を倒して寄りかかっていた。後ろ姿だけどわかった。

高い山だと思っていなかったのに、来てしまうと雲がずっと近かった。灰色の煙のように薄く伸びて、街を覆っている。下の道を行く車も線路の電車もよく見えた。駅の前でスピードを落として止まり、また走り出す電車はここからだと鈍くゆっくりとして見えて、胴体の長い幼虫が動くようだった。

黙って横に近づくと、徳川が気づいた。展望台には、おじいさんに近いおじさんが一人いるだけだ。大きなカメラと三脚を構えて写真を撮っている。

話し始めの第一声が出てこなかった。早朝のあの時間饒舌になってしまった分だけ、魔法が解けた昼間ではすべてが白々しかった。

「――調べたよ。アン・ブーリンと、澁澤龍彦」

徳川の格好は、今日も黒一色だった。河原のときと同じ服ではないようだけど、男子の私服の定番であるジーンズも穿《は》かず、模様もない服は、ポリシーがあって黒で通しているのだろうか。

沈黙を作るのが怖かった。

「アン・ブーリンのあの時代って、公開処刑だったんだね。改めて想像したら、それってすごいことだなって思った。みんなの前でギロチンにかけられるなんて、今考えてみれば残酷――」

「違うよ」

徳川の声が急に割りこむ。街の方を向いていた顔が、ふっと私に向けられた。徳川の中で見えないスイッチが入る音が聞こえた。喋りモード、オン。

「ギロチンじゃない。マリー・アントワネットなんかはそうだけど、アン・ブーリンは違う。ギロチンなんか使わなかった。知らない？　ロンドン塔のあの広場で殺されたとき、死刑執行人はヘンリー八世から、『アンの首を刎《は》ねろ』って言われてて、斧《おの》でやったんだけど、そいつ、すごく下手くそだったんだって。首を狙ったのに、狙いがそれて、肩の下あたりを切っちゃった。一発でやれなかったけど、ヘンリー八世からの命令は『首を刎ねろ』だから、その肩から切れたアンの首をさらに刎ねたんだ」

暗唱するように告げる。

「だから、歴代の処刑で最も凄《すさ》まじい現場になったらしいよ。本当に血まみれ。ギロチンが登場する必要があるわけだよね。あれ、優しい措置だよ。残酷なことにならないための、人道的な装置。道具ならしくじらないもん」

徳川が軽い咳《せき》をする。喉を整えるように、ぐぐ、と咳払いもした。

「その話、本当？」

「知らない。そういう話を聞いたことあるってだけ。何かで読んだんだと思うけど、それが何かも覚えてない。本当だったら面白いよな」

こいつは、この間の約束をどう思っているだろう。

時間が経ち、いくらか冷静になってから、自分が頼んだことを反芻《はんすう》した。殺して欲しい、少年Aになって欲しい。徳川は承諾したけど、それは何も私一人の人生を終わりにするというだけじゃなく、徳川の人生も係わることなんだと、随分後になって思い当たった。

徳川はそれでいいのか、そんな覚悟があるのか。

少年Aは、つかまらなければ少年Aじゃない。私が望むのは自殺の手伝いじゃなくて、一緒に事件を作ることだ。

展望台の手すりに近づくと、風が強く吹き上げた。少し寒い。言い出せない私の前で、徳川の方から「でさ」と切り出した。

「どういうのが、好みなの」

聞きたいことは山ほどあったけど、言葉を呑みこみ、「ちょっと待ってて」と答えた。斜めがけにした鞄から、ノートを取り出す。

それは、親戚のおばさんが海外のお土産で買ってきてくれたノートだった。もう何年も前にもらったもので、ハリー・ポッターか何かの世界に出てくる魔法書のように分厚い。しっかりとしたつくりの硬い表紙も、中の少し青みがかった紙もアンティーク物って感じで雰囲気があったし、全体的にくたびれた感じが好みだった。あまりに好みすぎて、もったいなくて、今日まで使える用途が何もなかった。

「これにメモする」

手すりに沿って立った徳川と私は、互いに遠慮するように離れていた。中途半端に近くて遠い距離を間に挟むと、かしこまった言葉を書くのに抵抗がなくなった。小説やドラマの中に登場するような、かっこいい言い回し。普段の作文に書いたら、かっこうの笑いのネタになってしまいそうな。

だけど、今、この場で、徳川相手になら書ける。


『これは、悲劇の記憶である。』


最初のページに書いたら、徳川がいつの間にか覗きこんでいた。

「記録じゃないの」

呟くように尋ねる。顔を上げたら目が合った。

「記憶じゃなくて、記録じゃない？　普通、こういうとき」

「別に、よくない？　こっちでも」

本当は、失敗したかもと焦ったけど、睨みつけて尋ねる。

徳川は黙った後、私の丸い文字にまた目を落とした。展望台の手すりから離れ、しばらくして「まあ、いいんじゃない」と答えた。

理想の場所、方法、第一発見者、と思いつくままノートに一ページ一項目ずつ書き入れていく。

「他にあるかな？」と尋ねると、徳川が「期日は？」と聞き返してきた。

「期日？」

「いつ、決行するか」

ひょうひょうと言われたけど、それってつまり、私が死ぬ日、自分の寿命を決めるってことだ。

「そこまで、今、決めるの？」

「だって、希望ないの。クリスマスに死にたいとか、元日がいいとか」

すぐには答えられなかった。いつ、死ぬか。考えたら、自分たちがしようとしてることが一瞬だけ、急にものすごく身に迫る。

「特にこだわりないけど」

わざとそっけなく言ってみる。だけど、自分でも声が硬いのがわかった。

「それ、まだもうちょっと考えてみてもいい？　――日だけ決めても、その頃までに、理想の事件とか殺し方が決まるかわかんないし」

「いいけど、俺、受験前がいいな。三年になると、テスト結果とかやたらと気にしなきゃいけなくなって、本格的に受験って感じになるだろ。そういうの、俺、嫌だ。バカらしい」

驚いた。

「何?」

私の様子に気づいた徳川が、面白くなさそうに聞く。「普通の男子みたいだから」と、私は正直に答えた。

「徳川も受験とか気にするんだ」

「——受験ウェルカムなヤツいるかよ」

徳川が顔をそらし、気まずそうに横を向く。ウェルカムの響きが、すごくぎこちなかった。津島たちか、それか全然タイプ違うけど、田代みたいな突き抜けたタイプなら使いそうだけど。指摘しようかと思ったが、なんだかかわいそうに思えてやめた。

「じゃ、決行は三年生に上がる前?」

「それと、来年違うクラスになったら、俺がお前殺す理由なくない? 同じクラスの方がそれっぽい」

言ってから、私のノートをまた見る。

「項目、追加して。殺す理由、『動機』。まあ、リア充女子の話し声がうるさいって理由でも十分だと思うけど、もし他のがよかったら供述のときにそれ言ってやらなくもない」

「何それ。この間、私のことリア充じゃないみたいなこと言ってたじゃん」

「病んでるけど、リア充でしょ。彼氏いるヤツはみんなビッチだよ」

顔をしかめる。

芹香や私たちの世界では、彼氏がいる女子は立場が上だ。いないと、いる子にバカにされるんじゃないかって、自分に落とせそうなレベルの相手を探して告白するのに必死になる子もたくさんいる。みんな自分なりに一生懸命なのに、その努力を最初から放棄してる昆虫系になんか何も言われたくない。そんなの単なる負け惜しみじゃないか。

現実の人間関係が充実してることを悪口みたいに責められるなんてどうかしてる。思うけど、私はキレなかった。「病んでる」って言われたからだ。多分それは、徳川の中では一級の褒め言葉だという気がした。

「私たちの話し声ってうるさい？」

「相当。自覚ないんだ？　――で？　書くんでしょ。順にいく？」

徳川が、私の手元のノートを顎で指し示した。

血が出た方がいいの、
痛みはない方がいいの、
発見場所は、
すぐ見つかった方がいいの、

格好は制服？

徳川の質問は矢継ぎ早でとめどなかった。そして、私はそれらの質問にどれ一つとして満足に答えられなかった。これまでスクラップブックに事件記事を集めてはきたけど、「理想」の形まではできあがってなかった。

徳川が「やる気あんの？」と、私を見た。

「血が派手に出た方がいいけど、痛いのは嫌で、静かな森の奥深くに憧れるけど、きれいなままで見つけて欲しいからすぐに発見されなきゃ嫌で、だけど、具体的な方法や場所はまったく思いつかないって何それ」

「聞かれたことに答えただけだよ」

「我儘《わがまま》すぎるんじゃないの。女ってこれだからさ」

女友達もいないのによく言う。アニメの中に出てくるセリフをそのまま日常で使っちゃってる感アリアリだったけど、言い返せなかった。

「この際だから、憧れてるシチュエーション、なんでもいいから言えば。何かないの？小説や映画に出てくるこの場面が好きだとか、このヒロインの設定が欲しいとか」

「いろいろある、とは思うけど……」

「まさかアン・ブーリンみたいに首と肩ちょん切られたいわけじゃないよね？　お望み

ならがんばってみるけど」

「それは別にいいよ！」

思わず声を上げると、徳川がからかうように笑った。

「生きたままか、死んだ後に切るかも選べば？　とにかく本気でやりたいなら、少しくらいは考えてこいよ。次話すときまでにまとめてきて。今はちょっとレベル低すぎてお話にならない」

悔しいけど、少し話しただけで、私は自分が徳川に比べたらこの手のことにはまるで素人であることを実感してしまっていた。理想に思う小説も映画も、ないわけじゃないけど、徳川に比べたら全然頭の中にストックがない。名前を知ったばかりの澁澤龍彦だって、まだ読んだことない。ウィキペディアのページを見ただけだ。

――だけど、なんでそんな言い方されなきゃならないんだろう。仕方ないじゃないか、何しろうちは母親が『赤毛のアン』の吹き替え版のみをこよなく愛するレベルの低い家なんだから。

徳川の家はどうなんだろうって気になった。厳格な顔した中学教師のショーグンは、どんな本や映画を観てるのか見当もつかない。英語教師だけあって、さすがに映画を吹き替えで観ることはなさそうだけど、徳川の読んでる本がもしショーグンの影響だとするならかなりびっくりだ。

Ｊｒ．ってあだ名はつけられてるけど、徳川は見れば見るほど父親と似ていなかった。ダンディに見えなくもないショーグンは鷲鼻《わしばな》で、横顔が外国人の輪郭みたいに整ってるけど、徳川の鼻は丸くて小さい。お母さん似なのかもしれない。

「徳川って、本当に徳川先生の息子なんだよね」

「何だよ、悪い？」

「ううん。ただ、徳川先生って、家だとどんなお父さんなの？　学校と違う？」

音楽のサクちゃん曰《いわ》く、彼女が教わっていた若い頃はイケメンだったというショーグン。徳川は少ししてから「別に普通」と答えた。

「これ貸す」

だんだんと暗くなってきた展望台を下りる直前、徳川が自分のバッグから文庫本を取り出した。

「何？」

「澁澤」

びっくりした。表紙を見て、思わず声が上がりそうになった。

きれいな人形のモノクロ写真。顔を右下に少し俯かせている。くっきりとした、黒目の大きな目。瞼が二重かそれ以上、きれいに顔に刻まれている。白い頬の上に光が滑り、形のいい上唇が今にも開きそう。いかにも人形然とした首や肩の繋ぎ目がぞくりとするほど魅力的に見えた。——その繋ぎ目を球体関節と呼ぶことは、すでに立ち読みしてる『臨床少女』の解説で了解済みだ。膨らみのない裸の胸も、目のすぐ上で切りそろえられた色のない髪の毛も、みんないい。

タイトルは、『少女コレクション序説』とあった。かなり読みこまれたように、ページが茶色くなっている。

「この間、澁澤の『少女論』とかお前好きそうって言っちゃったけど、その名前で本出てないから。つまりそれ、俺が言ったのはこれのことだからって説明しようと思って」

「これ、徳川の？」

「そう」

手を伸ばし、本を受け取るときに、徳川の右の親指が見えた。——正確には、その爪が。

本には惹かれていたけど、手が一瞬躊躇《ちゅうちょ》する。

徳川の爪は、ちょうど真ん中で、黒ずんでへこんでいた。近くで見るのは初めてだから、これまでは気づかなかった。ペンではっきり黒い線を書き入れたように、表面が一部、つぶれている。

私の視線に気づいた徳川が、はっとしたように人差し指を親指の爪に不自然にかぶせた。普段も、ひょっとしたらそうやって隠していたのかもしれない。

「――ありがと。借りる」

受け取ったものの、徳川の親指が触れていた部分を無意識に手が避けてしまう。徳川がバッグをかけ直す。運動部でもない男子がスポーツメーカーのものを持ってるのは意味不明だと、芹香が昆虫系の方を見ながら笑ってたことを思い出したら、徳川のバッグについた大きなロゴマークが直視できなくなって、軽く俯いた。

次までに、どんな方法や場所がいいか、自分の「理想」について考えてくる。借りた本を読んでくる。

徳川に課題を出された。まるで、塾か部活だ。しかも、思いやる言葉がかわされることのないスパルタの塾。展望台を下り、自転車置き場まで戻るとき、私も徳川も、具体的な約束を取りつけたわけじゃないのに、当然のように「次」を考えていた。

私たちはまた会う。

学校ではない、こういう場所で。決行の日まで。

「携帯番号とメール、交換する？」

自転車に乗る直前に尋ねると、徳川が「ああ」とそっけなく言った。携帯を取り出す。随分型が古い。見てたら、徳川に「何」と聞かれた。

「別に何も言ってないけど」

答えると、徳川が黙った。

赤外線通信のやり方がわからないという徳川に教えようとしたら、「打つからいい」と断られた。「簡単だよ」と言ったけど、返事をしない。徳川のものより私のアドレスの方が短そうだから、仕方なくアルファベットを読み上げる。名前と誕生日を組み合わせたアドレス。すぐに空メールが送られてきた。

確認し、貸してもらった本と携帯を鞄にしまうとき、「この本は徳川先生のだったわけじゃないの」と聞いてみた。読みこんだ様子の古い本。徳川は首を振り、「ブックオフ」と短く答えた。

「県内中回れば、そういう掘り出し物に会える」

「へえ」

裏返し、値札の部分を見ようとしたら「はがした」と声がした。

「こんなにきれいになる？」

裏表紙にはシールの跡が全然ない。うちにある古本はどれだけ注意深く値札をはがしても白い粘着面が残ってしまうのに。

「灯油」

徳川が教えてくれる。

「表紙がつるつるしてる本だったら、ティッシュに灯油しみこませて拭けば、結構きれいになる」

「そうなんだ」

徳川が几帳面に本をきれいにしてるところを想像したらおかしかった。だけど、さっき見たばかりの親指の爪も一緒に思い出してしまう。内出血にも程があるような、あんな真っ黒い爪をしてるくせに、変なところが神経質。こいつ、やっぱり変わっている。

「俺、山下りたら寄るとこあるから」

一緒に帰るところを人に見られたらどうしようと心配していたら、徳川があっさり言った。

「せっかくこっちまで来たから、この辺の本屋に寄って帰る」

「わかった」

来るときはきつかった山道を、自転車で滑るように下りる。通る車は少なかったけど、暗くなっているせいで、スピードを出すのが怖かった。だけど、徳川はブレーキをほとんどかけずに、私の先を、シャーッと下りていく。こっちを振り返ることもほとんどなかった。カーブを曲がるとき、手をハンドルから離して、だらりと下げていた。危ないのに、きっとわざとやってる。

かっこつけてるんだと思ったら、うんざりした。

ゲーセンでオタクがゲームしてるときもそうだけど、瞬発力勝負のスポーツとも呼べないゲームの類で身体を動かすとき、何故、運動神経がよくない男子に限って、陶酔するようにすばやくコントローラーを動かしたり、スピードを上げたりするのだろう。無駄な動きが多くて、観客の目を意識してるのがバレバレだ。別に、誰も見てないのに。

そのまま山を下りて、私を待たずに行ってしまうかと思ったのに、徳川は下で私を待っていた。

「じゃ、また」

「うん。——ねえ、なんで難しい本とか読んでるくせに、学校の勉強あんまりできないの」

なんとなく聞いただけだったけど、聞かれた徳川は今までで一番嫌そうな顔をした。

「普通そういうこと聞く？」と私を睨む。

「興味があることしか覚えたくないから」

「国語はできてもよさそうなのに」

「漢字とか文法とか、基本的なことならそりゃできるけど。だけど、教科書とか大人が勧める本って最高につまんないし。俺、かなり本読んでる自覚あるけど、それでも『本を読みなさい』って怒られるよ。読んでるっつーの、ってキレそうになるけど、大人が言ってるのって所詮、戦争とかの例のああいういい話系だろ。ラノベもアニメも、時代の最先端いってるものまるで見てないくせに何言ってんのって、俺、大人の先いってることに優越感覚えて、あいつらのレベルの低さをバカにしてる。だから学校の勉強ができないぐらいなんでもない」

「ふうん」

受験生になることを嫌がっていたことを思い出すと素直には頷けないセリフだったけど、一応納得したふりをした。

「クラスメート女子、殺すとしたら理由、何だろうな」

ふいに話題を変えて、徳川が言った。

この辺りは盆地の地形をしてる。すり鉢状にへこんだ街のへリを覆うように走った舗装道路は、下りてきた山道と違って車の往来が激しかった。ライトの光が顔を覆ってはすぐに遠ざかる。

向き合った徳川の顔が思いがけなく明るく照らされて、戸惑った。

「よく聞くのは、ストーカーしてたとか、片思いして、振られた腹いせに、とか、付き合ってて別れたとか……」

言ってしまってから、これは徳川と私の話なんだと我に返った。徳川が私に片思い。機嫌を悪くされないだろうかと口を噤む。徳川は「ま、そんなとこか」とたいしたことないように頷いた。

「どっちにしろ、そういうありがちなことの上を行かなきゃならないんだろ。新しいパターンを作るわけだから」

「そうだね」

「俺も考えてくる」

じゃあ、と手を上げて、徳川が自転車に跨ったまま地面を蹴った。私が帰るのとは反対側の、繁華街の方向に続くトンネルへと消えていく。

ひょっとして、一緒に帰るのが気まずいのは徳川も一緒で、私に気を利かせてわざと反対方向に用事があるふりをしたのかも。一瞬、そう考えたけど、すぐにそんなはずないか、と可能性を打ち消す。あのコミュニケーション能力が低そうな昆虫系にはそんな真似できない。

家に帰ると、『少女コレクション序説』をすぐに開いた。目次を見て、胸がときめく。

「人形愛」「犠牲と変身」「幻想文学」「近親相姦」「コンプレックス」

さらにページを捲《めく》ろうとしたところで、ドアがノックされた。

「アンちゃん、ちょっといい？　余った布があったからちょっとスカート作ったんだけど、見てくれない？」

この間派手なケンカをしてから、ママは私に少し気を遣うようになった。部屋に入るときは必ずノックするようになったし、ちょっとしたことですぐに話しかけてくる。そうやって問題をなかったことにしたいのはわかるんだけど、それでも見当違いな「いい親子」風の話しかけられ方をすると腹が立つ。

スカート。

私とあなたは、そんな趣味の話を親しげにする間柄でしたっけ？　と首を傾げたくなるけど、机の引き出しに本をしまって「うん」と答えた。ドアを開けるとひらひらのロングスカートを穿いたママが「どう？」と、裾をつまんで立っていた。

社交ダンスを踊るように右足を滑らせて、部屋の中に入ってくる。長い髪がふわっと舞った。

「いいんじゃない」

本当だったら、私の服が作りたいはずなんだけど、私がそれをさせないのをこの人は知ってる。これだけ冷たくされても、めげずに部屋に入ってくるところ、呆れるけど、見方を変えればある意味偉いのかもしれない。

徳川のお母さんは、どんな人なんだろう。『少女コレクション序説』の表紙を見て「いい」ときちんと思える人から、あいつは生まれてこられたんだろうか。外で受け取ったときにはわからなかったけど、今、部屋の中で読むと、本からは微かに灯油の匂いがした。

理想のシチュエーションについて考え続けた。

過去に起こった事件やニュースを丁寧に思い出すと、強く心惹かれていたのは、やはり遺体を激しく傷つけるものであることが多かった。

刺激の強さに馴れて、単なる字面だけで見ていた「バラバラ殺人」が、徳川とこの間話したことで急に生々しく思える。「首が発見され」という文章を見ただけで、自分の喉にそっと手をあててしまう。そして、ゾクゾクした。

片腕のない女の子の人形が、自分の腕を水槽ごしに見てるのから目がそらせないのだから、私の興味の対象はやはり方向が決まっている。

痛いのは、嫌だけど。

痛みや苦しみの少ない方法で死んでから、徳川にきれいに演出してもらう方法もある。病んでる、と徳川に言われたことを思い出した。

切り落とされた自分の腕を、自分の目で見なくていいのか、と心の一部が問いかける。どうせ死ぬのだったら、見なければもったいないんじゃないのか。命尽きるまで、最大限に見なければ——、自分の残りの命を生かして、そういう経験をしておくべきなんじゃないか。

実際には、正気でいられるのかどうかわからない。

生きてるうちに身体の一部を失うのは、きっととてつもなく痛く、狂おしいほど残酷だ。悲鳴を上げながら、苦しみながら、切ってもらった腕を見て、私は自分で望んだことであるにもかかわらず泣くだろう。早く殺して欲しいと望むのではないだろうか。腕を失ってしまえば絶対に後悔する。生きながらえることなんてもうできないと感じて、一刻も早くとどめを刺して欲しいって、頼み出すかもしれない。

想像は止まらず、時に身震いするような激しさで私を襲った。眠る前や、学校に向かう河原の通学路や、授業中、繰り返し、夢想する。世界に浸りすぎたせいで、残虐な行為に晒《さら》される自分の身体や、ときには残される両親のことすら哀れに思えて、陶酔の涙が流れてくる始末だった。そういう自分がイタいことは自覚してるけど、想像は、気持ちよかった。

徳川はどうなんだろう。私を殺すシミュレーションをして、こんなふうに悦に入ることはないのか。私の想像の中、犯人であるはずの徳川には、顔がない。

私にとって、自分を殺す相手はヤツじゃなくても構わないのかもしれない。

考えるけど、そのたび何故か、徳川のつぶれた親指の爪を思い出した。あの異様な、尋常じゃないへこみ方。びっくりしたし、気持ち悪いのに、もう一度、あの爪を近くで見たかった。

六月の半ばに部活の総合大会の予選があって、二つ編成するチームのうち、私は雪島南Bチームのレギュラーに決まった。

漫画やドラマだと、何か他の楽しみや気がかりなことがあると部活や勉強が上の空になって、生活リズムが乱れたりしてる場面をよく見る。しかし、私の場合は逆だった。「理想の事件」の想像が楽しければ楽しいだけ、すべてが順調だった。

選手はおおむね三年生が占めるから、もちろん私たち二年は全員がレギュラーになれるわけじゃない。私と仲がいい子たちは大丈夫だったけど、塚田のグループでは何人かが補欠になってしまい、メンバー発表の後、外された子が体育館の隅で涙ぐんでいた。

私たちのバスケ部は、そう強くない。県大会前の地区予選で女子バスケ部はあえなく敗退し、かろうじて県大会に進んだ男子バスケ部の応援も、初戦で敗れたために一度きりになった。

「来年は、あんたたちががんばるんだよ。高校に行っても、部活、何回か見に来るからさ」

これで引退になる部長たちから、試合後の反省会で励まされた。泣いてる先輩がたくさんいた。ペットボトルのスポーツドリンクとタオルを手に、広い体育館のあちらこちらで、先輩後輩のエール交換が行われていた。

「アンは、試合中にいる場所が毎回いいんだよ。一年のときから素質あるなって思ってた」

芹香のところに来た飯野先輩が、私の目を見ながら力強く頷いた。

「そこにいて欲しいって場所できちんとボールを取るのが、多分、ユニフォームへの道が開けた理由だったんじゃないかな。あ、だからって別に、他の部分は下手だって言ってるわけじゃなくて」

「大丈夫です、先輩ありがとうございます」

頭を下げると先輩たちが微笑んだ。

「先輩、寂しいです」と芹香が目を潤ませる。

「そんなこと言うな、次はあんたたちの時代なんだから」

飯野先輩が、芹香の頭をこつんと叩いた。

目の前の体育館の光景が、映画でも観ているように感じられた。人のストーリーに紛れこんでいる私は、ここに居場所がない。

「あっ」

先輩たちと別れ、自分の鞄から携帯電話を取り出した芹香が画面を開いて息を呑みこむ。周囲に響き渡る声で「すごーい！　野球部、県内ベスト4入り!!」と叫んだ。辺りからおおっとどよめきが起こった。

「津島から？」

「うん。今から準決勝だって。すごい。今年の野球部、英雄だよ。わあ、自分のことみたいに嬉しい」

両手に拳を握り、小さく叩き合わせる。感嘆の息を洩らした後で、「アンもさ、やっぱ河瀬のこと、もったいなかったって」といきなり言われた。

「あいつもテニス部、今日、県大会でしょ。ダブルスでひょっとしたら北信越大会までいけるかもって聞いたし、これでますますモテることになって、後悔しても遅いからね。近田が河瀬狙ってるらしいって噂あるの、知ってる？」

「うーん。でも、やっぱり私もいろいろ考えた結果だから」

「この贅沢者！」

じゃれ合うように私を軽く睨み、「津島に電話してくる」と体育館を出ていく。残された倖と一緒にジュースを飲んでいると、芹香が名前を挙げた一年生の近田が、先輩たちに「三年間お疲れさまでした」と頭を下げているところが見えた。

短いショートカットの髪に、浅黒い肌。背が小さく、一見みんなの妹分のようなのに、実は今年の一年生で一番しっかりしてる。あの代のキャプテン候補。

いい子すぎるところが玉にキズ、と二年では嫌っている子も多いけど、私は素直にかわいいと思っていた。彼女なら、きっと河瀬と似合う。

「倖、ごめんね」

話しかけると、倖がびっくりしたようにペットボトルを口から離した。

「何が？」

「河瀬にもう一度告白されたこと、言うの遅れて」

「あー、いいよ。そんなの」

倖は露骨にどぎまぎしていた。普段だったら、互いになんとなく曖昧にするだけだった。謝ったのなんか、初めてだ。

悪いのは私の方なのに、倖が気まずそうに首を振る。

「どうせさ、芹香が内緒にしようって言い出したんでしょ？　――ここだけの話だけどさ、芹香、実はアンが河瀬振ったの相当怒ってたよ。せっかく一肌脱いだのに、自分の顔が台なしだって、私のとこ電話してきた」

「うん」

そんなことじゃないかと思ってた。そのせいでまた硬くなりかけた芹香の態度は、大会の前あたりから私への評価を一回りさせて、元に戻った。今は、河瀬みたいなイケてる男子を振った私を見直すような方向に傾いている。

「あの子、そういう困ったところあるよね」

そんなつもりで謝ったわけじゃなかったのに、見返りのように告げ口が続く。三人組の女子のうち、誰か一人が席を外したら、途端にこうなってしまう。

少し前だったらきっと怖くて、私は促されるまま河瀬と付き合ってしまったかもしれない。外されたときの教室や部活での一人の気まずさを知っているから、きっとそうせざるを得なかった。

だけど今は、たった数ヵ月前のそんな気持ちが嘘のようだった。来年の今頃、私は多分、ここにいない。

みんなが流されるコースから、降りる。

次の連絡は徳川から来ると勝手に思っていた。こっちから連絡するのが癪だったのもある。

県大会は一つの節目だった。借りた澁澤龍彦の本はもう読み終わってしまっていて、本当はすぐにでもその話がしたかった。

『初メール。小林アンです』

打ちかけて、すぐに消した。「初メール」なんて言葉、彼氏か、仲がいい友達に打つときみたいだ。それに、これから先に作り上げる事件がどんな形になるにしろ、私が被害者で徳川が少年Aになったら、やり取りしたメールも着信履歴も、徹底的に調べられるんじゃないだろうか。簡単に番号を交換したり、連絡を取ったりするのは、本当はよくなかったのかもしれない。

徳川に相談したかったけど、電話するのも嫌だった。一度くらいのやりとりだったら、お互いの携帯から削除すれば、警察も内容までは辿《たど》れないだろうか。それともドコモは、そういうのも全部データを蓄積させて取っておくくらいに優秀だろうか。散々迷って、覚悟を決める。短いメールを打った。

『今度の日曜に、またあの展望台に来られる？』

送信したら、途端に落ち着かなくなった。芹香たちからだったら、五分以内に返信し合うのが普通の私の携帯は、それから一時間経っても二時間経っても鳴らなかった。

夕食やお風呂を終えるたび、部屋に置いた携帯を開くけど返事はない。寝る前に最後に見たときも返事はなく、よっぽどもう一度メールしようと思いかけたけど、送信フォルダにはきちんと徳川へのメールが入っている。送れてないわけじゃなさそうだった。

空メールをもらってすぐに登録した徳川のアドレスを呼び出す。単語が何個も連なる、長いアドレスだった。最初の『chiyoda.』は、私でも知ってるあの有名なラノベ作家の名前だろうか。この間徳川とも少し話したけど、彼の小説をもとに起こった事件には痺れた。えっちゃんもこの作家に心酔してるって昔、騒いでたけど、私は読んだことがない。

確認し、携帯を閉じる。

徳川からの返事は、朝、入っていた。寝るときは着信音をサイレントにしてたから気づかなかった。内容は一言。

『時間も同じ？』

着信の時間を見て仰天する。午前三時二十一分。あいつ、そんな時間に起きてんの？　親から怒られないのだろうか。今日も学校があるっていうのに。

呆れながら、携帯を鞄にしまう。


その週の音楽の時間に、事件が起きた。

ただでさえサクちゃんが受け持つ音楽は舐められてうるさいのに、その日は新しい単元に入り、合唱の練習が始まっても、みんなざわついて歌わなかった。先頭切って騒いでたのは、いつもの通り津島だ。

「サクちゃんがまずお手本見せて歌ってよ。じゃなきゃ音取れないし、わかんない」

サクちゃんが「もう」って顔をして、ピアノを弾きながら、男子のテノールパートを歌う。しかし、もとの声が高いせいでうまくいかず、声が盛大に裏返った。お笑い芸人がコントでわざとやるような外れっぷりに、歓声が湧き起こる。津島が外れ方を真似する。彼女をからかえるのが嬉しくてたまらないのだ。

だけど、そのときだった。

「津島！」

強い声がぴしゃりと飛び、ピアノの鍵盤を乱暴に叩きつけるバーン、という音が同時に響いた。

名前を呼ばれた津島の顔が硬直する。男子の悪ふざけを冷めた目で見てた女子たちも、これには驚いて、クラス中、みんなが一斉に前を向いた。

真っ赤な顔をしたサクちゃんが、頰を引き攣らせて津島を睨んでいた。静まり返った音楽室で、悪ふざけを扇動するため後ろを向きかけた津島の中途半端な姿勢が浮いていた。

サクちゃんは、険しい顔をしていた。ピアノの上に載せた手が震えている。

「津島。授業が終わったら、残りなさい」

津島は答えなかった。意地になってるわけじゃなくて、謝ることができない子供みたいに、ただ困っている目をしていた。

「授業に戻ります。じゃあ、教科書十三ページの楽譜を、みんなもう一度」

サクちゃんが意識して冷たい声を出している。もう誰も反抗せず、茶化さなかった。津島がきまり悪そうにゆっくりと席に着く。カタ、という音がした。サクちゃんは津島に罰を与えるように、誰とも目を合わせないようにしていた。

怖い、と思ったけど、彼ら以上に気がかりな存在は、私の後ろに座る芹香だった。何人か、前の席の女子も左隣に座る男子も、彼女を振り返ったのが気配でわかったけど、私も倖も動けなかった。お互いに顔を見合わすことさえ躊躇われた。

サクちゃんのピアノ伴奏と指導のもと再開された私たちの合唱は、声がなかなか伸びなかった。

「もっと声！」

怒号のような声に促され、私も大きく呼吸する。目がつい、津島の方を見てしまう。津島は俯いたまま、歌っていなかった。

チャイムが鳴り、息がつまるような時間から解放される。起立、礼の号令。

授業が終わっても、みんな、いつもより出ていくまでの動作がのろのろとしていた。普段だったらすぐに教室に戻るはずが、ことの成り行きが気になるのだろう、何人かはまだ席に残っていた。

私たちもそうだった。

芹香が、私たちの席にやってくる。「芹香」と、倖が気遣うように名前を呼んだけど、黙ったまま、サクちゃんを睨んでいた。

サクちゃんがこっちに背を向け、五線譜が描かれた黒板の上の書きこみを丁寧に消してから、ようやく男子の席を振り返った。

「津島」

ため息を吐きだすような声で呼ばれた津島が、抜け殻のように立ちあがる。サクちゃんのいるグランドピアノの前まで歩み出て、正面に立った。顔を上げ、サクちゃんと見つめ合う。サクちゃんの顔は再び真っ赤になっていた。

「津島。どうして、授業中にいつも、そうやってふざけちゃうのかな。素直になれないのかな」

素直、という言葉の使い方がうちのママと一緒だった。私は芹香の横にそっと立つ。次の瞬間だった。

「俺、別に――」

それまで黙っていた津島の顔が、急に歪んだ。あっと思ったときには、遅かった。表情が崩れ、津島が泣き出す。

「サクちゃん、別に、俺――」

「津島！」

サクちゃんが声を上げて、あわてて駆け寄る。私たちは全員、驚いていた。中学生にもなって、しかも津島みたいなタイプの男子が学校で泣き顔を見せるなんてありえない。津島は、顔を隠すことすらしなかった。近づいたサクちゃんが肩に手を置く。そのことにようやく安堵したように右手を顔にあてて俯いたけど、一瞬とはいえ、完全に無防備な顔をみんなの前に晒してしまった。

とても、子供っぽかった。

泣き顔自体は端整な顔立ちのせいできれいに見えても、フォローできないくらい、かっこ悪かった。

彼に寄り添うサクちゃんの目に涙が浮かんだ。うん、うん、と何度も頷き、私もごめんね、と謝る。そのまま、津島を抱えるようにして、後ろの音楽準備室まで一緒に連れて行ってしまった。二人が消えた部屋のドアを、みんな、呆気に取られながら見つめる。部屋からは、声がもう聞こえてこなかった。

気まずい沈黙が落ちた。

残っていた生徒はみんな見ていたはず、話したいはずなのに、何もなかったように意味ありげに黙りこくり、外に出ていく。

昆虫系男子の一団も残っていた。徳川も、中にいた。

彼らが音楽室を出ていく。ドアの近くに立っている私たちの前を横切るとき、昆虫系の一人が「エロい」と呟くのが聞こえた。徳川の声じゃ、なかった。

その途端、芹香が教科書とペンケースと――持っていたものの一切を、床に投げつけた。さっき、サクちゃんがピアノの鍵盤を力任せに叩きつけた音より、凄まじい音だった。ペンケースの中味が散らばる。昆虫系が驚いて振り返った。一瞬だけ芹香を見て、肩をすぼめてまた前に向き直る。そそくさと、出て行く。

「芹香」

声をかける。今日の津島はさすがにナシだろう。これまでも芹香が怒っているところ、人を悪し様《あしざま》に罵《ののし》るところは何回も見てきたが、今回はネタや娯楽にできる域を超えてた。

芹香はただ黙っている。覗きこんだ目が、赤くなっていた。奥歯を噛みしめてるのが、横にいるだけでわかった。

人にアピールするためじゃなく、芹香は今、本気で怒ってる。

音楽室には、もう私たちしか残っていなかった。あとは、グランドピアノの前に開きっぱなしになってるサクちゃんの教科書と、津島の席の荷物があるだけだ。

「津島が出てくるの、待つ？」

尋ねると、芹香が唇を結んだまま首を振った。

「わかった、行こう」

腕を引く。

倖が、床に散らばった教科書やシャーペンを拾い集める。俯いた芹香がやっとのことで「ありがと」と呟いた。普段の芹香とまるで違う、か細い声だった。

音楽室を後にするとき、先に出て行った昆虫系男子たちを――その一団の中で相変わらず何も喋らず個性を消し、植物に徹してた徳川の姿を思い出した。

爪を、噛んでた。

親指のあの黒ずんでた部分。噛んでるところを、初めて見た。

恋愛ごとに関して、芹香を本気で心配したのは初めてかもしれない。

芹香は強く、何ごとに対しても躊躇いがない。恋愛も部活も、友達関係も、芸能人に騒ぐときも、どれだって全力投球だけど、一つ一つがイベントに過ぎず、結局いろいろ持ってる分、どれもそんなに大事じゃない。大声で騒いでしまえるのは、何よりその証拠のような気がした。

去年の秋にあった学年球技会で、私たちとバレーで当たったクラスに、早川さんという人がいた。右目に眼帯をして、制服姿のままコートの隅に座って試合を見学してた。芹香と同じ一小出身で、私の知らない子だった。

「あいつ、まただ」と、呟いた芹香が、彼女のクラスの女友達を呼び止め「早川さん、どうしたの」と聞いた。その子は、ああって頷いて、芹香に顔を近づけて何か小声で話し合い、それから二人して、見学してる早川さんに近づいていった。

「ねえ、早川さん。なんで休んでんの」

早川さんが肩を強張らせたのがわかった。引き攣った笑みを浮かべる。

「右目が、炎症を起こしてて」

「エンショーって何？　あのさあ、わかる言葉で言ってくんないかなあ。難しい言葉使われても、私たち、頭悪いからわかんないんだよね」

言葉を封じる強い声が出され、早川さんの顔が赤らんだ。後で知ったけど、彼女は一小で一番の成績の持ち主だった。委員長とか、役職について出しゃばることなく、好きな本を見たり、自分の世界に没頭するのが好きなタイプ。おとなしくて、運動神経が悪かった。

小学校の頃から、球技会のようなイベントがあるたび、風邪《かぜ》を引いたり、怪我をしたと身体のどこかに包帯を巻いてくるんだ、と芹香が教えてくれた。根性が曲がってる、そういうの許せないと、胸を張って続ける。

早川さんの右目が、そのとき本当に炎症を起こしてたかどうかは知らない。だけど、私は早川さんのことなんて全然知らないにもかかわらず、あの眼帯の下に、普段通りの健康な目がきょとんと見開かれていたところで、許してあげようよって思った。

芹香はできるから、きっとわからない。

みんなで楽しくやればいいよねって言いながら、来たボールをしっかり受け止められずにこぼした子、タイミングが計れず咄嗟に動けなくなる子たちに、露骨に冷たい目を向ける。彼女たちを正面きって罵ることができる。迷惑かけないでって。

早川さんは迷惑をかけるのが嫌で、自分から外れることにしたのかもしれない。足を引っ張るのがしのびないって、判断して。

頭悪いからわかんないんだよねって、早口に言われて顔を俯けた早川さんが、おそらくは小学校時代から自分の頭や成績の良さを恥じてきたことが、部外者の私にまではっきり伝わった。

芹香はつまり、そうやって、ヒエラルキーのてっぺんから、疑問なくみんなの価値観を覆《くつがえ》してしまえる女子なのだ。

自分とは直接関係ない違うクラスの女子をわざわざ糾弾しにいけるくらいのバイタリティーに満ち、一人の女の子から最大の武器になりうるものを奪い、へし折る。

芹香はそういう、女の子だった。


教室に戻ってきた津島は、もう泣いていなかった。

みんなが彼に注目するのがわかったけど、さすがに男子たちも空気を読んで、津島に面と向かってさっきのサクちゃんとの出来事について触れることはなかった。全然関係ないことを話しながら、彼をあっという間に普段の空気に戻す。当の津島も、ほっとした様子だった。

私は芹香と一緒にいたけど、津島はこっちを見なかった。自分の彼女を意識してるっていうよりは、その必要を感じてないみたいだ。

何人かの女子が、芹香に声をかけに来た。そのすべてが、励ましと櫻田美代への悪口だ。

気にすることないよ。

津島、かわいそうだった。

サクちゃん、気持ち悪い。

津島に手え、出さないで欲しいよね｜。

普段だったらサクちゃんを責める言葉に乗りそうな芹香は、ひたすら静かに「うん」と頷くだけだった。

帰りのホームルームで、中村や佐方が連絡事項を口にするとき、私は彼らが余計なことを言わないでくれるように祈ってた。芹香を刺激して欲しくない。

前に、理科の実験中、うちのクラスが騒がしくなったとき、先生がキレて、授業を中断して出て行ってしまったことがあった。職員室でその先生から注意を促されたらしい佐方が、「お前らのせいで本当に恥ずかしい思いをした」「情けなかった」と話を長引かせたことがある。

サクちゃんも、そのときみたいに佐方に告げ口しただろうか。職員室で一番若い組み合わせ。時折「佐方先生は、ああやって横に大きい人だから」と佐方のデブネタでサクちゃんが男子の笑いを取ってる。佐方もまんざらじゃなさそうに、行事の際にはサクちゃんの横に陣取って、楽しそうに笑ってることがある。二人は仲がいいはずだ。

しかし、佐方たちは普段通り明日の連絡事項と当たり障りのない「先生の話」をしただけだった。

　部活で、ウォーミングアップのスリーオンスリーの順番を待つ。

　芹香の番になると、その隙をつくように塚田たちが私に話しかけてきた。

「ねえ、アンちゃん。今日、津島、サクちゃんに怒られて泣いちゃったって本当？」

「本当」

　嘘をつくのも変だから頷いた。「うわあ」と塚田が、表向き、同情する声を出した。

「芹香かわいそう。ねえ、津島ってサクちゃんのこと結構本気で好きなんじゃない？　じゃなきゃ、泣かないよね」

　返す言葉に困った。昆虫系の誰かが言った「エロい」という言葉を思い出す。サクちゃんは、すべての男子を平等に扱ってるふうにしながらも、人気がある津島を特に意識してないとは、確かに言えないだろう。あいつが授業中はしゃぐせいもあるけど、特によく注意してるし。

　顧問がホイッスルを鳴らし、私の順番が一回前まで近づく。芹香たちが戻って後ろの列に並び直すのを見て、塚田がそれ以上話すのをやめた。

　部活の後で自転車置き場に行くときも、芹香はずっと静かだった。今日は野球部の方が早く終わったらしい。津島が男子の駐輪場で待っているのを見て、芹香の顔が強張った。

「……倖、今日、一緒に帰ってもいい？」

「え。いいけど」

倖が私を見た。芹香の目は津島を見たままだ。津島は座っていたサドルから降り、芹香が自分の方に来るのを待っている。ここで漫画やドラマに出てくる男の子のように、手でも上げて「よう」と微笑むことができたら少しは大人っぽく見えるのに、現実の男子たちは、照れ臭いのか、彼女と二人になるまで、他の女子がいるところでは、相手とほとんど声を出して話そうとしないのだ。

「アン、また明日ね」

倖を連れ、芹香が自転車で津島の前を素通りする。津島は呆気に取られた顔をして、「おい」と遅れた声を出した。芹香は完全に彼を無視して、行ってしまった。倖だけが、困ったように津島を振り返っていた。

残された津島が、何が悪いかもわからないように呆然として、それから唇を引き結ぶ。背後で「あーあ」という楽しそうな声が聞こえた。塚田たちが、自分のクラスの駐輪場の前に立っている。こっちを見て、何か言いたげに肩を竦めた。

『津島と別れた』と、電話をかけてきた芹香の声は冷たかった。

サクちゃんの事件から、三日と経っていなかった。別れ話は、電話とメールで終わったらしい。津島は直接会って話したがったらしいけど、芹香は「無理」の一言で彼を撥《は》ねつけた。

去年、別の彼氏と別れたとき、芹香は泣いていた。「悲しい」「失恋した」と、自分から振ったくせに、号泣していた。

今は全然泣いてない。

頭じゃなくセンスで行動する芹香が、自分でどこまで理解してるかわかんないけど、別れの理由は多分、津島が彼女に恥をかかせたからだ。津島をクラスメートたちがサクちゃんのせいにして庇ったとしても、大きな傷がついた彼氏をそれでも切り捨てることにした。――芹香に振られたことにより、津島の株はますます下がるだろう。深く考えずにそういうことができてしまう彼女はさすがだし、怖い。

「そっか」

さりげなく声を出し、どう言えばしっくりくるかわからないけど「大変だったね」と言った。芹香は『うん』と返事をし、『一緒にまた、一から恋愛し直そうね』と笑った。

『最長記録だったから大事にしたかったんだけど、それでも三ヵ月もたなかった。やっぱり、私、続けるの難しいのかな』

「芹香だったら、すぐ彼氏できるよ」

『ありがと、アン。こういうとき、やっぱ頼りになるのは女友達だよね。――だいたい津島ってさあ、もともと』

元彼の不満を口にし始めると、ようやくいつもの芹香らしくなった。誰かの悪口を言ってるときが、芹香は一番輝いてる。

長電話を終えて、私はため息をついた。徳川と書き始めたばかりの、あのノートを開く。「理想の事件」を綴る、『悲劇の記憶』。

あのとき、「記憶じゃなくて、記録じゃない？」と言われたノートは、今考えると、やはり「記憶」で正しかったのだと思う。事件の後で、このノートは徳川が処分する。

加害者と被害者、私たちの接点は残ってはならない。

自分がいなくなった後の世界で、徳川がノートのページを破り、燃やすところを想像する。場所は、何故かあの河原だった。ネズミの入った袋を蹴りつぶしてたときと同じように背中を向けたあいつの前で、ノートを燃やす煙が上がってる。映画のように視点が近づく。足元に私の身体が転がっている図を、想像の延長にそのまま思い描く。

携帯電話が鳴った。

芹香専用のセブクラの曲じゃなかったから、一瞬、徳川かもしれないと思ってしまった。あいつからなんて、この間、一度メールが来ただけなのに。

電話は、倖からだった。

『アン、芹香と津島のこと聞いた？』

「聞いた。電話かかってきた」

『ねえ。びっくりしなかった？　芹香、決断早すぎ。熱しやすく冷めやすいっていうか。津島、なんだかかかわいそう』

「うん」

だけど、うちの学年の恋愛はだいたいそんなものだ。

倖は芹香を心配するか、控えめにちらっと悪く言うか、どっちかだと思った。けれど、電話の向こうから意外なため息が聞こえた。

『あーあ。芹香やアンはいいなあ』

「何で？」

『だって、モテるじゃん。津島も河瀬もかっこいいし、振るのだっていつも自分からでしょ。一緒にいて、私だけなんか違うなって、恥ずかしい』

「そう？」

倖は去年、同じバスケ部の先輩に告白して振られ、それから付き合った当時のクラスメートの男子とも二週間で別れた。相手は、卓球部のお調子者。お笑い芸人の真似なんかして目立つヤツだったけど、付き合い始めてから急に倖を無視するようになって、「なんか、友達のときの方がよかったなって思って」という曖昧な理由で彼女を振った。

多分、初めて女子に告白されて盛り上がったはいいものの、どうしていいかわからなかったんだと思う。倖との付き合いをステップにしたように、今付き合ってる後輩の女子とは、一緒に帰ったりしてるらしい。倖がその一年の名前を忌々しそうに口にし、窓から二人の姿を泣きながら睨んでたことがある。

それから倖には何回か好きな人ができたけど、そういえば、確かに彼氏はできてなかった。

『芹香やアンは、いつも楽しそうなんだもん。私がそんなこと悩んでたなんて、知らなかったでしょ』

「だって、何も言ってくれないから」

『あのさあ、アン』

「何？」

倖は、すぐには答えなかった。もったいぶるような沈黙が挟まって、『やっぱりなんでもない』と言った。

『今の忘れて。ごめん。八つ当たり』

「倖が傷つくこと、無意識に言ってたんだったらごめん」

心当たりは何もないけど、こういうときはそれでも謝らなきゃいけないってことを、私は知ってる。倖は『ううん』と応えてから、声に張りを取り戻した。

『そのうち話せるようになったら話すね。じゃ、バイバイ』

「うん。バイバイ」

電話を切って、どうしたんだろう、とごく短い時間、考えた。倖は芹香にも私にも気を遣う子だ。自分にだけ恋バナが最近ないのを気にしてたことも、本当はちょっと気づいていた。だけど、倖は間違ってもそれを自分から口にする子じゃない。

気になったけど、目の前には『悲劇の記憶』のノートが開かれていて、私はその内容を考えることの方にすぐに意識を戻した。

徳川にはあさって会う。あいつの番号も、芹香たちの番号も、両方が入ってる私の携帯は改めて不思議だ。

コドモ科学センターの展望台に、この間よりかなり気安い気持ちで上る。階段前の駐輪場には、徳川の自転車がすでに停まっていた。

日一日と夏の気配が増す山道は、前回と違って来るときに汗ばみ、ジャージの上着を途中で脱がないといられないくらいだ。展望台にも人が多い。眼下を見下ろすと、夕方の日差しが、団地の給水タンクの表面で、オレンジ色と銀色にクリーム色を混ぜたような眩《まばゆ》い光を弾いていた。

「徳川」

呼ぶと、無言で振り向いた。挨拶は何もなし。いきなり「人、多くない？」と言って歩き出した。

どこに向かうかわからなかったけど、私もついていった。展望台の鉄板の床をガンガン踏みしめて走り回る子供が、徳川にぶつかりかけた。「ごめんなさいね」と駆け寄るお母さんに、徳川が「いえ」と短く答える。すぐ後ろにいた私には聞こえたけど、そんな小さい声じゃ聞こえないよって思うくらい、小さな声だった。

徳川が歩き出したのは、科学センターとこども王国の間に延びた、山の反対側に下りる方向の道だった。

「どこ行くの？」

「寺。山の向こう側にある霊園。行ったことある？」

「……車で、前を通ったことなら」

つつじ霊園のことだ。公園みたいにだだっ広い霊園で、段々畑のように墓地が何層も並んでいる。確かにそこなら人目につかなそうだった。

「澁澤、読んでどうだった？」

歩きながら、徳川が尋ねた。こいつの話題の振り方はいつもタイミング無視だ。

「すごく、よかった。難しかったけど、出てくる言葉を随分辞書引きながら、最後まで読んだよ」

「辞書なんか引くの？　お前、本読むとき、わざわざ」

先を行く徳川が初めてこっちを振り返った。

「徳川は辞書見なくても全部意味わかるの？」

「わかるっつーか、何となく読みながら覚えてくっつーか。いいね、本読みなれてないと、そんなふうに一冊一冊、本にがっつりはまろうって気概が起きるんだ。俺、そういう新鮮味が薄れてきてるから、羨ましい。そういう時期に戻りたい」

「バカにしてる？」

「なんで。羨ましいって言ってるじゃん」

徳川が再び向きを前に変える。追いつけないほど速くぐいぐい歩くわけじゃないけど、横に並んでしまうのが嫌で、私はわざと遅れて歩いた。

「少女コレクション」って言葉が気に入ったこと、この中に名前が出てくる作家や学者、小説についてもっとよく知りたい、中でも三島由紀夫が語ったというサロメの挿絵は絶対に見てみたいと思った、と徳川に話す。

「辞書で引いても意味が載ってない単語もあって、辞書って全部の言葉が載ってるわけじゃないんだなって思った」と伝えると、徳川は「当たり前じゃん」と、不機嫌そうに答えた。

「辞書なんてものにそんな過剰な期待してるなんて、よっぽど行儀いい育ち方してきたんだね」

「……気に入ったのはね、少女っていうのは、剝製とか標本にしなくても、『少女という存在自体が、つねに幾分かは物体《オブジェ》である』ってとこ」

ムカつくことを言われたらある程度は無視すればいいんだって、何回か話すうちにわかるようになっていた。

「自分が、今まで人形見ていいなって思ってた理由が、読んでてちょっとだけわかった気がした」

読みながら、自分が今中二で「少女」と呼ばれる年齢と立場にいることがたまらなく嬉しい瞬間が何度もあった。性欲とも生々しさとも無縁な、だからこそ生々しい、いいとこ取りの「少女」。

「変なの」

「何が？」

「死にたい死にたい言ってるのに、本が面白いなんて。じゃあ、死ぬのやめようって方向には考え方変わらないわけ？」

「それとこれとは話、別なんじゃないかな」

坂道を上る徳川の声は、平然としつつも、微かに息が切れていた。

本の中で『眠れる森の美女』について書いた部分があった。

『あまりに長く眠りすぎた美女は、残念ながら、すでにコレクションに加えるべきオブジェたる資格に欠ける』という一文を見て、背筋がひやっとした。ここに書かれる、コレクションしてしまいたいという願いを受け止める少女たちと、自分が違ってしまう瞬間が確実に来る。二十歳以上の自分の未来をまるで想像できない私の感覚と、ぞっとするほど、その一文は似ていた。

世の中には、まだまだ知らないことがたくさんある。しかし、本の中に引用された私好みの本の題名や作家名を見て思うのは、自分は一生かかっても、こういうものを全部読みきることができないんだろうっていう絶望の方だ。

たとえば、同じ年であっても、私と徳川とじゃ、もう読んできたものの蓄積が違っちゃってる。今、スタートラインに立った私はこいつより遅い。

そういうことのすべてを、言葉にして徳川にわかるように説明できるとは思わなかった。徳川も「ふうん」と頷いたきり、それ以上何も言ってこなかった。

徳川と「事件」を作ることは、自分がオブジェたりうる資格がある「少女」のうちに、最大限、その時間を楽しむことだと感じた。読めば読むほど、自分の考えが間違ってなかったんだという気がしてくる。澁澤龍彦だって書いている。

『現実世界では犯罪のみが、かかる目的を辛うじて実現し得るにすぎない』

皆ができないそれを、私はやる。

徳川のコレクションになりたい、と思っているわけでは断じてない。だけど、男の欲望と関係ない私の願望は、ある意味、より純粋ですらあるのかもしれない。

つつじ霊園に着く。六月の夕方は、お墓参りの人の姿もなく、並んだ植えこみのつつじももう咲いていなかった。

「つつじ咲いてないね」と言うと、徳川が「つつじって秋?」と聞いてくる。「春だよ」と私は答えた。

自分に興味のないことは、本当に何にも知らないんだろうな、と思う。私だって、ママが花が好きじゃなかったら、知らなかったかもしれないけど。

「あのさ、先言っとくけど、別にセクハラのつもりじゃなかったから」

何層にも連なった墓地への階段を上りながら、徳川が言った。意味がわからず顔だけ向けると、さらに続ける。

「澁澤龍彦を女子に貸すって、考えてみたらセクハラなんじゃねって、後から思った。別に全然そんな気ないから。勝手に誤解されて騒がれたら迷惑だから」

「思わなかったけど、そんなこと」

あそこに出てくることは全部、透明な印象の「いい文章」だった。セクハラなんて言葉は似合わない気がして、少しだけ不愉快になる。

「ならいい」

「……徳川さ、爪噛む癖あるの?」

仕返しみたいに、聞いてしまった。徳川が「は？」と言い、右手の内側に親指を握って隠す。さりげなくやったつもりだったかもしれないけど、見えてしまった。

「この間、音楽の時間の後で嚙んでるとこ見た気がして」

「多分、たまに嚙む」

「自分のことなのに、多分って何？　あんなにへこむまで嚙むなんて痛くないの？」

「神経が死んでるんじゃない」

わざとらしく突き放すように言った徳川が「音楽って、いつの？」と神経質そうに鼻の頭に皺を寄せて聞いた。

私は躊躇いながら「津島とサクちゃん、揉めたとき」と答える。この話題を出すのは、芹香を裏切るようで嫌な気分だった。「ああ」と一度は気のない返事をした徳川が、階段を上りながら、「あれ、どうなった？」と尋ね返してくる。

「あれって？」

「津島と、斉藤芹香」

「別れたって。これ、ここだけの話でナイショにして」

徳川はてっきり、「興味ないし」とかなんとか憎まれ口を叩いてくると思ったのに、「そうなんだ」とごく自然に頷いた。

「何でそんなこと聞くの？」

「別に。どうなったかなって思って。クラスの女子たちが、この間『津島フラれてかわいそう』って言ってんの聞こえたから」

「嘘？　誰が言ってた？　吉田さん？　それとも、クミたち？」

「……丸山たちだけど」

徳川がうんざりしたように私を見た。

「どうでもよくない？」

「だけど……」

「どうせ結局別れるのに、なんでお前ら付き合うの。バカみてえ」

霊園の一番上に着く。見下ろせる街は、さっきよりかなり日が落ちて、給水タンクに反射する太陽の色も、ぼんやりとした虹色に変わっていた。水たまりに浮いた油みたいなピンク色だ。

――河瀬良哉《りょうや》は性格悪いよ、という声は本当に唐突だった。

顔を、徳川の方に戻す。びっくりした。徳川は相変わらずこっちを見てない。そのまま続ける。

「俺、あいつ、すげえ嫌い」

「河瀬、いいヤツだよ」

河瀬と徳川は同じ一小だけど、それ以外には接点なんて何もなさそうだ。何より「嫌い」という言葉がしっくりこない。

河瀬と徳川。

対等な関係じゃないと、「嫌い」という感情は生まれない。河瀬が徳川に言うなら、わからないこともない。だけど、徳川が言っても、それは負け惜しみか何かのように一方通行な印象だ。

「事件の被害者になってもいいっていうのは、本当だと思っていいわけ？　冷やかしじゃなくて。俺も本気になっていいの？」

徳川がまた急に話題を変えた。私は操られたように、こくん、と頷いた。河瀬のことが気になったけど、深追いして聞いて、こんな寂しい場所で、気まずい時間を過ごしたくない。

「徳川は、どうして人を殺したいの」

街を浮かび上がらせたのと同じ夕日が、ヤツの横顔をオレンジ色に染めていた。

徳川は「猫やネズミの延長線上」と答えた。

「そういうことがしたい性格なんだから仕方ない」

「どっかで聞いたような理由だからイケてないよ。それじゃ、少年Aを分析する大人みたいじゃん」

「……お前、厳しくない？」

徳川が笑った。皮肉でも卑屈でもない笑顔を見たのは初めてで、私は驚きつつも、何故か一緒に笑ってしまった。

「河瀬と、昔、何かあったの？　小学校、一緒だったよね」

ついでのようにもう一度話題を戻す。徳川が笑うのをやめた。「別に」と答える。

「去年一緒のクラスで、いろいろ見てたから」

「同じクラスだったんだ」

「そう」

徳川はそれ以上聞いて欲しくなさそうだった。無理して機嫌を損ねるのも怖い。また後で聞いてみよう。――明日、小学校時代のことについて、芹香にも聞いてみようと思った。

去年まで、徳川のことはショーグンの息子っていう認識しかなかったから、まったく眼中になかった。河瀬に会いに何度も通ったあのクラス。ふいに、この間、徳川に「彼氏いるヤツはみんなビッチ」って言われたことを思い出した。徳川は、去年から私のことを知ってたのかもしれない。徳川曰くすげえ嫌いな河瀬の彼女として。考えたら、複雑だった。

つつじ霊園には、全部でどれぐらいの家の墓があるんだろう。花が供えられたばかりのところもあれば、ジャングルのように雑草が生い茂り、墓石が見えなくなっている墓もある。鞄の中からノートを取り出して、近くの墓の前で広げた。

「事件のやり方、考えてきた。切るのは死んでからがいいけど、やっぱり、発見されたときは血が出てた方がいいと思う」

「いいよ」

　徳川が頷いた。

「どういうふうに切る？　バラバラにした方が派手だけど、それももう珍しくないから興ざめ？　切った手をスプレーでカラーリングしてから植木鉢に植えるとか、性器込みの腰だけ切り取るとか、完全にばらして下水に流すとか、パターンってやりつくされてるとこあるけど」

「そんな、処分されるみたいな、壊されるバラバラはやだ」

　顔をしかめて首を振る。

「でも、切った手をスプレーでカラーリングして植えた男の子の話は、家で考えてるとき、時々思い出した。気持ちが、少しだけわかる気がしたの」

　何年か前にあった、広島県の中三男子がお母さんを殺して遺体を傷つけた事件だ。犯人の少年Aは、「殺すのは姉でもよかった」と供述した。

「澁澤龍彦、読んで思ったんだけど、私がしたいのは、一枚の写真になることなんだと思う。絵として完璧な、犯行現場」

「写真?」

「『臨床少女』に入ってる写真みたいな、理想の一枚が作りたいの。あそこでモデルになってる人形の女の子たちみたいに、私もなりたい」

ママ譲りの色の白さや、長い手足に感謝する。ナルシストだって思われてもかまわない。私だったら完璧に、写真に出てくる人形たちのようになれる自信がある。

そしてそれはやはり、少女でいる今じゃないとダメだ。

「撮った後で、自分で見られないのは残念だけど。徳川、迷惑じゃなかったら、捕まる前に、現場の写真撮って、私のお墓にお供えに来てね」

言いながら、それっていいかもしれない、と思う。殺した後、芸術品のような写真を、自分が殺した相手のお墓にわざわざ供える。血だらけの写真と、うちの墓標。前に立って手を合わせてるところを捕まる徳川。――ドラマのクライマックスみたい。

徳川が笑った。

「何?」

「殺した直後でしょ。死体が別のとこにあるのに、もう墓に魂が入ってるつもりなの?」

「あ」

頬がちりっとする。あわてて言った。

「いいじゃん。辻褄《つじつま》合わない、ちょっと異常なことした方が、それっぽい」

「ま。いいけど。──なんだったら、写真、生きてるうちに撮ってみれば？」

「どういうこと？」

「実際にどんなふうに発見されたいか、シミュレーションして、同じ場所で同じ構図の写真撮ってみる。それあった方が、俺も本番でやりやすいかも。撮るうちに、イメージももっとまとまるかもしれないし。ネットとかでもよく見ない？　素人がコスプレしたり、なりきって写真撮ってるやつ。ああいうふうに理想の一枚、もう撮っとけば？」

「いいかも」

思わず声を上げた。頬が紅潮するのが自分でわかる。

「すごく、いい。──でも、もし、学校で撮りたい場合はどうしよう。人に見られないようにできるかな」

「同じような場所探せばいいんじゃない。実際には学校でやるけど、状況だけ、どっか別の場所で撮ってみるとか」

「うん」

見慣れた教室の床が、血に濡れるところを想像する。家でノートを前に一人で考えていたより、遥《はる》かに「理想」が具体的に広がっていく。

考えに没頭しそうになる私に、徳川が「ねえ」と声をかける。首を傾げながら。

「だけどあれ、ほぼ全員裸だけど、いいの？」

「裸？」

「『臨床少女』」

球体関節が魅力的な少女たちは、確かに白い肌をあらわにしている。徳川相手だというのに一瞬だけ恥ずかしくなって、身体を引き、胸をそらした。

「別にやらしい意味じゃなくってさ」と続ける徳川は憎らしいほど平然としていた。

「服装とか、詳細まで決めてよ。制服がいいとか、ジャージがいいとか」

「ジャージは絶対嫌！」

「ほら、そういうの」

徳川が肩を竦める。

「あと、切るにしたって、どこをどの程度っていうのも全部考えといて。死ぬにしたって、完全に苦痛なしってのは何にせよ無理なわけだから、方法選べよ」

「徳川はどうしたいっていう希望ないの？」

「俺？」

徳川がしばらく黙った後で「特にない」と答えた。私は意外に、そして、それ以上に怪訝《けげん》に思う。

「徳川にとっても、一回きりのチャンスでしょ。人を殺すなんて。なのに、ないの？」

「かもしれないけど。でも、初めてだから、俺も腰引けるかも。これは相手が望んでることだ、相手の夢や希望を叶えることだって言い聞かせないと、途中でやめるかもしれない」

　返す言葉を失って顔を見ていたら、徳川が気だるそうに「何？」と珍しく自分からきちんとこっちを見た。

「徳川でも、そんなふうに思うんだ」

「口で言うだけなら、どれだけだって残酷な可能性は思いつくけど、実際にやるわけだからさ。別に俺、お前に恨みないし」

「そっか」

　恨みないし、とかけられた一言が場違いに柔らかい言葉に感じられてしまい、自分でも戸惑う。だけど、続けられたヤツの声に、私はまた驚かされた。

「――死体損壊は死んだ後なんだろうけど、そんなわけで苦痛、馴れた方がよくない？自分の血、見るのに馴れた方がよくない？」

　たいしたことではないように、徳川が続けた。

「本気だったら、切らせろよ。腕とか足とか。見えないとこでいいから」

「やっ」

　反射的に声が出たけど、何を続けていいかわからなかった。徳川の顔は無表情だけど真面目で、ふざけてるわけじゃなさそうだった。

「そんなことまで、やらないとダメ？」

「何？　やっぱ本気じゃないの？　実言うと、まだ半信半疑なんだよね。俺は本気だけど、直前になって、やっぱやめたって言われても困る」

「本気だけど」

足が硬直したのが、情けないけど自覚できてしまう。

徳川の淡々とした声は、挑発してるわけではなさそうだった。

傷つける行為と、エロティシズムとが似てるってことを、澁澤龍彦の本を読んで、何度も思って、ほとんど陶酔するように、私はその考え方にうっとりしていた。だけど、本の中のことは心地よく冷たい温度を持った別物だ。河瀬のような現実の男子の体温や、徳川のべったりした生活感とは無縁の場所に存在していて、私の中では一致しない。

黙ってしまった私の前で、徳川が大きなため息をついた。

「あのさ、別にこれもやらしい気持ちで言ってるわけじゃないから。俺、別にお前とやりたいとかないよ。ブスだもん」

「ブス!?」

初めて言われた。大声になってしまうと、「あーあーあー、うるさいなあ」とそれに負けない声量で、徳川が声を張り上げた。

「自分で自分の顔がいいって思ってるとこも、サイアクだよね」

「徳川は、じゃあ、芸能人だと誰がいいと思うの」

「吉永ちぐさの若い頃」

言葉につまる。聞いてもないのに、ヤツが勝手に続ける。

「今だったら、緒川さつき」

「そうなんだ」

清純派、知的美人と呼ばれる女優の名前だ。なんだかすごくがっかりした。なんだか「女はやっぱりロングヘアだよな」って津島に言われた芹香が激怒してたことを思い出す。そのときの芹香の気持ちがわかった気がした。少年A候補のくせに、なんでそんな普通な、わかってないこと言うんだろう。男ってみんなこうなのか。

徳川が私をビッチ呼ばわりしたこと、リア充と呼んだこともついでにまた思い出す。きっとそれ、徳川の思う清純派の正反対だ。

「身体が傷つくの、嫌だよ。切っても、叩いても、痕が残るでしょ。実際に死ぬときに余計な傷で汚くなってたら嫌だもん」

「どうせ腐るのに」

「ひっどい。だからこそ、その前の一瞬は完璧じゃなきゃ嫌。それに、死体に傷があればきっと調べられるよ。私たちが事件を作ったってことも、そこからバレちゃうかも」

「それは一理ある」

こっちを混乱させたくせに、徳川はまたあっさりと引き下がった。

「まあ、いいよ。どうせ、女なんて、血は毎月生理で見慣れてるとか言うんだろ」

「なんで、そういう女性差別みたいな喋り方ができるわけ？」

「今の、最近読んだ小説に出てた言葉。言ってたキャラも作者も女だから、俺のオリジナルじゃないよ」

無言で徳川を睨む。

私への扱いもそうだけど、徳川は女子に馴れてないから、きっとこうなんだ。彼女どころか女友達もいないから、知識が不足して、かえって全部の振る舞いが過剰な方向に向く。

――本当は、ドキリとした。

私は、今年になってもまだ初潮が来ていない。私の年で来ないのは特に異常ではないと、ネットでも図書室でも、調べれば書いてある。でも、私はこのことを、芹香にも、倖にも、当然、彼氏だった河瀬にも言えなかった。

「ともかく、写真は撮ろうよ」

ごまかすように言った。

「デジカメ、パパのお下がりでもらったのあるから、それで撮ればいいよ。場所も、私、考えてみる」

「了解」

どちらからともなく、霊園の階段を下り始める。

科学センターの方向へ、また戻る。薄く藍色の闇がかかり始めた道の向こう、眼下の街の中に線路が走っている。眩い黄色を流しながら、電車が一本の筋のように流れていく。スピードが速いから、あれは多分、東京に向かう新幹線だ。

「やる」

駐輪場で徳川と別れるとき、大きな茶封筒を渡された。受け取ると、ずっしり重い。

「何？」

「家帰って、一人で見ろよ。見て、引いたら言って」

今日の徳川は、山の反対側——さっきの霊園の方を下り、そっちの本屋に寄って帰ると言う。

じゃあ、ともなんとも、挨拶なく自転車に跨り、徳川が先に出てしまう。タイヤが立てるシャーという音が、遠ざかって消えていく。

残された私は、茶封筒の中味をこっそりと出した。そして、息を呑み、あわてて一度、封筒の中に紙を戻した。心臓が高鳴り、息がつまっていた。もう一度、深呼吸して、今度こそ、心の準備をして、ゆっくりと中味を確認する。

それは、知らない女の人の写真だった。

どこか、緑の多い、地面の上。全身写真だ。投げ出された腕がだらりと下がり、着ている衣服が盛大に乱れている。長い髪に半分隠れた顔。鼻と唇から、黒っぽい血が出てた。目が濁っている。ほとんど、白目しか見えない。おなかが破れたように、そこから赤黒いものが溢れ出していた。

死体の写真だ。

暗くなり始めた科学センターの駐輪場の上で、背の高い照明が、夜になったことを告げるように一、二度ちかちか瞬いてから、灯《とも》る。私は口元を押さえ、徳川が消えていった方向を見た。まだそこにあいつがいて、私を遠くから観察してる気がした。だけど、誰もいない。

『見て、引いたら言って』

私は引いていた。今から一人で帰る山道に足が竦むくらい。――だけど、それと同じくらい、私は興奮していた。

舐めないで欲しかった。

一枚、一枚写真をめくる。ほとんどがネットの画像を印刷したもののようで粒子が粗い。警察の現場写真そのままのような、ドラマで見るのと同じ小さな番号札がついてるのもある。だけどドラマや映画と違って、これらの写真には容赦がない。倒れている人たちもみんな、芸能人のようにきれいじゃない。普通の人たちだ。

写真を全部、封筒に戻す。怖いからじゃなくて、ゆっくり、大事に見ないともったいないと思ったからだった。

徳川。

唇を嚙んだ。

今日、これを渡す前提で、私に写真を撮ろうと持ちかけたんだろうか。そして、こんなふうに私を引かせるのが、目的だったんだろうか。

自分の無知を笑われたような気がする一方で、純粋に、すごいと思った。

私と事件を作る少年Aは、やっぱりあいつ以外にいない。

4

パパからもらったデジカメは、型が古い。メモリーカードの中味を確認すると、最後に撮った写真は芹香に付き合ってセブクラのコンサートに行ったとき、県民文化会館のホール前でポスターと撮ったやつだ。

消去のボタンを押すと、確認音が「ピ」と大きく響いた。

メモリーカードは、一枚しかない。これから徳川と記録していく写真以外には、余計なデータは一枚もいらなかった。確認する途中で思いきって「全消去」を選択すると、大きくて旧式なこんなデジカメでも生まれ変われるんだと思って、急に愛しくなった。使ってなかったせいで、電池が赤く表示されるところまで減っていた。充電器にセットする。

ママたちはもう寝ていた。息を殺しながら廊下に出て、一階まで慎重に下りる。リビングに一台あるだけのパソコンのスイッチを押すと起動音が大きく鳴って、思わず背筋を伸ばした。ママだ。私はいつも、音量ミュートにしとくのに。

検索のワードを打ちこむと、画面が変わって、探した条件に合う場所が次々、表示された。

学校、教室、廃墟、牢獄《ろうごく》、城――。

貸しスタジオのある場所は、ほとんどが東京だ。検索ワードに「長野」を追加するだけで、ヒットするページ数はがくんと減って、その上、そのほとんどが、ちっとも関係ない単語が飛び飛びにひっかかっただけなんていうお粗末な結果が表示される。ああ、うちは田舎だ。

ネットアイドルやコスプレイヤーがサイトに載せる写真の下にスタジオ名が入っていたことがあって、そういう場所があるんだって、前から気になってた。ネットを辿っていくうち、同じ趣味の子たちが、それぞれのスタジオについて意見交換してる掲示板を見つけた。どこそこは高い、安い、本物っぽい、安っぽい。

ラブホ、という文字が何度か出てくる。安っぽさの基準を「ラブホっぽいかどうか」で判定してるのだ。行ったことはないけど、漫画やドラマで内装は見たことがあるから、どういう雰囲気か、だいたいイメージできた。

そういうところは嫌だ。安っぽいからっていう理由もだけど、私はそこに徳川と行かなきゃならない。

お金をどうしよう。私はお年玉を貯《た》めたのがあるけど、徳川は交通費どうにかなるだろうか。子供だけの遠出は、滅多にしたことがない。それも男子となんて初めてだ。だけど、徳川とつつじ霊園に行った今日なら、私は実際にそうしてしまうんだろうって気がした。

徳川からもらった死体の写真は、グロいのもあったし、あっけないのもあった。戦場カメラマンが撮ったふうのどこかの戦争の写真も入っていた。事件のものとは雰囲気が違うけど、子供も大人も折り重なるようにたくさんの命が失われている写真にはさすがに戦慄《せんりつ》した。

写真は全部で、三十枚近くあった。

最初に見た、あの女の人の写真が気に入った。

あとはもう一つ、切断された足だけが写った写真が後半にあって、それにも手が止まって、長いこと目が釘づけになった。足は、男の人のものらしくすね毛が生えていて、骨張って浅黒い。女のしなやかさや、人形の球体関節のような美しさがまるでない。それが逆に、本物なんだってことを、重量までわかりそうなほどのリアル感で主張していた。

気持ち悪いとか、吐きそうだとかは思わなかった。もっと強い刺激があるのを見せて欲しいって思ってしまう。一枚一枚、惜しむように見ていたのに、途中から馴れていく。

あれだけしちゃいけないことをしてる罪悪感が心地よかったのに、十枚を超えたあたりから、写真をめくる手が速くなってしまった。

たくさんの血を見ることに途中から「もういいや」って気持ちになりかけた。生クリームのショートケーキを食べるときと似ている。最初の一口二口は夢中になって食べるのに、半分を過ぎたあたりから、もう甘ったるいし、おなかもいっぱいになって食べられなくなる。

徳川勝利はどうなんだろう？

『写真、驚いた。どうやって手に入れたの？』

何度も文面を打ち直し、ようやく作った文章を、私はメールできず、未送信フォルダにまだ入れっぱなしにしていた。こんな普通の会話みたいなメールに、徳川は返信なんかしないだろう。わかっているのに、一度出してしまったらあいつの返信をまた待ってしまいそうな自分のことが許せなかった。

検索して出てきた数多くのスタジオの中に、特に注意を引かれたのがあった。

『秋葉原すぐ近く！』という文句が上に表示されている。

教室ふうに作った部屋があって、机も椅子も黒板も、うちの学校とよく似てた。アップされてる写真にも安っぽさは感じられない。

料金が安かった。一時間三千円。そのうえ、そこが持ってる衣装をどれでも三着までなら無料で貸してくれる。四着目からだって、一着五百円とあって、それなら払える、と身を乗り出す。クリックしてみると、衣装の種類も幅広かった。制服はセーラーとブレザーがそれぞれリボンや上着の色や、スカートのプリーツ具合を変えながら十種類くらいずつあるし、メイド服も、水着も、ナース服もある。きわどいコスプレ衣装は勘弁して欲しかったけど、普通のワンピースやレザーのスーツなんてのも置いてある。撮影機材なんかも全部貸してくれるらしい。カメラ、一台三百円からってあるけど、これだってかなり安いんじゃないだろうか。

他のサイトは、利用規約のところに「未成年者だけでの利用はお断り」の文句があるところもあったけど、ここはどこを見てもその一文がない。

見てるうちに、だんだん楽しくなってきた。

こんな場所があるなんて、やっぱりアキバはすごい。予約も、空室状況がサイトから見られるようになってて、電話をかけたりしなくても、ここのフォームから全部できそうだった。

リビングの電話帳近くにママが置いたメモ用紙（ダサい花柄）を一枚取って、そのサイト『スタジオ・バーニー』の名前を書く。

こんなにわくわくして夢中になれることはすごくひさしぶりな気がしたけど、ひさしぶりって思いつつ、この前がいつだったのかは、どれだけ考えても思い出せなかった。

夏になる。

体育館に身体を入れた瞬間に、胸や腕を押してくる空気の重さが全然違う。半袖の夏服の腕に立つ鳥肌がさらりとすぐになくなるようになって、身体が新しい季節に馴れていく。季節が変わるこの感じは嫌いじゃない。

「小島あかね、ぶっ殺したい」

バッシュの紐《ひも》を結んでると、芹香が乱暴に靴を放り投げて横に座った。並んで座っていた私と倖は、不機嫌そうに唇を尖らせる芹香に顔を向ける。

小島あかねは四組の女子だ。ソフトボール部。ソフト部の子は、部活の流儀なのか全員頭の後ろを刈りこんだような短いショートにしてる。サザエさんに出てくるワカメちゃんカットみたいな。

だけど、かわいい子が多くて、小島あかねはその筆頭だった。

「どうしたー？　芹香」

「四組の子に聞いたんだけど、私のことそーとー悪く言ってるみたい。津島のことで調子に乗ってるって話してるって。サイアク。死んで欲しい」

「うそ、ムカツク」

倖が大きく目を開けて、それから頬を歪めた。

「あかね、津島のこと好きなんじゃない？　そーいえば、小学校の頃、あの二人同じクラスで仲良かった時期あったよね」

「うん。それと多分、昔私と揉めたときの腹いせのつもりなんだよ」

「あ、六年のときのケンカ？　だって、あれは向こうが悪いんじゃん」

「そうだよ。だからあれ、ケンカですらないのに」

芹香がため息をつく。宙を見据えた怖い目で「怒りに震える、マジで」と付け加えた。

小時代の話になると、私は全然わからないから黙って聞いていた。

怒りに震える、という芹香の語彙を胸で温めるように反芻する。

芹香はたまに、こういう言葉を使う。本なんか読まないはずなのに、小説に出てくるような気の利いた言い回しを平然としてみせる。私には、自分を主人公にしたそんなかっこいい言葉遣い、無理だ。

小島あかねの悪口は続いていた。

ソフト部の子たちは、実際にみんなから評判良かった。目立つ子が多いけど、教室の中の目立たない子たちにも優しいし、学級委員やる子も多くて、さばさばしてる。部活の方針が徹底してて、先輩後輩の上下関係だって厳しいけど、そのせいもあってか、ソフト部は、弱小のバスケ部なんかと比べものにならないくらい強い。迷いなくまっすぐって感じがする。私たちは、あんなにすんなりワカメちゃんカットにできないし、男子がかわいい子や好きな女子にソフト部の子を挙げると、それだけで大っぴらに否定もできない。「あ、かわいいよね」と味方みたいな声を出すしかないから、芹香は余計に悔しいんだろう。

「ね。芹香。変なこと聞いていい？　河瀬と徳川って、小学校の頃とか去年とか、なんかあった？」

「は？　徳川って、ショーグンJr．のこと？」

聞き返されて焦った。もう長いこと、あだ名で徳川を呼んでなかったせいで、うっかりした。

「うん」

「何それ、ウケる。何でその組み合わせ？　河瀬とショーグンJr．？」

「ちょっと、人から聞いて」

誰から聞いたかを尋ねられたら、答えられる名前が一つもない。けれど、芹香がすぐに「ありえねー」と突き抜けた声を出した。

「だよね」と答えながら、私はちょっとほっとする。何もないなら、それでいい。

集合をかけるホイッスルが勢いよくヒュイッと鳴って、私たちは靴紐を結ぶ手もそこそこに体育館の中央に走っていく。

その日の夜に、『スタジオ・バーニー』のアドレスを貼りつけて『ここどう？』という短いメールを徳川に送った。

今度も返信は朝方に入っていて、『了解』とそっけなく一行きりだった。


七月になって、期末テストのために、勉強をした。

事件を起こす準備をしてるのに、何してるんだろうって変な感じがするけど、まだ当分は生きていかなきゃならないんだから、仕方ない。

徳川は教室で、すべてに興味なさそうにいつもどおりぼけっと座ってる。


河原の土手に立つ人影を見て、すぐ、河瀬かもしれないって思った。私は視力悪いけど、ほとんど直感的に。

夏休みを二週間後に控えた日曜の午後だった。今日は部活がなかったのか、河瀬は私服姿だった。付き合ってた頃にも見たことがある服だからドキリとした。

私が河瀬を本格的に好きになった理由の一つが、服のセンスだった。やりすぎないシャツの着崩し方とか、ベルトのゆるめ方、腰の落とし方、まくり上げた袖口。制服なんて全員同じはずなのに、河瀬やその友達の周りだけ目立って明るく見えたし、河瀬はその上、私服姿もかっこよかった。お兄さんのお古だというボーダーのシャツも、スキニージーンズも、かわいいとかっこいいのちょうど中間のイメージでよく似合った。勘違いした男子がつけるような背伸びしたアクセサリーも一切つけない。たまに、大会前のテニス部が必勝祈願でするおそろいの革紐をしてたけど、それさえ、河瀬の手首に巻かれると、他の部員とは紐の色も細さも印象がまるで違った。

自転車の向きを変えようかどうか、一瞬迷ったけど、避けたことがバレることの方が気まずい。結局、そのまま自転車を走らせた。

「河瀬」

名前を呼ぶと、川に続く草むらを覗きこんでいた河瀬が、びっくりした表情を浮かべた。

「小林」

「何してるの？」

無視されなかったことに安堵しながら、自転車を降りて河瀬の近くに立った。茶味がかった柔らかい髪の毛が首筋で揺れる。

「一人？」

「いや」

河瀬は困ったように、私から顔を背けた。草むらに視線を落とす。近づいてきた「おにいちゃあん」という声に顔を上げると、川の方から背の高い草を掻き分けて、ミニスカートの女の子が駆けてくる。小学校四年か五年くらいだろうか。河瀬によく似た透明度の高い目と、水面の光に溶けこむような茶色い髪を見て、すぐに妹だってわかった。会ったことは一度もなかったけど、いるって聞いたことがある。

「あ。これ、妹」

河瀬が彼女を顎で示しながら言った。私と彼の妹は、互いに「あ」と返事になりきらない返事をし合う。

河瀬の妹ならかわいいだろうね、きっとお兄ちゃんのこと大好きだろうから、アンさあ、ライバル視されるんじゃない？　——芹香たちと話したとき、私は「お姉さんいる男よりマシだよー」と返した。私は、河瀬の妹と仲良くできる自信がなくて、河瀬が買い物とか映画で、私たちを一緒にする場面を作ろうとするたび、適当に口実を作って逃げてきた。

しかし、実際に目の前に現れた河瀬の妹は、兄のシャープな顔立ちよりも頬がふっくらとして顎のラインも丸い。照れたような顔で「こんにちは」と挨拶した唇がすぼまると、見えた前歯の並び方が少しだけ悪かった。

かわいい、と思ってしまった。

完璧じゃない顔立ちは兄の美貌とは印象が違うけど、だからこそ、ぬいぐるみや動物をきゅっと抱きしめたくなるような隙が覗いて、たまらなく愛らしかった。河瀬はきっと、この子をとても可愛《かわい》がってる。

「お兄ちゃん、私、自転車取りに行ってるね」

「あ。悪い」

離れた橋の下に、女の子向けの小さな自転車が停まっていた。

彼女が行ってしまってから、私は初めて自分が気を遣わせたのかもしれないことに気づいて「あ、ごめん」と謝った。「別にいい」と言った河瀬の声にはトゲがなかった。

「つか、よかった。小林、俺と話してくれて」

河瀬が斜め下に目線をやって微かに笑ったら、ずっと忘れてた居心地のいい感覚に胸が押された。

良哉と、アン。河瀬が名前で呼び合いたがってたことを、思い出す。

「日曜も一緒なんて、妹と仲いいんだね」

「うん、まあ」

河瀬が妹の方を見ながら答える。中学生にもなってあんまり家族や兄弟の仲がよすぎるのは気持ち悪いけど、この兄妹なら許せた。

「いくつ？」

「小五。俺らと違って背、クラスで一番小さいんだって」

お兄さんのことを含めて、自然と出る「俺ら」の響きがこなれて聞こえた。

「じゃ」

「うん」

別れて歩き出すと、兄から知らない友達が離れるのを待っていたように、妹が「お兄ちゃん、いたあ？」と大声を上げた。何となく振り返った私に、遠くからぺこっと頭を下げてくれた。

河瀬は、あの子と私を仲良くさせたかったんだなって思ったら、嬉しく、切ない気持ちになった。それはきっと、とても光栄なことだったはずだ。

帰り道で携帯電話を開いたら、徳川からメールが入ってて驚いた。内容は、一言『海の日って暇？』とあった。


駅前のドトールでカフェ・ラテを買った。新幹線の中で本を読みながら飲めたら、そんな車内の過ごし方は最高だって気がした。

袋に入れたカフェ・ラテをこぼさないように気をつけながら、新幹線のホームに続くエスカレーターを目指す。オリンピックを誘致してからできた駅前ロータリーは、まだ新しい印象で、数台きりのタクシーを持て余すように広い。

ママには、今日は部活の練習で遅くなるとだけ話した。時刻表を確認したら、夕方に東京を出れば、こっちには遅くても六時には帰ってこられそうだった。自転車を停めたイトーヨーカドーが閉まる時間にも余裕で間に合う。

徳川とは、時間の打ち合わせだけして、東京駅で会うことになっていた。本当だったら乗る新幹線も別にしたかったけど、そこまで気にしてるって思われるのも嫌だった。大金をはたいて買った切符を鞄の内ポケットにしまう。

そのとき、ふいに頰のあたりに視線を感じた。何の気なしに顔を上げ、そして――絶句した。

目をふわっと見開いた表情のまま、動きを止めた倖が立っていた。その背後で、顔を伏せてる男子の姿は、津島だった。

二人は明らかに一緒にいた。

「アン」

「倖」

やばいって。と、頭の中で声がした。

やばいって、やばいって、やばいって。

倖の唇が、オレンジピンクのグロスに濡れて、ぷるぷるしていた。セブクラのライブのときに「なんか、かわいい服着すぎじゃない？」と芹香に注意されたシャツワンピース。斜めがけにしたポシェットは、一度も見たことがないから多分、新品だ。ぴかぴかした黒地のエナメルに、水玉のリボンが姫っぽくついてる。

「お願い！　芹香にはまだ黙ってて」

私が声を発するより先に、倖があっという間にこっちに距離をつめて、顔の前で手を合わせた。津島は、私のことを見てないふりをしていた。見る物なんかないはずの、観光案内のビラに目線を落としてる。

「――そういうこと、なの？」

何がそういうことなんだか、と我ながら思うけど、こんなときでもそんなふうに言ってしまった自分に驚いた。

参ったなあって表情を浮かべた倖が、私の肩を抱き、顔を寄せる。「まだ、最近なの」と声をひそめて答える。

「芹香と別れるときにさ、私、津島から相談されてて。それで、相談されてるうちにこういうことになって」

「……びっくりした」

「ねー！　自分でもびっくり。よく友達の恋愛相談に乗ってるうちに、って話、聞くけど、まさか自分がそれになるなんて思わなかった」

「っつーか、やばいよ」

ようやく声に出して言えた。

だって、そんなの。

「芹香には後で、私から話すからさ。芹香が周りから聞いてややこしいことになるよりは、その方がずっといいから」

　倖がやけに深刻な顔を作って首を振る。初デートなのかもしれない。私を無視していた津島が、意を決したように近づいてくる。

「頼む、小林」

　と言われた。

　新幹線の時間まで、そんなに余裕があるってわけじゃなかった。

　二人は、上田市内だと人に見られるかもしれないから、長野駅近くの映画館に行くのだという。私は反射的に「東京のおばさんのうちにおつかいに」という、まるで漫画の設定みたいな嘘をついた。

　倖たちが観に行くという映画のタイトルは、私や徳川みたいな人間だったら絶対行かないなって思う邦画だった。二人はとても、楽しそうだった。

　倖は内心、ややこしいことを望んでいるんじゃないかという気がした。

　絶対に、芹香にまだ言わないで。言ったら、絶交だから。一生の約束だから、と何度も確認されてから、私は一人、新幹線乗り場に続く改札をすり抜けた。そうすると、あの二人はこっちに入ってこられない。

　ホームに立つと、大荷物の大人や親子連れに混じって、一番端の乗り口に徳川らしき姿が見えた。私に気づかないのか、それともわざと見ないようにしてるのか、本を読んで、顔を上げない。余計なことを言わず、黙々と、女子への興味も薄そうに本を読んでる。

ショーグンっていうか、武士みたい。

別々の席に乗るのをやめて、走っていって声をかけて、今見た倖たちのことを全部話してしまいたい衝動に駆られた。そういう、普通のクラスメートみたいなことができそうな気がしたけど、私の足は動かない。

徳川の格好は今日も黒ずくめで、この間河原で見た河瀬のボーダーシャツのようなスタイリッシュさも、津島の羽織ったパーカーの子供っぽいかわいさもない。だけど、見てたら、心がだんだん静かになった。

新幹線が来て、別々の車両に乗りこむ。

自由席は窓側が全部埋まってた。通路側の席に座り、横の女の人に見られないように気をつけながら、『悲劇の記憶』のノートを開く。

「殺人の動機」

という見出しの下に、徳川と考えた動機候補が並ぶ。

「・殺した女子に片思いしてた。（ストーカーこうい含む。）

・誰でも良かった。たまたま隣の席だったから。

・人を殺してみたかった。そしたらたまたま隣の席だったから。

・　リア充女子がうるさかった。
・　何かムカつくことをされた理由を作る。」

どこかで聞いたようなものばかりだけど、並んだ文章を見て、よく徳川はこれで文句言わなかったよなあ、と改めて思った。本当に、何を考えてるんだかよくわからない。

空白を大きく開けて、下に一行書き加える。揺れる新幹線の中ではうまく書けないことはわかっていたけど、今、書いておきたかった。

「　恋愛の動機はナシ　」

一番上に書いた片思いの可能性に、大きくバッテンの線を引く。

紙袋から出したカフェ・ラテは中味が少しこぼれていて、蓋に空いた小さな穴が薄茶に染まっていた。私は本を読む気も失《う》せて、隣に座った女の人からする甘い香水の香りから逃げるように、通路を挟んで反対側の窓の外ばかり見ていた。

スタジオの予約の時間は、午後二時から三時までの一時間だった。『秋葉原すぐ近く！』とあったけど、最寄り駅はそれより一駅ずれた浅草橋だった。

新幹線がホームに着いて、すぐに徳川の姿を探した。あいつが乗りこんだ方向に顔を向けると、徳川は私と目が合ったことだけをふいっと確認して、さっさとエスカレーターで下りて行ってしまう。一定の距離を保ったままする追いかけっこのようだ。私はいつヤツとはぐれてもいいように、携帯電話を片手に、徳川を追いかけた。

黄緑色のラインで表示された山手線《やまのてせん》のホームに上がっても、私は徳川に話しかけていいかどうか、まだわからなかった。

普段、友達や家族と来る東京は馴れないながらに楽しいものなのに、今日は微かに心細い。随分迷ってから近づいて、徳川の背中に「おはよう」と声をかけると、徳川が「うす」と読んでいた本から顔を上げた。

「浅草橋って、どうやっていくの」

「山手でアキバで、それから総武線で一駅」

「ふうん」

本当はネットで見て、私も知っていた。

スタジオの予約は私がした。一緒にサイトに並んだ衣装も借りようとしたけど、三着に絞るのが難しく、『一着は、徳川が選んでいいよ』とメールしてしまってから、なんだかこれってコスプレ衣装を彼氏に選ばせてる彼女みたいだ、と気づいて恥ずかしかった。徳川からは返事がなかった。

スタジオへの問い合わせフォームに、『衣装はいつまでに決めればいいですか』と打ちこんだら、登録した携帯のメールに『当日でも構わない』と返信があった。

秋葉原で乗り換えるとき、徳川は本当はここを見たいんじゃないかなと気になった。

昆虫王・田代の自慢話の中には、アキバで買い物した、そこでこんな知り合いに会った、という話題が多い。メイド喫茶に行きたいとか言われたら、そりゃあ引くけど、時間があったら寄ってもいい。

秋葉原はテレビでしか見たことない。もっと、いかにもな人たちばっかりなのかと思ってたら、意外にも乗り降りするのが普通の人たちで驚いた。ギャル風ファッションのかわいい子もいるし、スーツ姿のきちんとした大人の姿も、休みだけど目についた。

「徳川、アキバ来たことある？」

「ある。去年、田代たちとも来た。ミルクスタンドあるの知ってる？　あそこ、買って飲んだ」

徳川が指さした反対のホームに、『ミルクスタンド』と書かれた看板が見えた。横でサラリーマンのおじさんが、瓶のコーヒー牛乳らしいものを飲んでた。その場所に、うちのクラスの昆虫系たちを当てはめたら、驚くほどしっくり風景に馴染む。昆虫系ＩＮアキバ。

「前から聞こうと思ってたんだけど、田代、ムカつかない？　何言うのにも自慢気っていうか、自分に自信ありすぎっていうか」

「ムカつくよ」

あっさり徳川が言って驚いた。見つめ返すと、徳川はどうでもよさそうな顔をしていた。

「で？」

「徳川とか、周りの子たちはよくあいつの吹かした話聞いてられるなって思ってた」

徳川が「かはっ」と声を立てて笑った。

「すげ。あいつ、リア充女子にまで吹いてるって思われてるんだ」

そこから昆虫王の悪口になるかと思ったけど、電車が来たことで、徳川が話題を切った。黙って乗りこむ。

傍《はた》から見ても、私たちは付き合ってるわけじゃないことがすぐにわかるだろう。私と徳川の間には、人がゆうに二人分は入る隙間がずっと空き続けていた。

浅草橋は、東京でも下町って呼ばれる地域らしい。

大通りに沿って、個人経営の小さなお店がたくさん並んでた。出入りする地元の人たちも、その前を行く自転車の気安さも、手押し車を押しながら歩くおばあちゃんも、都会的な雰囲気はない。上田駅前の商店街と似てるなって思いかけたけど、人通りがこんなに多くないから、そこは違う。

それに、顔を上げさえすれば、視界の向こうに入るのは山じゃなくて高層ビルだ。ここはやっぱり東京なんだと思う。

駅を出てすぐにあった、ドトールじゃないけど、ドトールみたいなコーヒーショップに入る。長野にはない店だったけど、東京にはたくさんあるチェーン店らしかった。席が狭くて、うっすら全体にタバコの臭いが染みついていた。

またカフェ・ラテを注文したら、徳川がコーヒーを頼んで驚いた。その上、砂糖もミルクも入れない。私の周りでは、パパやママも含めてそんなこと誰もしない。キャラメルなんとかや黒糖ラテみたいな、限定の甘いヤツを飲まなきゃなんだかもったいない気がする。まして、私たちは大人じゃなくて子供だ。

味がしっかりついたハムを挟んだ固いパンをかじりながら、そのことを話そうか迷ったけど、バカにされそうだからやめた。徳川は苦そうな顔も自慢げな顔も見せずに平然とコーヒーを飲んでいた。

トレイを横に寄せて、『悲劇の記憶』ノートを取り出す。事件を作る、という共通の目的を意識していないと、徳川に会うのは気まずかった。

「この間の、死体の写真。ありがとう」

「見た？　どうだった？」

「最初の一枚でやられた感じした。怖いけど目が離せないっていうか、クセになったみたいに、ずっと見ちゃう」

「引いた？」

「引かなかった」

徳川の目をまっすぐに睨む。

「前から思ってたんだけど、バカにしないで。私、あれくらいで引いたりしない」

強い口調で言ったつもりだったのに、徳川は相変わらず「ふうん」って感じに頷くだけだ。腹が立って念押しする。

「じゃなきゃ、あんたに殺して欲しいなんて最初から言ってない。確かに私、徳川に比べたら全然何も知らないかもしれないけど、その辺の女子と一緒にしないで。舐めないでよ」

「殺して欲しいとか、声でかいよ」

「誰も気にしないよ、そんなこと」

日常でこんな会話が聞こえたところで周りの人は本気で注意を払ったりはしないはずだ。東京だったらなおさらそんな気がする。徳川はまた本気かどうかわからない、何考えてるかわからないにやにや笑いを浮かべて「以後、気をつけます」と芝居がかった声を出した。

また、カチンときた。

「で、どうだった？　気に入ったのあった？」

「足が一本だけ写ってる写真も、顔がない分不思議な感じした。だけど、ずっと見てると馴れてきちゃうね」

「足か。お前、本当に死体損壊好きだな。あんなの明らかにオッサンの足じゃん。すね毛汚いし、血色悪いし」

「うるさいなあ。ねえ、あれ、全部本物なの？」

「多分。俺が偽物つかまされてなきゃ、そう」

「どこで見つけるの？」

「ネットが主だけど、写真集のコピーとかもある。戦争のは特に」

「ああ」

「確かにずっと見てると飽きるよな」

徳川が言い切った。私が「馴れる」と言ってた感覚を、あっさり「飽きる」と表現したのを聞いて、そうか、それって認めていいことだったんだ、とびっくりする。

「写真見せてもらっても思ったけど、やっぱりどんなきれいな現場を作っても、マスコミの話題になるのってせいぜい三日から一週間だよね。それ以上は犯人がわからないとか、捕まらないっていう特殊な場合がほとんどで、世の中はその期間もずっと事件があちこちで起こるし」

「一週間話題になるのも難しいよ。あと、捕まらないで逃げ続けるってのは、俺に期待してもらっても、どこまでご期待に沿えるかわかんないから。運動神経悪いから、逃げ切る自信ないし」

「頭いいからどうにかなる、とは思わないわけ？」

「は？　頭いい？」

徳川が目を細くして私を睨んだ。「嫌味じゃないよ」と私は答えた。

「徳川、頭いいと思う。頭の良さって成績じゃないんだなあって、初めて思った」

「お前の方が成績いいだろ。素直に聞けないんですけど」

「そうかな」

「ま、いいや。で？」

話題を早く切り上げたそうに先を促す。褒めてやってるのに、腹が立った。私は続ける。

「死体をバラバラにしたり、現場に何かの意味を持たすとかも考えたんだけど、ほら、推理小説なんかでよくある、歌の歌詞とか伝説になぞらえて人を殺したりするヤツ。金田一耕助とかのさ」

「犬神家？　見立て殺人のこと？」

「そう言うんだっけ？　そういうのもね、やってみるのにはすごく惹かれるんだけど、現実には、やってもそこまで話題にならないんじゃないかなって思う。誰かがすでに同じようなことやっちゃってるだろうし」

「極端にやれば、長い話題にはなるかもしんないけどね」

「たとえば、レクター博士がやったみたいな」

徳川がコーヒーを一口飲む。喋りスイッチが入ったらしい。私は冷たくなったパンを食べながら聞く。

「極端って？」

「『羊たちの沈黙』って映画観たことある？　あの中のレクターがさ、警察から逃げるときに、警備員をぶっ殺して、内臓が全部ぶわあって見えるように腹裂いた状態で吊したんだよな。キリストみたいな格好にしてさ、あれ、きれいだったな」

「それ、吊すのとか、相当力いるんじゃない？　確かに目立つかもしれないけど、徳川の家、仏教じゃないの？　なのに、キリストの見立てって」

「まあな。俺、無神論者だし」

「私も内臓はちょっと」

二人して黙ってしまう。しばらくして、徳川が言った。

「まあ、難しいよな。無差別の連続殺傷事件や通り魔が横行してるご時世に、たった一人の顔見知り女子を殺すだけで目立とうっていうんだから」

「使える命は私のだけだしね。面識がある分、無差別殺人のときと違って、動機には多分、個人的などうでもいいことが当てはめられたりして、一気に興ざめになるかもしれないし」

はっとして、付け加える。

「殺すのは、絶対に私一人だけにしてよ！　連続殺人とか、何人か巻きこむとか絶対止めて。私が他の子に埋没しちゃうのは絶対に嫌」

「あー、はいはい。お前って本当、性格悪いよな」

徳川がうるさそうに顔の前で手を払ってみせる。私は「そういう約束でしょ」とヤツを睨みつけた。

「考えてよ。私の命をせっかく使っていいって言ってるんだから、最高のものにして」

「でも、そこで何人かにしたら、確かにこれまでにはないパターンにはなるよな。クラスメートを刺したヤツはいても、連続でクラスメート何人かってのは聞かないもん。傷害くらいはあるかもだけど、殺人はさすがにない。コロンバイン高校みたいな例もあるけど、一人一人を別々にやればパターンはそれとは別物になるし。──でも、めんどくせえな。斉藤芹香や成沢《なるさわ》倖《や》を殺るの」

「あ。ねえ、そういえば」

名前が出たことで思い出した。新幹線に乗る前に見た倖と津島のことを話す。口調がだんだん重たくなっていく。

「──倖は、多分、芹香とケンカしてもいいって思ってるんだよね。むしろそうなって欲しいくらいで、結局、女友達より男取ったってことなんだと思う」

「ほっとけば」

　まるで興味がないわけでもないのだろうけど、徳川の声は冷たかった。

「どうでもいい。そいつらだって、またすぐ別れるんだろ」

「そうかもしれないけど」

「だいたい、事件を本気でやるつもりなんだったら、お前もそういうくだらないことは、もうどうでもいいのかと思ってた。楽しそうだよな、いつも、お前ら」

　言葉につまった。

　徳川はもともと目を見て話をするタイプじゃないけど、今はもう完全に目線を落としてこっちを見ない。さっき事件の話をしてるときには饒舌だった口調のトーンが急激に下がった。

　軽蔑されかかってる、と感じたら怖くなって、それからゆっくり怒りが湧いてきた。なんでこいつら、こういう現実の話を嫌うんだろう。くだらないって、見下すんだろう。

　――それはお前のリアルが充実してないから、聞きたくないだけだろうがっ。

　徳川がリア充をバカにするように、私がその逆をバカにしたっていいはずだ。そこまで考えたら、なんだか考え方が本末転倒してる気がして、二重に釈然としない。

「前にも聞いたけど、本当にやる気あんの？」

「あるよ。本気だし、これからまたそういうヤワイこと聞いたら殺すから」

「いや、殺すのはこっちだから。お前、殺される方」

徳川が言って、無意識にかもしれないけど、冗談めかした物言いに空気が少し軽くなった。ちょっと、救われた気分になる。言っちゃいけない言葉は、私だってなるべくならしまったままにしておきたい。

「津島って、櫻田のこと好きなわけじゃないんだ」

「え？」

そろそろスタジオに行こうかとトレイを片づけてたら、急に話題が戻った。徳川がさらに続ける。

「音楽の櫻田先生」

「好きなわけないじゃん。懐いてるかもしんないけど、相手、先生だよ？」

櫻田先生。

櫻田美代っていうフルネームでも、サクちゃんでもない呼び方をひさしぶりに聞いた。一度は収まった怒りが、今度は細かくさらにすっきりしないイライラになって私のおなかまわりを掻きむしる。

——サクちゃんは、ショーグンＪｒ．がお気に入り。

メモが回ってたことがある。

このタイミングで、サクちゃんのことを蒸し返すのがどんだけ不自然か、気づかないんだろうか。

徳川が他の男子みたいにサクちゃんを気に入ってるんだとしたら、そんなのがっかりだからやめて欲しい。吉永ちぐさや緒川さつきみたいな清純派日本美人が好きだって言ったなら、せめてそっちの好みを貫いてて欲しい。

あんなの、『臨床少女』とも、清純派女優ともまるで違う、生活感に満ちたおばさんなのにわかんないの？　徳川ともあろう人間が？　私、頭がいいって認めたばっかりなのに？

「行こうよ」

互いに不機嫌になってしまったのを感じながら、乱暴にトレイを片づける。

私たちはまた間に大きな隙間を空けて、店を出た。

「あの人形はお前が好きそうなのじゃないよな」

唐突に言われて顔を上げると、徳川は大通りを挟んだ向こう側にある日本人形店の看板を見上げていた。ひな人形とか五月人形を売る、高級そうな店だ。浅草橋は土地柄なのか、そういう人形店が、目につく範囲だけで一つや二つじゃなかった。

すました顔の日本人形は表情がどれも一緒に見えて、怖さはあるけど、色気は薄い。

「確かに『臨床少女』の人形たちとは感じが違うけど、嫌いじゃないよ」

「お前のうちも、ひな人形あるの？」

「うん。ママの方のおばあちゃんが、私が生まれたときに買ってくれた」

五段飾りの棚を組み立て、赤い布を敷いて人形を並べるのは毎年パパの役目だ。ママはそれを楽しそうに、準備が終わるまでずっと横で見てる。「アンは、生まれたときからこんな立派なおひな様があって幸せね」と、毎年、恩を売るように言われるせいでかえって意識して見てこなかったけど、今見たら好きになれるかもしれない。

来年の三月には、私はもう死んで、いない。あのおひな様はどうなるんだろう。人形店の前を通り、巨大なお内裏様が唇を引き結んだ顔がアップになった看板を見上げながら、ふっと思った。


『スタジオ・バーニー』は、飲食店の二階にあった。

沖縄料理屋の黄色と赤の混ざり合った看板の色彩に気圧《けお》されて、本当にここだろうか、とプリントアウトしてきた地図と見比べる。奥に、階段と集合ポストがあった。横についた各階の案内表示の二階と三階にスタジオの名前を見つけ、ほっとしたけど、それと同時におなかの底の方に重たい感じが広がる。見上げた階段の向こうは、薄暗かった。

徳川が一緒じゃなかったら、キャンセルしたくなってたと思う。だけど、ヤツは私を置いて、無遠慮な様子で階段を上っていこうとする。

ちょっと待って、と呼び止めた。

「中学生だけで来たこと、何か言われたらどうしよう」

「大丈夫だろ。高校くらいには見えるんじゃない？」

どっちにしたって未成年じゃないかと思ったけど、言葉を呑みこんだ。それに私はともかく、徳川は高校生じゃ絶対通らない。昆虫系植物担当のひょろひょろの腕はどう見たって子供のものだ。

上がっていった二階は、学校の非常階段を思わせるドアに、『スタジオ・バーニー』の名前がシール貼りされていた。中から音楽が聞こえる。アニメソングとかじゃない、普通のポップスだ。

先に立って歩いていた徳川がドアを開け、私は黙ってついていく。入ってすぐにカウンターがあって、奥にパソコンが置かれていた。

パソコンの前に座っていたエプロン姿の男の人が気づき、立ち上がってこっちにやってくる。おしゃれな感じはまるでない人だった。うちの近所のレンタルビデオ屋の店員みたい。もじゃもじゃの黒髪に、荒れた肌。エプロンの下はブランドものではなさそうなチェックのシャツを着てた。

「――いらっしゃいませ」

私たちの姿を見た店員は、露骨に驚きこそしなかったものの、目が観察するように細くなった気がした。居心地が悪くなりながら、私は徳川の前に出て「予約した、小林です」と告げる。

「こちらにご記入を」

カラオケみたいに利用時間や連絡先を書く用紙を示され、カウンターで書いていると、奥から「うん、いいね」という大人の声が急にして、カメラのものらしきフラッシュが舞った。ピピピピピ、という小さな電子音がそれに続く。

パシャ、ピピピピピ、パシャ、ピピピピピ。

「じゃあ今度は」こうして、ああして、というポーズの注文の声が合間に入り、それに大人の女の鼻にかかった声が「はあい」と答える。

誰かが本格的なカメラで仕事か何かの撮影をしている。意識が奥に行ってしまうと、私は急に手元が上の空になった。持ってきたのはポケットサイズの小さなデジカメだけ。そういえば、さっき、店員は私たちの鞄をちらっと見たような気もする。私は大きく膨らんだ自分のショルダーバッグが急に心もとなくなって俯いた。服は入っているけど、専門的な撮影機材なんか何もない。

年齢の欄に十七、と書いた。緊張したけど、咎《とが》められず、店員があっさり鍵を渡してくれる。

「スタジオは、教室タイプBルームですね。この上、三階の、奥の方の部屋です」

「レンタルの衣装は、今頼んだ方がいいですか。三着までなら無料なんですよね？」

「内線電話があるので、後で決めて電話くれてもいいですよ。四着目からは五百円です」

年を疑ってないっていうよりは、自分の仕事にやる気や熱意があんまりないのかもしれない。ホームページで見たのと同じ、マネキンに着せた衣装のサンプルが並んだファイルを渡してくれる。

パシャ、ピピピピピ、パシャ、ピピピピピ。撮影が続く奥に向けて顔を上げると、白いカーテンで区切られた向こうに、うっすらと人の影が見えた。背が高く、髪も足も長い華奢《きゃしゃ》な影。あわてて視線をそらす。

三階に続く階段の前に、靴を脱いでスリッパに履き替える場所があった。木目調の短い階段は、普通の住宅みたいな雰囲気だった。底が柔らかく膨らんだ水色と白のストライプ柄のスリッパも、明らかに家庭用だ。

「誰かの家に遊びにきたときみたいだね」

思わず呟いたけど、徳川の返事はなかった。振り返ると、二階の撮影が気になるのか、まだそっちに顔を向けている。徳川が急に小声になって言った。

「あれ、絶対にＡＶとかやばいグラビアだよな」

聞いた途端、体温がすっと下がった。

「こんな安いとこで撮ってるなんて、絶対にそうだよ。あのカメラマンのいいよっていう声とかさ。いかにもって感じ。男優かよ、ギャグだよ」

「知らない。どうでもいいよ」

店員から離れて楽になったはずの呼吸が、また息苦しくなった。どうして徳川となんて来ちゃったんだろう。

スタジオごとに安っぽいかどうかを採点してたあのサイトで見た「ラブホっぽい」の文字が、下からのカメラの閃光と一緒になって、ぱっと目の前で弾けた。こいつもAVとか見たことあるんだ。ほかの、あの虫にしか見えない昆虫系たちも、きっと。

気持ち悪くなって、それから、ひどいんじゃないのって気持ちになった。目立つ男子たちが彼女を作るのも、昆虫系がAVやアイドルを語るのも、欲望の根っこが一緒なんだとしたら、昆虫系が私たち現実の女子をバカにするのは、やっぱりズルい。


今日は他の部屋の予約が入っていないのか、静かで、三階には私たちの他には誰もいないようだった。

部屋の中に入って、左右を見回し、絶句する。

奥に、ベッドがあった。

確認しなかった自分の迂闊さを嘆きたくなったけど、すぐにこんなことなんでもない、と気持ちを立て直す。

私の頼んだ教室タイプBルームは、サイトで見たとき、病院タイプBルームというのと一緒に写真が並んでた。違う部屋だと思ってたけど、どうやら一つの部屋を壁紙と床を変えて半分ずつそれっぽい内装に変えただけだったようだ。反対側だから、写真で撮るときにはもう片側は入っていなかった。

右側にある教室タイプに近づくと、サイトで見たよりずっと小さいスペースで驚いた。公民館で使うようなキャスターがついた薄い黒板と、机と椅子のセットが四組並ぶだけ。黒板消しクリーナーまでついていたけど、黒板はもうずっと誰も何も書いていないようにきれいで、クリーナーにもチョークの粉はついていなかった。

机の足元に、何故かサッカーボールとバレーボールが一つずつ転がっていた。

本物の学校を真似してるけどやっぱり偽物は偽物だ。撮影機材のレンタルは有料だったはずだけど、教室と病院スペースの真ん中に、背の高い一灯のライトがぽつんと境界線のように立っていた。

私と徳川は、無口になっていた。

「窓の外、何か見えるかな」

沈黙の気まずさをどうにかしたくて、見ないようにしていた病院スペースの方まで歩いて行く。床も壁も白く、パイプベッドがある一角を素通りすると、大きな窓の向こうがバルコニーに繋がっていた。

開けた瞬間、場違いなチャイムの音がした。私たちの雪島南中と同じ音だ。

バルコニーの手すりは、胸まであって高かった。これじゃあ、外からはこっちの部屋の様子は見えないだろうな、と思いながら顔を上げると、私たちが歩いてきた駅前通りが見えた。斜め前に、下町然とした流れのない川が見える。屋形船のような小さくて平たい船が、橋の周りに何艘《なんそう》も並んで浮いていた。

その川のすぐ横に、中学校があった。校舎の壁に学校名が入っている。

「徳川。あそこ、中学校があるよ」

「ふうん。それなのに、近くにこんないかがわしい場所があるんだ」

「いかがわしくはないでしょ、別に。普通の写真撮りに来る子だっているだろうし……」

「は？　普通って何。AVじゃないとしてもコスプレや疑似死体の写真は健全じゃないでしょ」

返事だけはするけどこっちにやってこない徳川は、相変わらず教室スペースの方で窓を開けたり、机の上を触ったりしている。

私はいったん部屋に戻り、鞄からデジカメを出して、バルコニーから見える川と中学校に向けてシャッターを切った。ズームすると、川の上には、小さな鳥がしゃがみこむように羽をたたんで浮かんでいた。

「こっち、着替えの部屋」

徳川の声が聞こえて振り返る。教室スペースの後ろを指さしているのを見て、私はそういう部屋がついてることにちょっとほっとしながら、「あ、本当?」と答えた。

「うちの制服は、持ってきたんだ」

中に戻り、店員にもらった衣装のファイルを教室の机の上に開いた。私たちが学校で使ってるものよりサイズが小さい。小学校用って感じだった。

衣装のファイルを二人で黙って見ていると、気まずさが喉までこみ上げて、徳川に何か言われるのが怖くなり、先回りするようについ早口になった。

「私が家で借りようかなって決めてきてたのは、この、ブレザーの制服のどれかがまず一つで……。ほら、普段セーラーしか着ないから着てみたいっていうのがあって。──あとはこの、清楚っぽい、真っ白いワンピースがサナトリウムっぽくていいかなって思う。知らなかったけど、ここ、病院のスペースもついてるし」

本当は、メイド服やナース服も気になることは、いざ、ここに来てみたら口にできなかった。有料になってもいいってことも、絶対言えない。コスプレみたいな、こういうのが好きなこと、自分だったらこれが似合うんじゃないかって自惚《うぬぼ》れてることを、少しでも徳川に指摘されようものなら、恥ずかしさと屈辱で自分がどうなってしまうかわからなかった。

「俺、これがいい」

ある程度毒づかれても仕方ないと覚悟していたのに、徳川が急に言った。

「……これ？」

徳川が指さしたのは、黒いレザードレスだった。

意外だった。あんまりコスプレっぽくない。キャミソールと、スカートが別々になったタイプの服だ。キャミの胸元についたレースもメイド服のようなフリフリの白じゃなくて黒一色だし、ゴスロリ服というよりは、少しハードなパンクバンドの衣装みたい。スカートは短いけど、あらかじめ腰についたベルトのデザインも普通だ。芹香あたりが私服で持ってたっておかしくない。

「こんなんで、いいの？　もっと、メイド服っぽいのとかもあるけど……」

どうせだったらこれぞコスプレっていうものを着てみたいというのは私の願望だったけど、徳川は「これでいい」と、繰り返した。

壁についた内線電話で受付に電話して、ブレザーと、清楚系ワンピースと、レザードレスを頼む。――清楚系ワンピは、他の服と最後まで迷ったけど、結局、実際に死ぬときにメイドやナースの格好ができるわけでもないので、実用性を考えてそっちにした。

店員に衣装を持ってきてもらうまでの間、持ってきた制服を着ようかどうか迷ったけど、結局、そのままで待った。

「床に、寝てみていい？」

部屋を借りてる時間がもったいなくて言った。徳川はからかわなかった。私の手からデジカメを受け取る。

クリーム色の床は、よく見ると隅に細かい埃が浮いていた。だけど構わない。逃げ場をなくして、自分を追いつめなきゃ、と強く感じていた。スカートで来なければよかった。横になったせいで急に足元が涼しく、頼りなくなったように感じる。仰向けのまま天井を見ると、真っ白いだけの視界は、やはり普段の私の教室とは違っていた。

深呼吸をしたら、大きな息継ぎの声が洩れてしまった。徳川に、今のをなまめかしい声だって思われたらどうしよう。唇を噛んだ。徳川に何もされないという保証はどこにもないんだ、と急に感じた。顔を上げたくなかった。

足元でデジカメの起動音が聞こえた瞬間、徳川に見られることを諦めた。

目を閉じると、自分の唇が開いているのが急に意識された。ここで急に、全部口を閉じたら変だろうか。空気が、唇と頬に触れてるのがわかる。

徳川が黙ったまま、カメラのシャッターを切った。光は、なかった。フラッシュの操作を教えた方がいいかな、と薄目を開けかけたところで、徳川から「お前。力、抜いたら」と言われた。

声が冷たくてそっけない分、一瞬でも照れたり、茶化したりすると、この時間が終わってしまいそうで、私は黙って力を抜いた。硬い床に頬をつけると、体温が吸い取られていく。恥ずかしさも嫌悪感も、全部一緒に吸い取られていく。躊躇うほうがよほど恥ずかしいのだ。コスプレをする子たちの気持ちが、よく、わかるようになっていく。

それは、非日常を自分のものにすること。

今の、私と徳川のように。

私の好きな人形たちもみんなこんな気分なのかもしれない。

閉じた目の裏側で、フラッシュの光が何度も何度も弾ける。徳川と無言のままそうしてると、静かな部屋は帰りたくないくらい居心地よく感じられた。

店員が階段を上がる足音が聞こえてきて、身体を起こす。目を閉じていたせいで隅が白く霞《かす》んだ視界で徳川を見ると、ヤツはドアの方を見ていて、私と目を合わせなかった。

「衣装、今日は他に貸す予定がないから、三十分過ぎても、帰る時間までは使っていいよ」

さっきと同じ店員が、タメ口になって言った。逆に私たちが「ありがとうございます」と小声の敬語になる。非日常の中に急に入りこんできた彼のさえないエプロン姿は、カラオケ店で熱唱してるときに飲み物が運ばれてくるときの気まずさを何十倍かにした感じだった。

気を取り直して、机の上に衣装を並べる。そして私は自分の考えが間違っていたことを知った。

徳川が選んだレザードレスは、写真で見るよりものすごくキワどかった。マネキンが着ていたときはわからなかったけど、一目見て、布の面積が少ない。胸の開きが大きいし、スカート丈も思っていたより遥かに短かった。

膨らみを強調するように盛り上がった胸パッド。後ろを見て、さらにぎょっとする。キャミソールはコルセットのように紐で身体を締め上げるタイプで、細かいホックが電子機器の部品さながらにびっしりと背中のラインに沿って並んでいた。

ゴスロリとも、ハード系パンクとも、似てるけど微妙に違う。一番近いたとえは多分、SM嬢のボンデージだ。きちんとスカートがあるのが救いだけど。

「徳川の趣味って、こういうのなの？」

ハンガーごと持ち上げて眺める。ヤツもここまで露出度が高いとは思っていなかったのかもしれない。てっきり一緒になって困ってるだろうと思ったら、特に心動かされるふうもなく「一番かっこいいと思ったから」と的外れな言葉を返した。

持ってきた自分のセーラーの夏服を、まず最初に着た。

実際に決行するとき着ることになるかもしれない冬服は、一番最後にしようと思った。

着替え用のメイク室は、テレビで見る芸能人の楽屋みたいに大きな鏡が置かれていた。

空気がひんやりしていて、仄かにかび臭い。奥にはいろんなものがごちゃごちゃと押しこまれていて、今の時期には使っていないであろうストーブまであった。メイク室というより、物置も兼ねてるのかもしれない。

セーラー服になって、さっきと同じように教室の床に倒れた。うつぶせになるように言われ、肘で身体を支えながら、ゆっくり片頬とおなかを床につけていくと「それじゃ不自然」と命令調に言われた。不格好な姿勢になるのが嫌で、恐る恐る腕をまっすぐに伸ばして投げ出すと、胸が床に押されてつぶれた。

息を止めていた。

シャッターが切られる音がまた再開されると、自分が望みを叶えてもらっているのか、それとも理不尽で乱暴な目に遭わされているのか、どちらなのかがどんどん曖昧になってわからなくなり、そのうち、全部、どうでもよくなった。

レンタルしたブレザーと白いワンピースは、レザードレスと違って、いたって普通で助かった。特にブレザーは、メーカー名のタグを見ると、実際に制服も作ってるアパレル系ブランドの名前が入ってて、どうりで生地もしっかりしてる、と感心してしまう。

順に着替えて写真を撮りながら、途中でデータを確認する。徳川と私、それぞれ意見を言ううち、写真のパターンはどんどん変化していった。

普通に倒れて死んでいるより、一見して生きているように見えた方がいいんじゃないかという案が、そこで出た。

教室の机に座っているとか、黒板に寄りかかってるとか。あとは、校庭のフェンスに寄りかかって立つとか。生きてると思って近づいたら、実は、血を流して死んでる。うちの校庭でフェンスと桜の木の間に挟まれるようにして私の死体が立つところを想像したら、それが、映画の一場面のように鮮烈な情景に思えてゾクゾクした。

撮影の途中、何度か徳川にデジカメを見せてもらう。小さな画面に写し出された私が、机に座った格好のまま微かに顔を前に倒し、目を閉じている。流れた髪を見て、事件の日までにもっと髪を伸ばしておこうと決めた。

写真になった私は、悪くなかった。

「もっと、死に顔らしくしろよ。苦しめってば」

「やだよ」

徳川の声に、目を閉じたまま答えた。

他人の前で、こんな大胆なことができるなんて、今朝まではまるで想像できなかった。

途中、レザードレスを着るときだけ、メイク室の中で迷った。何度見てもスカートの長さは変わらないし、何より、問題は後ろのホックだ。とても全部自分で上まで留められない。

やっぱりムリだと外に出かけたところで、ドアの向こうから徳川がデジカメの写真データを送る、ピ、ピ、という音が聞こえた。撮ったばかりの、私の写真を見てる。

音を聞いたら、足が止まった。

腕にかけたレザードレスのウエストは細かった。普通の子じゃ、入らないかもしれない。だけど、私のおなかは、今着ている清楚系ワンピースの下で泳いでいる。

負けたくなかった。

徳川にも、この服にも、誰にも。

ワンピースを脱ぎ、肩紐が出てしまうからブラジャーも取った。盛り上がった胸は、少し浮いたものの、上から押さえつけると、レースと肌の部分はどうにかぴったりと合ってくれた。パッドに象《かたど》られたせいで自分の胸が急に大きくなったように見える。

後ろのホックを留めるのは想像以上に細かい作業で、一気にいくつか留めたものの、やはり手が届かない。

徳川が写真をチェックする音が途切れた。

催促されたように感じ、後ろ姿を鏡に映して確認すると、留められたと思ったホックが、かなり下の方でもう掛け違えてずれていた。泣きそうな気持ちでやり直していると、脇の下と背中に汗が滲んだ。

時間がなくなる。まだ、本番用の冬服セーラーでは一枚も写真、撮ってない。

「徳川」

上の三つのホックがまだかかっていない状態で、外に出た。デジカメを持った手を見下ろしていた徳川が、私の姿を見る。

徳川は目を瞬いただけで、何も言わなかった。褒め言葉を期待したわけじゃないけど、苦労したのに、と腹立たしい。足に直接空気があたる面積が広かった。涼しいはずなのに、恥ずかしさで体温が上がる。

「後ろ」

「え？」

「開いてるけど」

舌打ちしそうになった。正面から二、三枚、適当に写真を撮ったらこの服はおしまいにしたかったのに、なんでこんなときに限って細かいことに気づいたりするんだろう。

「手が届かないから」

全部開いているわけじゃなくて、上がほんの二センチ程度開いてるだけなのに。苦々しく思ったそのとき、徳川が、すっと私の背中に回りこんだ。

拒絶する、暇もなかった。

徳川はレザードレスの両端を軽く引き、あっという間にドレスの背中を閉じた。一瞬だったけど、薄い革一枚を挟んで、指の存在を感じた。

振り返った私が目を見開いていることに気づくと、徳川はそこで初めてたじろぐように「何？」と見つめ返してきた。

その表情で、今のがまったく躊躇いも気構えもない、彼にとっては自然なことだったんだと思ったら、変に意識した私だけが取り残された気がした。

「徳川」

痛みに馴れておかなくちゃ、と声がする。死ぬそのときまで、死体はきれいな状態にしておきたい。だから、腕は切りたくないし、身体を傷つけたくない。それは今も変わらない。

世間に溢れる、死ぬつもりのないリストカッターの一人のように自分がなるのは嫌だ。あの人たちと、私は違う。あんな、自分の病や意識に溺《おぼ》れるようなこと、しない。だけど、さっき喫茶店で言われた、本当にやる気あんの？　の言葉に、私は傷ついた。思い知らせたかった。

これまでで一番濃い、息がつまるような沈黙だった。すぐ下の階には人がいるはずなのに、何の気配も感じられない。

「首、絞めていいよ」

徳川は動揺しなかった。だけど、目に浮かんだ光が表情を変える。こいつには珍しいことに、私の目をはっきり見た。

今日ならできそうな気がした。

さっきまで着ていたワンピースとも、今日着てきた服とも、制服のブラウスとも違って、レザードレスの首はデコルテラインまでが全部出ていた。さっきメイク室で見た首の下で、自分の骨の形がくっきりと浮き上がっているのを見たばかりだ。

徳川の目に、今の私がどう映っているか、想像はできるつもりだった。首をすっと持ち上げる。

最初に、「私を殺してくれない？」と持ちかけたとき、徳川は「いいの？」と問い返した。今度もそうかと思ったら、徳川は何も、聞かなかった。

手が伸びて、他人の体温が触れたら、喉の皮膚が薄い事実に気づいた。下にある骨の感触も、頸動脈《けいどうみゃく》の高鳴りさえ、自分が触ったわけじゃなくてもわかる。背中のホックを留めるときと違って、今度の動作はゆっくりとしていた。徳川の右手の、恐ろしく黒ずんでへこんだ親指の爪が見える。今日は隠さない。細くて白い、ひょろひょろの腕の内側に、青白い血管が壁に這う植物のように伸びている。

徳川に触られるのを、気持ち悪いとは思わなかった。今年の四月だったらまず間違いなくそう思ってたはずなのに。

これがエッチじゃないからかもしれないな、とぼんやり考えていた隙に、徳川の手が両側から私の首を摑んだ。強い力が沈んだ。

何が起きたか、わからなかった。

ふいを突かれて抵抗しなかったせいで身体が倒れ、後ろにあった机の一つに太ももの後ろがぶつかり、つまずいた。机に乗り上げた私の喉をまだ締め上げ、手を離さないまま、徳川の無表情な目がこっちを見下ろしていた。

苦しい。

呼吸ができないのに、咳きこむ自分を強くイメージする。徳川、と上げようとした声が出てこない。覚悟して、望んだはずなのに、咄嗟に私の手は喉の上の彼の手に重なっていた。その手を首から離そうとするけど、びくともしない。抵抗する自分の力がどれぐらい今本気なのか、呼吸と一緒に音も失せた世界の中ではわからなくなる。

こんなに、男子、力、強いのか、徳川勝利、でも。

水の中で浮かぶ泡のように、途切れながらも思考が浮かぶということは、徳川はまだ本気ではないのだろうか。

いつやめて欲しいと、せめて何秒と決めなかったことを後悔する。太くはないはずの骨が、このままじゃ薄い皮膚を突き破りそう。瞬きのように、絞殺の直接の死因は窒息ではなく首の骨を骨折したことによる場合も多いのだという情報を思い出したら、パニックが襲ってきた。

私にそんなことを教えそうな人間は一人しかいない。それが、もし、つつじ霊園での徳川だったなら、きっと覚えている。そろそろだよ、もうやめて。私、折れてしまう。

視界の半分が煙に覆われたようになって、苦しくて、暴れたくて、私は徳川に限界だよ、と伝えたいのに、ここで暴れたら下の階にいる店員にバレてしまうと思ったら、徳川の手に重ねた自分の手を外して、強く、内側に握りしめた。爪が食いこんでいく。歯を食いしばって、出てきそうになる声を殺し、時間に耐えた。

徳川と、こんなに長く見つめ合ったのは初めてだ。目が、ずっと私を覗きこんでる。目を閉じればいいんだ、と、明かりがつくように気づいた。

顔を歪め、視界が闇に落ちると、喉は苦しいよりも痛かった。

まだ、まだ、まだだよ、徳川。今日はまだ、その日じゃない。

私の命は今、本当の意味で徳川の手に、握られている。

首にかけられた力が、ふっと緩む。

私は激しく咳きこんで、咳をするたびに涙が出てくる自分の身体を他人のもののように感じていた。机の上に倒された上半身の胸はパッドとは完全に位置がずれ、今はもう浮いて、鳥肌が立っていた。

投げ出した足が、だらしなく開きかけている。スカートがめくれ上がりそうなほど。

どうしてそのとき、「撮って」と言ったのか、わからない。

声は雨上がりの道路みたいにぐしゃぐしゃに溶けてたと思うのに、何故、徳川が聞き取ったのかも、わからない。一度しか、私は言わなかった。

興味をなくしたように私の喉を手から捨てた徳川が、遠くで立っている気配がしていた。

「早く」

身体を折らないと、もう咳すらうまくできそうになかった。内臓が、ひっくり返りそう。

パシャ、と音がして、身体の上を光が覆う。何度も何度も。

途中でとうとうこらえきれなくなって、身体をよじった。その間も、容赦なく、不格好な私の上でフラッシュが焚《た》かれる。頭上で、単調な音が蛍光灯と溶け合って、私をこのまま真っ白い光の海の中に沈めていく。そうなってくれることを半ば本気で信じて、願った。水の中にいるみたいに身体が重たい。髪も服も、濡れて感じた。

咳を、いつまでもしていたかった。

収まって顔を上げたとき、徳川の顔をどんなふうに見ればいいか、わからなかったから。

冬服はその日、着なかった。

咳きこんだ後、当てつけるつもりじゃないのに、私の呼吸の音はやたらと大きく、苦しそうになってしまった。壁に背中をくっつけて足をまっすぐに伸ばし、しばらくぼんやり、窓の外を見ていた。

顔が痒《かゆ》くて、時々表面をこするように手をあてた。小さな虫が皮膚の下で動き回っているようで、一度その様子を想像してしまったらぞっとして、それからは何度も何度も手のひらを顔に押しあて、頬の肉を引き上げるように動かした。

頭の中が、誰かに根こそぎさらわれてしまったように空っぽで、徳川の前で虚《うつ》ろな表情でいることも抵抗がなかった。夢中で顔をこすり続ける。徳川は何も言わなかった。

バルコニーに続く窓を開けて欲しいと頼んだら、徳川はそうしてくれた。

新鮮な風がひとすじ舞いこんで顔を撫《な》でたことで、この部屋にはそれまでどうしようもないくらい気怠《けだる》い、惰性みたいな空気が満ちていたことに気づいた。首を絞められたときに流れていたらしいヨダレが、唇の下で乾いている。

しばらく何も話さなかった。

徳川が自分の鞄から、飲みかけのペットボトルのアクエリアスを出した。無言で顔の前に差し出されると、喉が渇いていることを思い出して、もらって、夢中で飲んだ。いつから鞄に入ってたのか知らないけど、ぬるくて、甘かった。

一気に飲み干した後で口を離すと、アクエリアスがヨダレの軌跡を洗い流すように唇からこぼれて、顎まで垂れた。手で拭う頃に、ようやく呼吸の乱れが収まり、私はどうにか元通り息が吸えるようになった。だけど、喉はまだ徳川の手に握られたままのように、いつまでも、指の感覚と力の記憶が消えなかった。

「着替えてくるね」

「ん」

立ったまま窓の外を見ている徳川は、相変わらずこっちを見なかった。

時間より十五分早く部屋を出て、下の階でお金を払う。カーテンで仕切られた奥の部屋からは何の音もしなくて、撮影は終わった後のようだった。

衣装を返すとき、店員が事務的な手つきでレザードレスを持った瞬間に、喉と、頭の奥がかあっと燃えるように痛んだ。

来たときには誰もいなかったスタジオの受付の前に、今は女の子三人組がいた。制服姿で、手に、大きなバッグを持っている。年は私たちと同じ中学生くらい。漫画か何かの話をしているようで、この子たちもきっと、ここの利用客なんだな、と思った。

常連なのかもしれない。緊張した様子もなく、互いに楽しそうにずっと喋ってて、先客だった私たちには見向きもしない。——私たちの年齢でも問題なく通してもらえたわけだ。だったらもっと、堂々とすればよかった。

外に出ると、太陽がオレンジ色を帯び始めていた。スタジオの部屋から見た小舟が浮かんだ川に、光が反射している。明日はまた、学校。休みの終わる午後の、もう終わりなんだという、あの、時を惜しむどうにもならない感じが川面からしていた。

行きはぐいぐい先に歩いていた徳川が、足を止めた私を少し先できちんと待ってる。頑ななほどこっちを見ないのがバカみたいで、私も余計に長く足を止めて、橋の真ん中から動かずにいた。

来るときは帰りに寄ってもいいと思ったアキバの駅では、結局降りなかった。東京駅まで向かう電車の中で、私たちの間には再び隙間が空いた。

新幹線は、夕方の半端な時間だったせいか空いていた。「席、どうする？」と尋ねると、徳川は首を振って「バラバラでいいんじゃね？」と言った。長く黙ってたせいで掠れた声だったけど、ひさしぶりに声らしい声が返ってきてほっとする。

新幹線が入ってくるのを待つホームで、徳川に「彼女、いたことあるの？」と聞いてみた。

徳川は呆気に取られた顔をした。前髪の奥の目が、あんなに見開くのを見たのは初めてだ。上ずった声が上がる。

「……ねえよ。バカにしてんの？」

「そっか」

少し前なら、私だって、徳川に彼女なんて想像もできなかっただろう。だけど別に、バカにしたわけじゃなかった。

今日、私のレザードレスの背中をすんなり閉じた仕草には緊張がなかった。徳川みたいな昆虫系が、あんなふうに女子に馴れてる態度を取るなんて意外だった。

徳川はまだ何か言いたそうだったけど、少しして気まずそうに顔を背けた。別々の車両に乗りこむために「じゃ」「ああ」と挨拶をして、離れる。

座った席で窓を見ると、車内の照明に映し出された私の顔が、幽霊みたいに半透明になってこっちを見ていた。まだ、感覚が完全に戻らない首も、そこにうっすら浮かんでいた。

鞄から鏡を出して、首を傾けて映す。あんなに強い力だと思ったのに、痕は何も残っていなかった。あんなにひどかった痒みももうない。

開いた鞄から、『悲劇の記憶』のノートが覗いた。徳川と私の作る、前例のない事件。

――そういえば、中学生同士の男女の心中ってのはなかったかもしれない。

頭を掠めた考えを、あわてて振り払う。

朝、恋愛の動機はなしだって決意したばっかりだ。それに第一、心中ってのは、好きな相手と、身分違いとか不倫とか、許されない恋に落ちて、するものだ。――徳川を好きだったなんて思われるのは、絶対にダメだ。それに好きな女子を殺して後追い自殺した男子の無理心中まがいの事件なら、これまでも例がある。

考えるのをやめて、窓辺に頬づえをつく。再び外を見ると、空はもうすっかり赤く、夕焼け模様になっていた。夜になることも覚悟していたけど、意外に早かったな、とぼんやり思った。

心中は絶対にナシだけど、同じ場所に帰るのに別々の席に座る私たちは、大昔の身分違いの関係に似ていなくもない。

5

翌日は終業式で、部活の朝練がなく、そのせいで、芹香と倖の最初の衝突の場所は、体育館ではなく、教室になった。

最悪なことに、津島もいた。

私が一歩足を踏み入れた瞬間からもうそれは始まっていて、教室の前と隅に分かれて、芹香と倖がそれぞれ泣きながら、女子に取り囲まれていた。芹香は机に突っ伏し、倖は赤い目を瞬きながら掃除ロッカーの前に立っていた。

ああ、来たか。私はぐっと息を呑みこんだ。

昨日の今日なのに、あまりに早い。倖のツメの甘さに舌打ちしたくなる。

いくら長野まで行ったところで、倖と津島は上田駅で一緒にいた。あの後だって、きっと二人で駅から帰ったんだろう。

徳川の姿を探した。

ヤツは普段と同じように、昆虫系同士で固まってた。昆虫系たちは、いつもと同じようにふざけ合って甲高い声で話してるけど、女子の方をちらちら見て、揉め事を気にしてるのがバレバレだ。徳川はこっちに背を向けていて、表情が見えなかった。

そのまま視線を動かし、今度は津島を探した。

津島は、目立つ系の男子たちと一緒に席にいた。自分のせいだってわかってるだろうに、「なあ。このプリントって今日提出だっけ？」とかぶっきらぼうな口調で、我関せずの姿勢だ。薄情にも見えるけど、ある意味では正しい。自分が直接の原因だとはいえ、こんなとき、男子が女子にできることなんて何もない。現彼女の倖を庇うような真似でもしようものなら、そんなの、火に油を注ぐだけ。

「アン」

赤い目の倖が、私に気づいた。私は朝っぱらからすっかり疲れた気持ちになりながら、倖に向けて小さく頷き、自分の席へ歩いて行く。すぐ後ろの席で芹香を囲んだ子たちが目で訴えかけてくる。何か知ってる？　どうしたの、と。

みんな、芹香のことが心配だっていう気持ちより、きっと事情を知りたいっていう好奇心の方が強い。――無理もないけど。

「芹香」

呼びかけると、それまで机に伏していた芹香の頭がようやく動いた。ゆっくりと身体を起こす。机の表面が涙に濡れて、木目の模様がニスを塗られた直後のようにくっきりと輝いていた。

芹香の目の光が、すり減っていた。輝きのない瞳が周りを睨む力はそれでいて強く、鬼気迫って見えた。肩まで使って大きく息をしながら、しゃくり上げ続けている。――短い時間で急に痩《や》せてしまったように、面変《おもが》わりして見えた。

教室の時計を見ると、ホームルームまでまだ十数分あった。

「ちょっと、外、行こうか」という私の声に、芹香は黙って頷いた。肩を抱いて立たせると、そこで初めて「アン」と私を呼んだ。そして、声を上げて泣き出した。

出て行くとき、倖と目が合った。私に向け、口だけ動かして「ごめんね」と言う。私は首を振り、目をそらした。

廊下に出ると、快晴の空は抜けるように青く気持ちがよくて、私は芹香の腕を取りながら、私たちはこのまま夏休みに入ってしまうんだなあと、遠い気持ちで覚悟した。

今日、いつにも増してどんな顔をして会えばいいかわからないと思っていた徳川の姿は、もう見えなくなっていた。

教室を振り返る。

津島と倖の映画デートは、やはり学年の子数人に目撃されていて、あっという間に芹香の耳に入ったのだという。一組の子が芹香に告げ口に来て、朝の教室は一瞬で修羅場と化した。

早朝の教室で自分をきょとんとした表情で待つ倖に対し、芹香が放った第一声は「見下してんの？」だったそうだ。涼しい顔して秘密を手の内に隠していた倖への怒りが暴発して、そこから先は、もう手がつけられない剣幕だったらしい。

「ごめん。だけど、津島にコクられて、好きだって言われちゃったら、自分でもどうしようもなかったの」

先手を取って謝った倖は、芹香には不愉快極まりなかったかもしれないけど、完璧に非がなかった。いくら元彼女だといっても、芹香に津島を縛る権利なんかもうない。ヒロインは、完全に倖の方だ。これまでも、芹香の振り方はあんまりだったって声はたくさんあった。

倖はひどい。
芹香はひどい。
あの子、わがまま。自分勝手。
死んで欲しい。

お互いの間に繰り返される言葉を聞きながら、その日が終わった。

学校で芹香と一緒に出て行った私のことを、夜、倖は電話してきて、じくじくと責め立てた。

『アンは、芹香の味方するんだ？』

「味方ってわけじゃないけど……」

芹香は相当に気が強くて、あの後、ホームルームが始まっても泣き止まなかった。終業式の間こそ保健室で休んでいたけど、担任の中村や佐方が「どうした？」と目を瞬き、具合が悪いなら、と早退を勧めても、頑として首を振った。

泣き続けた、という事実を倖や津島に見せつけなければ意味がないのだから、当たり前の話だった。

倖の言う通り、芹香はわがままで自分勝手だ。自分が主役でなければ嫌だし、その行動が傍目にどれだけイタくても止められない。

今日の放課後、泣き続ける芹香を残して、倖は津島と一緒に帰った。

明日から夏休みに入ることが、いいことかどうかわからなかった。確かにもう学校はなくなるけど、その分、倖と芹香は関係を修復できない。何より、気まずいことに部活はある。

「どっちの味方っていうわけじゃないけど、倖には津島がいるし。彼氏に去られた芹香の方が、今は立場弱いから」

『まあ、そっか。アンもつらいよね。巻きこんでごめんね。しっかし、自分で振ったくせに、なに急に惜しくなってんの？　ってカンジ。津島と付き合ってた頃も思ったけど、芹香って本当に彼のこと好きだったのかなあ。単に彼氏が欲しかったってだけじゃないかな。津島のこと、何も見てなかったんだよね、きっと。あの人と付き合ってた頃の津島、かわいそうだった』

私は曖昧に相づちを打ちながら、早く電話が切りたくてたまらなかった。

これまで、倖は芹香のことを「あの人」だなんて呼んだこと一度もなかったのに。

『ねえ、もしこの先うちらの関係が本当にすっごくケンアクになっちゃったら、アン、どっちくる？』

「どっちって……」

『今までさ、芹香ってアンや私のこと散々外してきたくせに皮肉だよねー。立場が逆になる日が来るなんて』

首筋に、ざわっと鳥肌が立った。声に乗れないことがバレたくなくて、「あ、ごめん。ママ来ちゃった」と小声で言った。

『あ、そうなの？』と渋々電話を切る倖は残念そうで、『また、話そうね』と呼びかける声は晴れやかだった。それが私の気をさらに滅入らせた。

お風呂に入った後で部屋に戻ってくると、今度は芹香から電話があった。『眠れないの、悔しくて』という泣き声には余裕がまるでなくて、さっきの余裕しゃくしゃくの倖の声よりは、聞くのが苦痛じゃなかった。

ただ『倖のことは、完全に無視ね』と言われた声には、やはり頷けなかった。

両方に歯切れの悪い返事をして、電話を枕元に投げる。勝手にしてよ、と思ったら、何だか疲れすぎて私まで涙が出そうになった。

徳川に電話したい、と初めて思った。

メールじゃなくて、話がしたかった。見えない力に背中を押されたように、ふうっと全身から気が抜けて、指が本当にボタンを押していた。

『――もしもし？』

怪訝そうに出た声がおかしくて「私」と名乗るとき、口元が今日一日で初めて笑みを浮かべた。徳川は相当、驚いていた。戸惑うような沈黙を経て、やがて、受話器の向こうからため息が聞こえた。

『お前、電話はまずいって。事件の後で、連絡取ってたことが本格的にバレたら――』

「いいよ、そういうのは後で考えれば」

いつも涼しい顔をしたこいつを焦らせたのが嬉しくて、また少し笑った。

『で、何の用？』と聞かれた声に「特に、何も」と答えたら、呆れたように二度目のため息をつかれた。短い電話は、中味があることを何も話さず、すぐに終わった。

「じゃあ、また」と言った私の声に徳川は返事をせず、いきなり電話を切った。

夏休み中の部活が始まると、倖の態度はさらにはっきりした。

芹香とは、互いに無視し合って挨拶すらしない。時折視線がぶつかると、露骨なほど鋭い目で睨み合って顔を背け、周囲をハラハラさせた。何より、倖は、私たちと一緒にいるのをやめた。どうしてって思うくらい唐突に、塚田たちのグループと仲良くし始めた。

彼女をこうまで変えてしまう男の力って、何なのだろう。津島を手に入れて怖いものなしになった倖は、彼と別れてしまったらどうするつもりなんだろう。倖と津島に、すぐに別れて欲しくなる。

それは、芹香も同じだったらしい。

「きっと、すぐに別れるよね？　うちの学年のカップルなんて、みんな付き合っても絶対に別れるし」

あの二人が別れなかったらどうしよう、という芹香の怯えが、言葉とは裏腹に、横で見ているると伝わってくる。実際に「このまま、最後までいっちゃったらどうしよう。嫌なんだけど」と泣かれもした。

だけど、その「最後」って何なのか。卒業までって意味か、結婚か。私はもちろん、おそらく、当の芹香にだってわかってないだろう。そういうよくわからないっていう不安な気持ちが、芹香の世界を曇らせ、彼女を、ずうっと終わらない雨の中に閉じこめられているような精神状態にしてるんだろうなってことが、想像できた。

　だから、私は、どっちの味方につくとか、そんなことを考えたわけじゃなく、自然と芹香と行動するようになった。倖には彼氏も新しい友達もいたし、何より、芹香の評判は、短期間でびっくりするほど下がってて、そんな芹香のそばを離れるのは、あまりに見捨てることそのものに思えて、できなかった。

　もともと強気で、これまでもいろんな子のことを外してきた芹香に、内心で反発を抱いていた子も多かった。みんな、このときを待っていたように彼女に集中砲火を浴びせ、私は――、いい子ぶるわけじゃないけど、そういうのも、何だか嫌だった。

　倖からは、その間も電話やメールが入り続けていた。

『アン、このままでいいの』と何度か聞かれた。

『言いたくないけど、一学期の最初、アンだってあいつに外されてたじゃん。悔しくないの？　今、自分が立場なくなったからって、都合のいいときだけ頼られてさ。私、アンに同情する』

　倖は、芹香を徹底的に一人にしてしまいたいんだと思った。

部活の最中、塚田も倖も、芹香にパスを出さない。たまに先生に怒られたり、ゲームの流れでどうしてもパスを出さざるを得ない場面になったときには、試合が終了した後で、仲間内で「ごめん、やっちゃった」「いいよ、仕方ないよ」って、芹香を外しきれなかったことをこれ見よがしに詫《わ》び合う。

芹香は最初の頃こそ顔をしかめたり、下を向いたりしていたけど、今はもうひたすら聞こえないふりをして無視してる。

そういう芹香を、私は実を言うと、ケンカ前よりもむしろいいと思ってた。

「アン、バイバイ！」と、横にいる芹香を無視して私だけに、みんなが挨拶していく。芹香は彼女らが行き過ぎるのを待ってから「ね、昨日のMステにセブクラ出てたの見てくれた？」と全然関係ない話を始める。そのくらい、強くなってた。

『ほっとけば』

夏休みに入って、徳川と電話することが増えていた。毎日毎日、部活しかないから、話す内容は自然と芹香と倖のケンカのことばっかりになる。

徳川との電話は、あいつが無言で相づちを打たない沈黙の時間もかなりあって、気まずいし、イラつくことも多かったけど、だんだんとそういうのにも馴れてきた。電話をかけるのはいつも私からで、発信履歴をそのたびに消した。

『人のケンカなんて、俺だったら、なるべくかかわらないようにするけど』

「私くらい近いとそうも言ってらんないんだってば」

『ふうん』

電話の向こうで、おーい、勝利、と呼ぶ、大人の遠い声が聞こえた。ショーグンの声だ。学校で聞くときとはまったく違う、家用の声。

徳川が黙った。父親に返事をする気配がなかった。

聞いちゃいけないものを聞いてしまった気になって、あわてて「じゃ、またね」と切ろうとすると、『あ、待てよ』と徳川が止めた。

「何?」

『前にさ、アン・ブーリンが処刑でバラバラになった話、したことあったじゃん。処刑人が下手だったせいで、三分割されたって』

「うん」

『あれ、確かにどっかで読んだと思ったんだけど、この間読んだ本だと違ってた。夫のヘンリー八世が、元妻の処刑のためにフランスからうまい首斬り人を呼び寄せたって説もあるって。——俺が嘘言ったわけじゃないってことを、その辺、厳密に知っといて欲しいんだよね』

「どっちが本当なの?」

『知るかよ、ヘンパチのことなんて』

徳川の声に、勝利、とまた名前を呼ぶ声が重なる。不機嫌そうな吐息が一つ聞こえたかと思うと、急に電話が切れた。徳川はいつも一方的だ。

「ヘンパチ」って何だろうって考えた。わからないまま、夜寝るときにベッドに入って、ようやく「ヘンリー八世」のことかもしれないって気づいた。マニアぶるような略語が、いかにもオタクっぽくておかしい。布団の中で身体を折り曲げて、一人でクスクス笑う。


うちは、毎年夏休みに家族で必ず一度か二度、どこかに旅行に行く。

今年は栃木県だった。日光東照宮や、世界の建物をミニチュアで再現したテーマパークを見て、宿は温泉旅館だった。

一緒に温泉に入ってるとき、ママが「ねえ、アンちゃん」とやけにもったいぶった声で呼びかけてきた。嫌な予感がしたけど、同じ湯船の中、ママから少し離れて、顔を見ずに「何」と返事する。

「――アンちゃん、まだ生理が来ないのは多分あれのせいじゃない？　ダイエットの」

お湯の中にそのままザバッと頭から突っこんでしまいたかった。慎重に話してるふうのママの言葉は、どれだけゆっくりと時間をかけて告げられたところで、内容がやっぱり雑だ。

「別にダイエットなんかしてないけど」
「でも、朝はパンをいっつも全部食べないし、お弁当だって残して帰ってくる日がある
でしょ？」
「夏で、暑いからだよ！　朝だって、パンの他にヨーグルトとかサラダとか、ママが出
しすぎなの！　パンだけなら食べられるよ。ただ、その場合、サラダとかスクランブル
エッグ全部残すけど、それでいいの？」
大声で怒鳴ったら、洗い場にいた他のお客さんがびっくりしたようにこっちを見た。
急に恥ずかしくなって、お風呂を上がる。脱衣所に入ったら、熱くなった身体を撫でる
扇風機の風がとても清潔なものに感じられた。ずっと、こういう新鮮な、涼しいものに
だけ囲まれていたいのに、台なしだ。

うちのママの夏の過ごし方。本物の外国に行くことなんて考えもせず、ミニチュアの
テーマパークで満足する過ごし方。柔らかなバスタオルに身体を包みながら、私は深く
息を吐き出す。

旅行から戻った翌週に、今度は芹香が沖縄に家族旅行に行くと、部活を休んだ。セブ
クラのツアーライブが沖縄である日程を選んだとかで、旅行の二日目は、ライブに行く
芹香とママ、海に行くパパとお兄ちゃんで別行動するって話してた。

芹香の家は、相変わらず進んでる。うちだったら、そんなふうに家族旅行で別行動なんて許されない。旅行とライブをくっつける発想だってない。

芹香のいない部活の日、倖も塚田も、私にやたらと話しかけてきた。

「ね、芹香が休んだのって、私たちのせい？」

言い方だけは気遣わしげに、だけど声を弾ませて尋ねてきた倖に「旅行だって」と答えると、彼女たちは顔にありありとつまらなそうな表情を浮かべた。

「いつも、芹香と一緒で大変だねー」

「そろそろこっちに来てもいいんじゃない？」

「本当。アンって義理堅いっつーか、偉い」

偉い、大変、と口では言いながら、彼女たちが徐々に私にも苛立ち始めているのがわかる。芹香の欠席で、今日はまた一段とはっきりした。

どうして自分たちに参加しないのか――、芹香と一緒にいるなんていう空気の読めないことをするのか、と言葉の外で私を責めている。

だけど、私もそれを「うん、まあね」なんてかわしてしまうのだから、どうしようもない。芹香のために自分も外されたり嫌われてもいいとまでは、思えない。

お昼の休憩で、体育館でお弁当を開いて外を見てたら、開きっぱなしの扉の向こうにテニスコートが見えた。むわっとする体育館内の空気とも、校庭の砂埃とも無縁そうな、整備されたコートの色が眩《まぶ》しい。

その脇を通る河瀬の姿を目が見つけてしまった。シャツの首もとをつかんであおぐ手が赤くなっている。ただでさえ色素の薄い髪が太陽に染まって金色に見えた。鼻の上の薄いそばかすが、日焼けのせいか、春よりも色を濃くしていた。

目が合った。

一瞬だけ戸惑って、つい、手を振った。別れてるし、モトサヤを断ったし、気まずいはずなのに、この間河原で会って話したせいで、妙に胸がドキドキした。

河瀬が笑って、手を振り返してくれる。聞こえるはずもないのに、何か口の形だけで伝えようとしてるのを、私も「聞こえないよ」と声を出さずに口だけ動かして、応える。

ふっと視線を感じて、後ろを振り向く。そして、ぎくりと姿勢を伸ばした。一年生たちの輪の中で、一際鋭い目をこっちに向けているのは、近田だった。河瀬のことを好きだって噂の。

彼女がふいっと一年の輪から離れる。

言い訳できるほど、私はあの子と仲良くない。あの子と仲がいいのは、塚田たちだ。案の定、その日の帰り道、自転車置き場で、倖と塚田たちに「河瀬とまだ付き合ってるのかどうか」を聞かれた。

私は――、なんだかとてもげんなりした。

蒸し暑い体育館で汗だくになり、その熱で脳みそまで溶かされてしまった気がする。私に手を振り返してくれた河瀬の気持ちまで踏みにじられた気がして、自分の中の発言検閲システムがショート寸前だった。

「付き合ってないよ。やり直す気もないし」

部活が終わった津島が、男子の駐輪場でサドルに座ったまま、こっちに興味のないふりしながら倖を待ってるのが見える。その様子にも呆れて、言ってしまった。

「――倖、芹香ともう一度きちんと話した方がいいよ」

倖が目を見開いた。

「芹香も悪かったし、嫌なところはたくさんあるけど、倖だって悪かったよ」

「そうかなあ！」

倖より早く、胸を張って声を上げたのは塚田だった。大袈裟に顔をしかめ、疑問形の言葉を、宣言のように言い放つ。

「悪いのは断然、芹香の方だよ」

「そうかもしれないけど」

倖が俯いて、涙ぐんだ。塚田がすばやく「大丈夫？」と、ずっと昔からの親友のように倖の肩に手を置く。そして私を睨んだ。

「ねえ、なんで私たち、河瀬とあんたのこと聞いてるのに、急に倖と芹香の話になるわけ？　話、すり替えないで欲しいんですけど」

「ごめん」

帰るとき、塚田が私の方を見て、友達と一緒にぼそっと「男好き」って言ってるのが聞こえた。

倖は泣いたまま、顔を上げない。

だけど、今日帰ったら、この子からはまた電話がかかってくるんだろうな、と私は確信していた。倖はそういう子だ。誰にも嫌われたくないから、みんなに対して「ごめんね」ってフォローする。

——だけど、確信なんて当たらない。

倖は、その日から私に、あれだけしつこかった電話をかけてこなくなった。


芹香とは、夏休みの自由研究を一緒にやる予定だった。

芹香が沖縄から帰ってきた翌日は、そのお土産をもらいがてら、彼女の家で研究のテーマを決めることになっていた。運動部にとって、部活が休みの日は貴重なのだ。

彼女の部屋に入ったときから、何かがおかしいっていう、不穏な空気は感じてた。芹香は静かで、旅行の話をしない。セブクラの話も、ライブの話もなかった。

嵐の前の静けさって言葉を思い出した。

私は、急に落ち着かなくなった。

向かい合わせに座った途端、芹香がゆっくりと顔を上げた。初めてはっきり顔が見えたら、その目は泣き腫《は》らしたように落ちくぼんでいた。

「アン。いっこ、聞いていい？」

「うん」

芹香の瞳がせっぱつまったように表面を揺らす。いい話でなさそうなことは、明白だった。

「アン、――津島と俳のこと、私が知る前から知ってたって本当？」

息が止まった。

無言で彼女を見上げた一瞬の隙を、芹香は見逃さなかった。それまで静かだった彼女が大きく息を吸いこむ。次の声が上がる前に、私はあわてて否定した。

「知ってたって言っても、芹香が知る前の日だよ。二人が映画行くとこを駅で見かけただけ」

「知ってたんだ？」

芹香の声は容赦ない。私はまた黙った。

「知ってたのに、私に教えなかったんだ？　前の日でも、電話したり、教えることはできたでしょ？　私より先に、知ってたんだ？」

「芹香」

「信じてたのに！」

芹香が大声を上げる。私が伸ばした手を、大きく腕を動かして振り払った。

私は逃げ場のない気持ちでどうしよう、どうしようとただ焦る。

「もういい」と芹香が言った。

「信じてたのに、アンのことだけは、信じてたのに！」

「ごめん」

謝るのは認めることだと知っていたはずなのに、反射的に口をついて出てしまった声は止まらなかった。

誰が、芹香に教えたんだろう。塚田か、その友達か――、ああ、多分、倖だ。あの日、私とあの子が会ったことは本人しか知らない。

わけがわからなくなる。

どうして倖が芹香に話したりするんだろう。あの子が私に苛立つのは芹香を外すためだったはずなのに。目的と手段が入れ違い、感情的な行動は本末転倒になることを厭《いと》わない。

この状況をどうにかしたくて、私は、できるだけ動揺がわかる声を懸命に出す。泣けたらいいのに、頭の中はどこまでも白々と明るくて、頬は強張るけど、涙が少しも出てこなかった。

「アンさ、私のこと、嫌なところたくさんあるって言ってたんでしょ？　学校で私と一緒にいたのに、裏では倖とも電話してたって聞いたんだけど」

「してたけど、違うよ！」

一部分だけ取り出された私の言葉は、前後の流れも文脈もあったもんじゃない。だけど、それを説明してももうどうにもならないんだろうってことも絶望的に悟る。芹香や倖みたいな子には、圧倒的に私の言葉や事情なんか届かない。ないがしろにされた、バカにされたって一度思われてしまったらおしまいだ。強い言葉しか、彼女たちの中には残らない。

芹香が大声で、叫ぶように泣いた。顔を覆ったりはしない。奥歯を噛みしめ、口に流れこむ涙を乱暴に手をぐいっと動かして拭く。

「いろいろあったけど……」

芹香が私を見る目には、もう、敵意しかなかった。

「アンに裏切られたことが一番ショック」

その言葉が、私をそのままショックで打ちのめす。背筋がまっすぐに伸びた。瞬きもできなかった。

「私が一番、許せないのはアンだよ」

部屋のドアが開き、芹香のママが入ってきた。私の肩は緊張に震えた。背中がびっしょりと汗をかいている。

いつも若くて、おしゃれな格好をしてる芹香のママ。雑誌で見るセレブ奥様みたいな真っ白いシャツに、木製のビーズが連なる大ぶりなネックレス。うちのママみたいなすっぴんじゃなくて、家の中でも化粧の甘い匂いがする。

「芹香」

いつから、この部屋の様子を窺《うかが》ってたんだろう。黙ったままの娘に近づいて、手を取る。芹香もされるがまま、自分のママに腕を預けた。

私は、今度こそ泣きそうになった。

この家の中で、私は異物で、敵以外の何物でもなかった。恋愛にも理解のある芹香のママは、事情を全部知ってるだろう。いつも優しい、ライブにだって一緒に連れてってもらったことのある芹香のママが、ゆっくりと私を見た。

「ごめんね、アンちゃん。今日はもう、帰ってくれる？」

冷たい声だった。

私は知ってる大人にこんな声を出されたことがない。「はい」と答える自分の声がガタガタ震えていた。普段親や先生から注意されたり、怒られたりするのは、これに比べたら全然たいしたことない。

私は、芹香のママに嫌われたのだ。

一刻も早くこの家を出たくて、鞄をひっかけ、立ち上がる。長時間座っていたわけでもないのに、何故か足が痺れてて、一歩歩くたびに痛みがじんじん走った。

いつもは私を見送る玄関に、芹香も、芹香のママもついてこなかった。

急いで靴を履いて外に出るとき、玄関の靴箱の上に、バラの花びらが置かれた透き通った黒いガラスの小皿が見えた。赤い花との組み合わせがおしゃれで、芹香の家は、玄関先から彼女の部屋まで全部がバラの香りだった。もう、ここに来ることはないのかもしれないと思ったら、怖くて、悲しくて、身動きが取れなくなりそうだった。

早く、どこかに隠れてしまいたい。

玄関のドアを閉じると、外はまだまだ真夏の昼真っ盛りで、黄色く灼《や》けた土は砂漠の砂のように乾いてどこまでも広がり、私が寄る辺《よるべ》にできそうな日陰など、どこにもなかった。

自転車に乗ってこぎ出す段階になって、初めて、卑怯だ、と思った。具体的に何がどう卑怯なのかはわからない。だけど、ひどい。あんな方法で大人が思い知らせてくるのはずるい。

ママ、ママ、ママ。

普段は全然好きじゃないし、この間の旅行でだってケンカしたばかりなのに、ママに会いたかった。会って、慰めてもらって、ママに、芹香のママとケンカして欲しかった。

ママ、助けて。

窒息しそうな気持ちで思う。

理解し合えないって、あんなに思うのに、何故、ママを呼ぶのか、自分でもわからなかった。

行く場所は、どこにもなかった。

ママを呼んでも、助けを求めても、家に帰って実際にママと顔を合わせる気分にはまだなれなくて、図書館に入った。もし、倖や塚田や、知ってる顔に会ったらどうしようって気がついたのは夕方を過ぎた頃で、一度そう思ってしまったら、図書館を出る帰り道が怖くて、外に出られなくなった。

いつもは落ち着く『臨床少女』の写真集も、今日ばかりは見る気が起きなくて、キタハラ書店まで行けなかった。

あまりに打ちひしがれると、人間は涙さえ出てこないんだって初めて知った。倖を責めたい気持ちもあったけど、堂々巡りな落ちこみの中で、怒りの感情は優先順位が低い。私は、どうすればよかったのだろうと、後悔ばかりが胸を支配する。

倖のことも、芹香のことも、私は多分、舐めていたんだ。取り返しがつかないほど、舐めきっていた。

これはその報いだ。

怯えながら、図書館を出て、それからゆっくり、河原を、自転車を引いて歩いた。夏の日が長いせいで、春と違って夕闇はまだやってこない。私の姿を隠してくれない。家に帰っても、私は多分、芹香の家のように、ママに今日あったことを洗いざらい話したりすることはできないだろう。

誰かに会いたかったけど、誰にも会えない。言えない。

うっすらと夕焼けに染まった川を見ていたら、自分の思った「誰にも言えない」の嘘がふいに破れる瞬間が来た。私は、芹香の家を飛び出してから今まで、ずっとやりたくてたまらなかったことをした。

携帯電話の番号を押す。呼び出し音三回で『はい』と、相変わらずのぶっきらぼうで暢気《のんき》な声で出た相手に向け、自転車を横倒しにして、携帯電話に縋《すが》りつくように手を添えていた。ぶわーっと目の縁を押した涙の熱に身も心も、委ねてしまう。

「とくがわ」

嗚咽《おえつ》とともに、声を抑えて、名前を呼んだ。

息を呑むような沈黙で、徳川が驚いたのが伝わってきた。困惑し、どう声をかければいいか迷ってる。

『小林……？』

恐る恐るかけられた声。こいつに「お前」とか「おい」とか以外で呼ばれるのは、ひさしぶりだった。対等な声をもらったと思った瞬間に気が緩んで、私はうわあ、と声を出して泣いていた。

千曲川の河原は、奥まった橋の下まで行くと、普段からよく見るのと同じ川沿いだとは思えないほど景色を変える。

私と徳川は、学区を離れる向こうまで、自転車を引いて河原を歩いた。

電話して二十分しないうちに、徳川は河原に現れた。まだ明るい夕方では、知り合いに一緒にいるところを見られてしまう危険もあって、こんなときなのに、そんなことを気にする自分をバカみたいに感じながらも、どうしようもなくて、学校とは逆方向に、二人してふらふら歩いた。上流に進むと、アスファルトのマラソンコースが途中で切れ、ガタガタの砂利道になる。こんなに遠くまで来たのは初めてだ。

私はまだ泣いていた。涙はむしろ、徳川の顔を見たらひっきりなしに湧いてきてさらに止まらなくなった。

徳川は何にも言わなかった。何か言いかけた顔が私の顔を見たらそのまま固まり、開きかけた唇を閉じた。

どっちかがやめよう、戻ろうと言わない限り続きそうな河原の道の散歩は、顔を上げても終わりが見えなかった。道と川はずっと向こうまであって、果てが確認できない。

ぽつぽつと、私は芹香とのことを話した。徳川は時々「くだらない」とか「ほっとけば」と、いつものような突っこみを入れて、私は気持ちが弱くなってるのか、そういう空気を読まない発言のいちいちに、また涙がこみ上げて、嗚咽した。徳川にとっての「くだらない」ことが、私の世界を今、根底から揺るがしている。

責めるつもりはなかったけど、徳川が次第に口数を少なくしていく。

明日からが、憂鬱だった。

部活に行かなきゃならない。芹香も倖も、そこにはいる。四月の初めみたいに、私はまた外されるんだろうか。――だけど、今度のこれは、あのときよりずっとひどいことになりそうだった。

唇を嚙んだら、薄く闇がかかった視界の中で徳川の横顔が見えた。その顔に向けて、呟くように言った。

「――私は、徳川に殺してもらえる」

徳川が顔を上げた。私は目に力を入れて、闇越しの徳川を、半ば睨むように見つめた。

「来年までに、私は、徳川に殺してもらえる。殺してもらえる、殺してもらえる」

呪文を唱えるように口にすると、息が切れた。

そこから先は、胸の中で言い聞かせた。

だから私には関係ない。私には関係ない。私は、芹香や倖や、あんな教室とは関係のないところへ行ける。私には、全部、関係ない。

「私は、徳川に殺してもらえる」

声がまた、泣き声になる。やけになって叫ぶように、呟く。大声になっていく。

「殺してもらえるから、大丈夫！　絶対、大丈夫」

顔を空に向けると、泣きすぎてひび割れた瞼の縁に涙が沁《し》みた。

徳川は何も言わないまま、ただ私に付き合って、横に立っていた。目が合うのが気まずくて、私は覆いたくもない顔に手のひらをあてて、何度も目の下をこすった。


翌日の部活に、芹香は来なかった。

顧問の話だと、「体調を崩して、この夏はお休み」ってことらしかった。「家の人から連絡があった」と話していた。自分のママまで巻きこんで「病気」になってしまえる芹香は、やっぱりすごい。

夏休みはあと十日を切っていた。部活があるのもあと七日だ。私はそれを一日一日、カウントダウンして過ごした。

倖や塚田たちからは完全に無視されるようになった。

彼女たちの会話の中に「コウモリ」という単語が出てくるのが聞こえた。どうやらそれが私につけられたあだ名らしい。コウモリのさっきのパス、見た？　私、今日の片づけ当番コウモリとなんだよね、超ヤダ。——私のことを告げ口したらしいのに、不思議と倖と芹香はケンカをやめたというわけでもないらしい。会話の中には、芹香の悪口も相変わらず混ざってた。病気なんて絶対嘘だよね、堂々と出てくればいいのにね、立場ないんじゃない？　でも、自業自得だよ——。

私も部活を休みたかったけど、芹香の二番煎じみたいで、かっこつかない。それにうちは芹香の家と違って、ママを巻きこむ文化がない。

それに、私は今から「事件」に遭う。

徳川に殺される。そういうのを理解できる価値観のない、ここにいるくだらないみんなを置いて、一人で死の世界に飛びこむ。それには、部活にもきちんと出続けて、ある日突然消えた方がいい。事件はきっと劇的になる。

自由研究は、ネットで探した内容を、適当に変えながら写した。

徳川とは、あれからもたまに電話した。

二学期になったら、もっと本格的に事件について話し合おう、写真ももっとたくさん撮ろうって決める。そういう話をしてるときだけ、体育館の息がつまるあの空気や、二学期の教室がどうなってしまうんだろうっていう不安を忘れることができた。


始業式の朝は、学校に行きたくなかった。

今日こそは、芹香に会わなければならない。

教室に入ってすぐ芹香の姿を探すが、まだ来ていない。倖は、後ろの方の席で、女友達と楽しそうだ。

芹香の姿が見えないことに、とりあえず、ほっと胸を撫で下ろす。

このまま、学校も部活みたいに不登校にしてくれないだろうか。ずっと来ないままで、いてくれないだろうか。

そんなことを考えていたら、始業までの時間が徐々に縮まっていく。どうやら本当に、少なくとも今日は休みらしい。チャイムが鳴った。

担任の中村と佐方が入ってくると、休み明けの騒がしかった教室が静まる。

席に着き始める面々の中、なんとなく津島に目がいった。さすがに野球部だけあって、顔の皮が剝け、坊主頭の地肌までが真っ黒く日焼けしている。いい顔してるのに、部活重視で躊躇いなく坊主なとこがかわいいいんだと、一学期、芹香が言ってたことを思い出したら、無性に切なくなった。

俯いている私の背中を、芹香の空席を一つ挟んで、倖はどう見てるだろう。肩が前にすぼまる。

「えー、夏休み明けですが、今日は皆さんに一つ、考えて欲しい問題があります。――始業式の前に、一時間、話し合う時間をもらいました」

普段佐方に任せっぱなしで、自分では滅多に仕切らない中村が教壇に立つ。珍しいな、と顔を上げた私が凍りついたのは次の瞬間だった。

「このクラスの、斉藤芹香さんが――自殺未遂をしました」

身体が、見えない力に正面から押されたように、胸を勝手に反らせる。

中村も、佐方も、これまでに見たこともないほど真剣な顔をしていた。

皆、あまりのことに言葉が出てこないようだった。顔を見合わせ、口を開けるけど、それだけだ。私も横を見た。だけど徳川はこっちを見ず、興味なさそうな顔で前だけを見てる。

振り返ると、倖と目が合った。

目を見開いた倖と、本当に久々に目で意思を確認し合う。当惑した彼女の瞳が、泳ぐように揺れた。

「静かに、落ち着いて」

「――大丈夫なんですか、斉藤は」

学級委員の笠原が手を上げ、それには佐方が答えた。

「今朝、学校に行く前にカッターで手首を切ったけど、命には別状ないそうだ。本当は、先生たちもこのことは言おうかどうか迷ったんですが、斉藤の親御さんからぜひとも話し合って欲しいと頼まれた。斉藤がこんなことをしてしまった理由や、――命の、重さについて」

命の、重さについて。

間をためて佐方が言う声に、耳を塞ぎたかった。

死ぬつもりなんて、芹香には、なかった！

叫び出しそうになる。

あの子がやったのは、見せかけのリストカットだ。構って欲しいだけだ。死ぬつもりなんかない。佐方の言う「命」を一番軽視して、バカにしたのは芹香だ。死にたくないから、やったんだ。

それに、――どうして、芹香なのだ。

どうして、こんな、リストカットの真似ごとをするのが、あのヒエラルキーの頂点にいる、リア充の芹香なのだ。どうしてそれは、私じゃないんだ。

どうして私が事件を起こす前に、あんな子が――。

「静かに」と中村がまた手を打ち鳴らすけど、周りの声なんて、私の耳には何も聞こえなかった。

悔しかった。

手を握りしめ、机の上で手首を内側に返す。青い血管が透けている。

——私はここを、切れなかった。

手首だけじゃない。実際の刃物の痛みと鋭さを思ったら、それが「痛みに馴れる」予行演習のためであっても、徳川に切られてもいいとは、どうしても思えなかった。首を絞めるのが、精々だった。それだけでも、私は自分をすごいと思ってた。あんな苦しい時間を過ごしたのは私だけだって。

だけど、芹香が、あんな普通のリア充の子が、あっさりと私の上を越えていったのかもしれないって考えたら、頭を掻き毟りたくなってくる。何だ、それ。

——だけど、あの子は切ったんだ。

背後で、倖がわあっと泣き出す声が聞こえた。離れた席に座る津島が、おろおろとした目線を助けを求めるように周囲に向け、さまよわせていた。

誰か、助けて。

6

真っ白い雲が浮かんだ空を振り仰ぐ。背中に注ぐ太陽がとても熱かった。

塩素の匂いを嗅ぎ、飛びこむ順番を待つ間、私は自分がプールに飛びこむ様子を繰り返し想像していた。素足で踏んだプールサイドは、やけどしそうに熱い。

男子と女子、プールを半分ずつに仕切った体育の授業。

昨日、クラスメートのリストカットがあったばかりだというのに、授業はこんなふうに淡々と進む。芹香は今日も学校を休んでいた。佐方の吹くホイッスルがヒュイッと鳴ると同時に、男子が水に飛びこむ音がバシャンと響いた。

憂鬱な心持ちとは裏腹に、こんなところで髪まで全部水泳帽にしまって突っ立っている自分のことが間抜けだった。太陽の光が明るいことまで皮肉に感じる。

私たちとは逆側のプールサイドで、制服姿のまま見学してる女子たちが額をつきあわせて話す無駄口にも、今日ははしゃいだところがない。授業そっちのけで俯く見学女子の中には、倖の姿もあった。

夏の間に数回あるプールの授業を、女子のほとんどが休む。

小学校まではまだみんな今ほど臆面もなく生理について口にする空気がなかった。ズルをする子もそんなにいなかったけど、中学になって途端に不真面目になった。今だって、見学している子の何人が本当にそうなのだろう。

去年、倖と芹香はプールの授業に半分も出なかった。女子の体育を受け持つのはほとんどが女の先生だったから、二人とも休みの理由について、「周期が近すぎるんじゃない？」と注意されていた。芹香たちは、「本当なんだから仕方ないのにね」と、確かめようもないことを盾に取って、文句を言っていた。

私は、体育の授業もプールも好きじゃなかったけど、そんな中でプールに出続けていた。周囲から浮いてるようにも感じたけど、一度ないものをあることにして先取りの嘘をついてしまったら、私には本当に生理が来なくなってしまうかもしれない。そんなふうに考えて、むきになっていた。

ホイッスルの音がして水しぶきが上がると、列が一歩ずつ前に進んだ。その子たちに混列に並んだ女子は、クラスでも地味なグループの子ばかりだった。

じってプールの授業を休まない私を、芹香たちは仲がよかった頃「偉いよね」と褒めた。生理がまだないことを感づかれたわけではなさそうだったし、嫌味ではなかったと思うけど、今は違う。見学してる倖たちの視線を感じたら、水着の背中やむき出しの腕が急に心細くなる。

倖は芹香のことをどう考えているんだろう。津島とは何か話したんだろうか。――私たちは相変わらず何も話せていなかった。

順番がやってきて、待ちわびていたはずの水に飛びこむ。日差しは強いのに、新学期になって入れ替えたプールの水はびっくりするほど冷たくて、感触が硬かった。すぐにおなかの中や喉の奥が寒くてたまらなくなる。

どうしよう、と思っていた。

どうしよう、どうしよう。来年までには徳川が私を殺す。だけど、二学期になった。班替えがある。芹香や倖とこんなふうになって、私には、一緒の班になれる子がいない。立っていられる場所がない。

自分の身体の輪郭が崩れた水の中で、私の心は、溺れるように立ち竦んでいた。

帰りのホームルームで、中村がまた険しい顔をしてみんなの前に立った。手に、藁半紙《わらばんし》の束。私のすぐ後ろ、空席の芹香の机を中村が見た瞬間に、その紙がなんなのかわかった。

芹香がやったことについてどう思うか。昨日、配られた紙に各自で意見を書かされていた。佐方が紙を受け取り、順に内容を読み上げようとする。静かだったクラス内の空気が揺れた。

「誰が書いたのかは言いません」と背後から中村が断りを入れた。

「『斉藤が自殺したなんて、とてもショックでした』」

佐方が、ぶっきらぼうな様子で読み始める。私は一番前の席で、自殺した、の語句に唇を噛んだ。

違う。自殺じゃない、未遂だ。より正確には、未遂どころじゃない、単なるリストカットだ。書いたヤツには、どうでもいいことなのかもしれない。だけど、それらを一緒にしてしまうセンスのなさに歯がみしたい気持ちになる。

言葉は、聞いた端から耳を右から左に抜けるような、当たり障りのない内容がほとんどだった。ショックでした、どうしてだろうって思いました、芹香に学校に来て欲しいです、できることなら話を聞いてあげたい――。

私のも、読まれた。

「『彼女は何がして欲しかったんだろうって、ずっと考えています。何をしても、どうやっても、結局は同じことになった気がして、自分の無力さを感じる。疲れました』」

誰のものが読み上げられてもみんな反応せず、前を向いたまま、互いの顔すら見なかった。私が書いたものだと誰か気づくだろうかと気になったが、佐方は次を読み始めてしまう。

徳川は何て書いたんだろう。この教室の中で、無難な借り物でない言葉を話せるのは、私の他には、多分あいつだけだ。しかし、注意して聞いていたけど、どれが徳川のかわからなかった。

匿名で読まれる文章の中で、誰のものかわかったのは一つだけだった。その紙をめくった瞬間、佐方が紙全体を見渡すように息をつめた。ややあってから、妙に頬を引き締めた真面目な顔で「読まれることは考えていなかったかもしれないけど、先生はこれ、読みたいから読みます」と告げた。

「『芹香、ごめんなさい。芹香がそんなに思いつめてたなんて知らなかった。もっと話をたくさんすればよかった。だけど、私のせいだね。ごめんなさい。どれだけ謝ってもたりないけど、誤解されたけど、芹香のこと、私は大好きです』」

教室の中に、風が流れた。みんなの視線がその風に沿って倖に向けられたのが感じられる。――私は絶対に、振り向きたくなかった。

ホームルームが終わり、佐方たちが出て行くと、女子の数人が倖の方に駆け寄っていった。「さっきの倖でしょ。読まれて、迷惑だよね」と同情の声を寄せている。私の名前が出てきたらどうしようと気持ちを緊張させていると、ふいに「『彼女は何がして欲しかったんだろう』って書いてあるのあったでしょ」と声がして、胸の中で心臓が、どくんと跳ね上がった。素知らぬ顔で、様子を窺う。その子が笑っていた。目が、教室の端にいる津島を見る。

「あれ、やばくない？『彼女』はさすがに」

顔が固まる。書いたことを後悔した。

「彼女」なんていう小説に出てくるような呼び方で芹香を呼ぶ文章を書いたのは私だけだ。そしてここは、そんな言い方をする習慣のない場所だった。「彼女」「彼」は三人称の代名詞じゃなくて、あくまで恋人を指す言葉でしか理解されない。

私の言葉は炭酸の泡のように浮いて消えるだけ。倖の書いた、ベタベタとヒロイズムに酔いしれた反省文の方が、ここでは遥かに価値が高い。

脱力感に襲われた。

その夜、徳川に電話をかけた。芹香のリストカットから一日経って、ようやくかけられた。

昨日は、私はまだ期待していたのだった。芹香のやったことをきっかけに、また倖から電話がかかってくるんじゃないか、相談され、やっかいなことになりつつも、二人で芹香に謝ろうよって流れになって、そして、元通りに――。淡い願望を抱いたまま電話が鳴るのをギリギリまで待ってたせいで、気づくと十一時を回ってた。徳川に電話をかけるタイミングを逸したまま、ママたちが自分の寝室に入る時間になった。同じ二階だから、私が電話で話す声はきっと届いてしまう。芹香や倖とこんなふうになってることを、ママに知られたくなかった。

『何』

芹香の問題があっても、徳川の反応は仙人みたいに変わらなかった。俗世間のことになんか興味がないように、多分、わざとだろうけどつっけんどんに言う。

だから私もいきなり本題から入った。おなかの中にたまった怒りをぶちまけるように。

「……なんで、芹香があんなことすんの。泣きたいのも、死にたいのも、迷惑かけられてるのも、私の方なのに」

電話の向こうで、徳川がため息をついた。

『あんなの、本気で死のうとしたわけじゃないでしょ』

「わかってるよ。だけど、先を越されたみたいでムカツクの」

声に出すと、改めて許せなかった。平穏な教室に最初にそれを持ちこむのは私たちの「事件」だったはずなのに、あんな半端な形で先にかき回されたのだ。

認めなければならない。起きてしまったことはもう変えられない。私たちの起こす

「事件」のハードルは上げられたのだ。「死」のファーストインパクトは奪われた。

携帯を持つ手首が、静電気で撫でられたようにちりちり痛む。自分が徳川に手首はおろか、肌のどこも切らせなかったことがいまさらながらに悔しくて、昨日からずっと、何故やらせなかったんだろうって考えてばかりいた。

「次に会ったとき、どこか、切っていいよ」

思いきって言ったつもりだったけど、返事がなかった。徳川との電話ではよくある沈黙だ。「徳川」ともう一度呼ぶ。少しして、ヤツが言った。

『そういえば、今日のあれ、お前だろ。彼女のことが許せないとか、なんとか』

目を瞬いた。佐方の手にした全員分の藁半紙のメッセージ。「彼女」という書き方をしてたのは、私の一枚だけだ。

「そうだけど、私、許せないなんて書いてないよ。無力を感じるとか、疲れたとは書いたけど」

『同じようなもんだろ。あれちょっと感情的になりすぎ。斉藤芹香をさらに刺激すんのやめろよ』

「芹香はどうせ今日いなかったじゃん」

反論しながらも、これまで重かったおなかが少しだけど軽くなった。

本当は、倖から電話がかかってこないことが不安だった。バラバラになった私たちはもう戻れないんだって思い知ってしまうのも嫌だった。今にも倖に電話をかけたい衝動を抑えたのは、電話に出てもらえないことや、拒絶されることを想像するだけで吐き気がしそうだったからだ。徳川に電話をかけることで、夜を乗り越えたかった。

私は殺されるはずだし、関係ないはずなのに、それでも明日の学校の一日が怖いという事実は揺るがなかった。

「徳川はなんて書いたの？」

『命は大切、とかなんとか。わかんね、覚えてない』

「何それ、ウケる。徳川が、命を大切？」

『うるせえよ』

電話を切ってしまうと、深呼吸ができた。

徳川は真面目だな、と思う。

知ったかぶりしたり、マニアぶった言葉を使ったりするけど、自分の知識が間違ってるって思われることを嫌がって、いちいち厳密に訂正する。この間のアン・ブーリンの処刑の話がそうだし、澁澤龍彦の本の名前も、正確には『少女論』じゃなくて『少女コレクション序説』だって伝えてきたことがあった。

そして、クラスの大半が唯一の意味で使う恋愛ごとの彼氏彼女になんて一生無縁そうなのに、「彼女」という言葉の使い方をきちんと知ってる。

ベッドに横になって天井を眺めながら考えていると、急に徳川を同じ年の子供なんだとはっきり感じた。あいつが最初に蹴っていたネズミだって、あいつが直接殺したわけじゃない、ネズミ捕りにかかったやつだ。

あいつは少年A候補ではあるけれど、実践経験ゼロなんだ。

考えたら、頼りなく思えてもいいはずなのに、何だか逆に安心できた。枕と布団の重みを急に心地よく感じた。とろとろと、瞼が下がってくる。

お風呂に入りなさいよー、とママが呼ぶまで、私はぼんやり、眠りと疲れの間をふわふわ漂っていた。

ママの声が、とてもうるさい。

芹香のママの顔を思い出した。ズル休みを良しとして、プールも部活も学校も休ませてくれる芹香ママ。芹香はもう、学校に来られないかもしれない。噂になったし、あのママなら好きなだけ学校を休ませてくれそうだし、場合によってはよその中学校に転校したりするかもしれない。そうなってくれるように祈っている自分に気づいた。

確信や予感が当たらないことなんて、もう知っていたはずなのに。

翌朝の教室で私が見たもののショックは、どう表現していいかわからない。

嘘だと言って欲しかった。教室の入り口で上履きがくっついてしまったように、足が一歩も前に進まない。本当に身体が動かなかった。

芹香が来ていた。

自分の席に座り、こっちに後ろ姿を向けている。——一緒にいるのは倖だ。まるで何事もなかったかのように笑い合っている。光景が、音を消したテレビを見ているように遠い。目眩《めまい》がしそうだった。

仲直り、したんだ。

今すぐ回れ右してここを出て行けたら、どれだけいいだろう。屈託のない様子で話しかける倖の声は、周囲に聞かせるように大きかった。

何があったかは知ってるはずなのに、クラスメートはみんな素知らぬ顔で平然としていた。興味がないわけじゃないだろうけど、そうするのが大人な対応だとでも思っているようだ。

芹香は明らかに人の目を意識していた。注目されることをわかった上で、倖とは温度差のある落ち着いた物言いで受け答えをしている。

机の上で組んだ彼女の左手首に、白い包帯が巻かれていた。

見た途端、胸の奥が誰かに力ずくで捩《ねじ》られたように痛んだ。あの包帯の持つ意味と価値を、芹香は知っている。そして、それを見せたい相手の一人は、明らかに私だ。

私はあまりに道化だった。

昨夜、私が徳川と電話していた間に、倖はきっと、私を通り越して、芹香と話すために動いた。二人の関係は、そしてあっという間に戻ったのだ。おそらくは、私一人を共通の敵にすることで。

芹香と倖は、今朝、部活に来ていなかった。一緒に学校に来たのかもしれない。芹香のママに頼まれて、倖が彼女を家まで迎えにいくところが思い浮かんで、気持ちが悪くなった。

意を決して、顔を上げる。

倖と芹香の横を通り過ぎるとき、勇気を振り絞って一言「おはよう」と告げた。もしかしたら、このまま、空気に便乗して私も二人に許してもらえるんじゃないかっていう気持ちは、まだ心の底に残っていた。

けれど、二人がぴたりと話すのをやめた。その瞬間、顔から足へ、全身の血の気が引いていく感覚がはっきりあった。よく、足を止めないでいられたと思う。二人は私に挨拶を返さなかった。

それは打ち合わせ済みの流れのようだった。そのまま、声を交わさずに二人が離れる。前の席に座った私に、話し声さえ、もう聞かせようとしない。座った途端、喉の奥で熱の塊が弾けるようにこみ上げた。肩を中心に、体温が高くなる。

誰も、直接聞いてはいなかったと思う。だけど、無視されたことも、宙に浮いてしまった自分の挨拶も、恥ずかしくて恥ずかしくてたまらなかった。徳川はまだ隣にいない。あんなところを見られなくてよかった。

早くチャイムが鳴って欲しかった。ホームルームが始まり、やってきた中村と佐方は、あれだけ問題にして話し合ったにもかかわらず、芹香が再び登校してきたことについては何も口にしなかった。

私一人をそのままに、教室にはまたあっさりと日常が戻ってきた。


学校を休めたらいいのにと、こんなに、心の底から思ったことはなかった。

班替えがあったことが救いだった。芹香と倖は私から離れ、教室の後ろの方の席になった。クラスの目立つ女子たちは、全部、事情を知ってた。芹香たちの側について私のことを無視し、同じ班になろうとしなかった。中には「芹香、わがままだよね」と同情してくれる子もいたけど、その子たちだって積極的には波風を立てたくないのだろう。私に近づかなかった。

私は、それまで口も利いたことがなかった女子二人と同じ班になった。誰も一緒になろうとしなかった、寄せ集めのメンバー。宝塚のおっかけの話を始めると止まらなくなる尾上さんと、色が白いことと胸が大きいことが自慢だけど、胸以外も太ってる名取さん。二人はすぐに仲良くなって教室移動やトイレに行くのを一緒にやるようになったけど、私は彼女たちにも溶けこめなかった。

何より、気を抜くと心と身体がボロボロに砕かれていきそうな気がした。私は、この子たちと同じ班。班替えでいい人と一緒になれない事実を、みんなにどう見られてるか考えたら、二人には悪いけど肩身が狭く、一緒にいるところを人に見られたくなかった。

芹香と倖が、そのことを笑ってる気配がずっとつきまとっていた。二人は部活にも一緒に来るようになった。塚田たちとも、微妙にぎくしゃくしながらも、前よりは仲良くしてる。

周りから断片的に聞いた話をくっつけ合わせると、どうやら、芹香はやっぱり私のことだけは許さなかったらしい。

私が一番、許せないのはアンだよ、と告げた、あの言葉通り。

クラスも部活も、周りの女子の空気は、芹香の決定に合わせて動いた。倖は謝って潔い、偉い。そこにはあのクラス全員の前で読まれた彼女の反省文メッセージも確実に影響していた。そして皆、「自殺未遂」をするほどまでに追いつめられた芹香に優しかった。

芹香は許してしまったのだ。私以外の、全部を。

部活の帰り、自転車置き場で、倖と津島のカップルが芹香も入れた三人で楽しそうに話してるのを見た瞬間、私はどこにも身の置き場がなくて、咄嗟に隠れるように、そこから離れた。笑い声が私を見つけて追いかけてくるようだった。

他の学年の下駄箱が並んだ昇降口の隅で、自分の自転車を取りに行けずに息を殺している間、私は一体何をしてるんだろうと情けなくなった。

芹香は、倖と津島の付き合いを認め、そんな彼女を他の女子たちはみんな「すごい」「真似できない」と褒め称えた。別れた彼氏と親友が付き合っても、その両方と友達なんて大人だよね、と。

噂だと、芹香には今、新しく別の好きな男子がいるらしい。次の彼氏ができるのもすぐだって気がした。そうしたら、芹香は私とやりたがってたダブルデートを、倖と津島カップルとできるだろう。

つまりはその程度のことだった。芹香にとって大事なのは、津島でも、倖でもない。

一日何度も、何が悪かったんだろうと考え続けた。

そうしなければ、一秒だって教室の空気を吸えなかった。自分が彼女たちに嫌われているという事実を受け入れられなかった。一日は前と変わらない一日としてそこにあるはずなのに、学校でも部活でも、時間の流れがひどく緩慢に感じられた。常にカウントダウンするようになった学校の時間と違い、家に帰ると次の朝までの時間があっという間に流れてしまう。テレビを見ても、ネットを見ても、本を読んでも、楽しく思いかけた次の瞬間に自分が学校でどんな立場にいるかを思い出す。朝が来なければいいと思いながら入るベッドの中では、いつもなかなか寝つけなかった。

色を失ったように一変した生活の中で、私は、席だけは以前と変わらず、一番前の「目の悪い子」の特等席に座っていた。班替えをしても、話せる相手がいなくなっても、私と徳川がそこに並んでるのは変わらなかった。

教室内ヒエラルキーの底辺に追いやられてからというもの、私は、徳川に電話できていなかった。

同じ教室で、徳川は当然、全部を見てる。私がされてることも知ってる。それが嫌だった。「リア充女子」と私を呼んだ徳川の中で、外されてる私はもう「リア充」じゃない。たえられなかった。

私から電話しなければ、徳川は私にかけてこない。それも、理不尽かもしれないけど、無視されてるようでおもしろくなかった。同情されるのは嫌だけど、所詮、私が徳川を生態系の違う昆虫系だと思ったように、あいつは私を、ただそこにあるだけの空気か何かみたいにしか見ていないのかもしれない。

空気女子。

自分で名づけて、なるほどな、と思う。

私、この教室で空気女子になりたい。徳川にも芹香にも倖にもママにも、今の姿を、誰にも見られたくなかった。

寝転んだ自分の部屋で、仰向けになって携帯電話をいじる。着信履歴を見ると、随分前に芹香からかかってきたのが最後だった。夏休みの日付を見て、あの頃に戻りたい、と切実に願った。

徳川からは、今日も電話がかかってこない。そんな真似を、あいつがするはずもない。だって私は空気女子だから。

「小林はプール皆勤賞だな」という声が背後からしたとき、何が起こったかわからず、足が止まった。体育の後、歩いていた廊下で恐る恐る後ろを振り返る。

見ると、小山のように大きな佐方が私を自分の影で覆うように目の前に立っていた。気づかれないように唾《つば》を呑みこむ。一体どういうつもりなのだろう。一学期にホームルームで「だから」問題でやりあってしまって以来、私を無視するか睨むかしていなかった佐方の顔が、最初の頃と同じように笑っていた。

「いつも、先生は、偉いなと思って見てたんだ。小林は、本当は真面目なんだよな」

国籍が変わってしまったように見えるほど思いっきり日焼けした佐方の髪が、プール後のせいで濡れている。よく拭かなかったのか、それとも汗なのか、着ているシャツが肌に張りついていた。

湧き起こってきたのは、怒りだった。

よく顔に出なかったと思う。唇を引き結び、引き攣った頬を微かに緩める。かろうじて「そんなことないです」と答えた。

担任教師たちがどこまで事情を知っているかは知らない。ひょっとしたら、芹香のママから一方的に私のことを悪く聞いてだっているかもしれない。考えると泣きそうになるけど、ともあれ、孤立した私は、佐方に話しかけてもいい相手だと下に見られたに違いなかった。

その先に佐方が続ける声を、聞きたくなかった。せっぱつまった危機感がせり上がる。顔を背けようとしたけど間に合わなかった。

佐方の目に、気遣うような表情が浮かぶ。

「小林。――大丈夫か？」

鳥肌が立った。

気持ち悪かったからじゃない。私は、信じられないことに嬉しかった。佐方の声に縋りついてしまいたくなる。何があったかを全部話して、守って欲しかった。

頬を引き締め、「大丈夫です」と強い声を出して首を振らなければ耐えられなかった。大嫌いなこいつの目に、私はもう敵とも怖いものとも映らず、かわいそうに見えたのか。自分が惨めで、哀れで、悲しかった。

もう一押し佐方が言葉を重ねたなら、どうしたかわからない。いっそうヤツを嫌いになって徹底的に突っぱねるか、それとも大人の力に身を委ねてしまえるか。どちらかを選べて楽だったかもしれない。

けれど佐方は「そうか」と小さく呟いたきり、それ以上深入りしてこなかった。

「何かあったら、すぐ先生に言いなさい」

半ば諦めたように言う顔も声も、気取ったところがなかった。私は肩すかしを食ったまま、去っていく佐方の背中をしばらく見ていた。

背中に、巨大なハート形の汗の跡。気持ち悪い、とバカにする気持ちは今でもある。だけどあいつは、認めたくないけど大人だった。こんなときに思い知らされるのがつらかった。一瞬でも、頼りたい気持ちにさせられた事実はもう消せない。

ちょうど、廊下の向こうから芹香や倖が他の数人と一緒に歩いてくるところだった。すぐに顔を伏せ、教室に向かう。

芹香たちが、学校にも部活にも出続ける私を不満げに見てることを、この間からずっと空気で感じている。「どうして平気な顔して来られるわけ？」って大きな声で、遠くから噂されもした。

図々しいわけでも、へこたれてないわけでもなかった。だけど、うちのママは鈍感だし、一日中家にいる専業主婦だ。ズル休みなんて許されない。休み時間や部活はキツかったけど、一度授業や試合が淡々と始まってしまえば、心の中を空っぽにできた。

プールだって、そうだった。見学してる女子に混じって、暑いプールサイドでひそひそ話に耐えるより、水に入って泳いでしまった方がずっといい。

その日の帰りのホームルームで、佐方が「体育の先生全員からのお願いです」と声を張り上げた。

九月も終盤に入った教室の外では、まだ熱気が続いていた。佐方が「静かに、ちゃんと聞いてください」と手を打ち鳴らす。

「この二学期から、プールの授業に何回出たかで通知表の評価を決めます」

教室内にざわめきが走った。特に女子は皆、互いに顔を見合わせている。佐方が続けた。

「女子の見学があまりに多すぎるということで、体育の先生みんなで相談しました。あと、プールの授業は残すところわずかだけど、ここからの授業に全部出たら、先生たちも評価は考え直します」

「女子は仕方ない人もいるんじゃないですか？」

教室の後方から、女子の声が上がった。佐方の後ろで、今度は中村が答える。

「新島先生たちとも話しましたけど、生理でもいいから入りなさい」

彼女が言い放った瞬間、教室内がどよめいた。

「ええっ？」「ありえなくない？」声が交わされる中、中村はつんとした冷たい顔つきのままだ。

私は、女子の体育主任である新島珠子の顔を思い出していた。生徒から陰で「タマコ」と呼び捨てにされてる体育教師。大学まで柔道をやってたとかで、おしりが突き出た固太りの体型がよく笑われる対象になっている。ボサボサの髪と厳しい指導が特徴で、普段から、女を捨ててる感じが漂ってる。あの人なら、言い出しかねない。

「私は構わないですよね」

凛とした声が、教壇に向かって投げられる。思わず顔を向けてしまってから、振り向いたことを後悔した。挙手した左手が正視できない。あれから何週間か経っているけど、芹香は包帯を巻いたままだった。

手首を胸に引き寄せ「怪我してるから」と告げる。中村はしばらく黙った後で、「各自の判断に任せます」とそっけなく答えた。顔を見なくても芹香が顔をしかめるのがわかった。つまらなそうに黙りこんでしまう。

佐方が言った。

「だから、女子の中には今年一度もプールの授業に出てない者もいるだろう。先生たちは、それはちょっとおかしいと思います。あと何回かあるプールの授業はその名誉挽回のチャンスです。出られる者はなるべく出るように」

ホームルームが終わると、教室内は改めて、ますます落ち着かなくなった。そんなのおかしい、という女子たちの不満と憤慨の声がそこかしこで上がる。

「プールに入らないと評価下げるなんて、脅しじゃん」

「信じられない」

私は部活に行く支度をしながら、なるべく係わらないようにしようと下を向いた。

——小林はプール皆勤賞だな。

佐方にかけられた言葉を思い出したら、身体が重たくなってきた。

まさか私のためではないと思う。女子のプール欠席については、中村やタマコのような女の教師でなければ言い出せない問題だという気がする。けれど、女子はみんな聡《さと》い。

「……は、いいよね」

という芹香の声が、教室の奥から聞こえた気がして、教科書を鞄にしまう手が止まってしまいそうになった。額から嫌な汗がふき出す。聞こえないふり、見ないふりを続ける。

「ムカつく」

「やっぱ、佐方にヒーキされてんじゃない？」

「頼んだのかもよ」

「今までも無理して入ってたんじゃない」

「えー、生理中でも？　げえ。どうしよう、私、同じ水入っちゃったよ」

クスクス笑う声が、正確に誰のもので、いくつあるのか、知りたくなかった。こんなふうに大声で話されるところまで、私は女子全体にとって外されてもいい対象になってるのかって自覚してしまったら、立っていられなくなりそうだった。教室を出て行こうとしたら、追い打ちをかける声が聞こえた。「だいたいさあ、あの前髪の作り方ありえなくない？」

九月にある残りの体育の授業を、頭の中のカレンダーでカウントする。多分、あと、三回。

どうしてあんな余計なことを始めるんだろう。

タマコにも佐方にも、中村にも腹が立っていた。何が何でもプールに入らせたいなんて、自分たちの自己満足じゃないか。

私は平穏に過ごしたいだけなのに。

俯けた顔をどうにかこうにか上げると、隣の席の徳川は気づかないうちにいなくなっていた。美術部は毎日あるわけじゃないし、帰ってしまったのだろう。緩やかな雰囲気で流れていたえっちゃんたちの美術部の時間。

男子も美術部も、気楽で羨ましい。私と代わって欲しかった。

話があってからの初回のプールの授業は、昼下がりの五時間目だった。脅しが効いたのか、普段は見学ばかりしてる女子の何人かも今日は机の横に水着の袋がかかっていた。

それらを他人事のように眺めながら、私はもうただ真っ当に授業を受けることで残りのプールを無心にやり過ごしてしまおうと考えていた。

水着の袋がないことに気づいたのは、二時間目が終わった後の休み時間だった。

最初は、あれ？　と思う程度で、すぐに廊下に並んだロッカーを見に行った。だけど、そこにもない。

教室を見回し、自分の席の周りにも落ちていないことを確認していると、ふいに、横から視線を感じた。見て、ぎくりと背筋が伸びた。芹香がこっちを見ていた。数週間ぶりにまともに目が合ったと思ったら、ふいっとすぐに彼女が目をそらした。横にいた倖も芹香につつかれ、彼女に身体を寄せる。

身体の内側で、嫌な予感がざわっと騒いだ。あわてて思い出す。いつから、水着を見ていないのか。今朝、学校に来るときにはあった。自転車の前カゴが砂まみれで、このまま袋を入れたら汚れるからって、砂を払った覚えが確かにある。

じゃあ――。

部活のときかもしれない。毎朝、体育館の隅にまとめて荷物を置いている。そこに置きっぱなしにして忘れてしまったのかもしれない。一年のとき、絵の具セットを同じように忘れたことがある。

芹香の視線の意味を考えたくなくて、考えないようにして、体育館へ急ぐ。休み時間の体育館は、遊びでバスケをしにきてる他のクラスの生徒で賑わっていた。水着の袋はない。

　漠然とした不安が、徐々に濃くなっていく。もう一度教室を見ようか、それとも自転車のカゴに入れっぱなしになってるのだろうか。

　職員室に届いているかも、と考えたところで思考が行きづまった。予感はもうはっきりとした確信になって、私の背中を撫で回している。

　きっと芹香たちだ。

　自転車を探しても、教室を探しても、水着はきっと出てこない。

　体育館は空気がこもって暑かったが、夏の間に比べて風通しがよく、過ごしやすかった。部活の時間帯と違って制服姿のまま、笑い声を立ててゴールネットに向けてシュートする三年生の男子たちは楽しそうで、彼らは見ているだけで胸が締めつけられそうなほど明るい世界に生きていた。私も昔、確かに一度いた世界。だけど、もう戻れない世界。

　急に身体が動いた。探さなきゃ探さなきゃ。自棄《やけ》になるように、早足になった。

　水着がなければ、体育を見学する羽目になる。袋がなくなったことを佐方やタマコに言わなければならない。藍色のスクール水着。残り三回の体育の授業全部を休み、左手に包帯を巻いた芹香と同じプールサイドに座る羽目になる。――ママにも水着がなくなったことを言わなきゃならない。

佐方に言われたプール皆勤賞を、芹香はきっと聞いていた。

水着がなくなったことを話せば、きっと問題になる。佐方や中村に、芹香のリストカットのときのように学級会にかけられてしまう。芹香たちはきっとどこまでも白を切るだろう。疑われたって、また私を責める。

早退したり、具合が悪いという理由で体育の授業自体を休んだらどうだろう。何度も考え、そのたび、それもダメだ、と思う。佐方に生理だと思われたら、そんなこと一瞬でも想像されたら。嫌だ。生きていけない。

ぺらぺらの私のスクール水着。

嫌な想像に拍車がかかる。ただなくなっただけならまだいいけど、芹香たちはそれをどこにやったんだろう。瞬きを一度したら、小学校の頃、黒板に忘れ物の水着がマグネットでくっつけられてたのを思い出した。男子のだったけど、その横にチョークで「わすれもの」と矢印が書かれたあの光景を思い出したら、腕の先から肩にかけて震えが走った。

もし、あんなふうにされたら。男子に見られたら。顔に血が上って、頬が熱くなっていく。芹香たちだったらまだいいけど、水着、もし男子に盗られたんだったら。

そんなはずない、と首を振る。

休み時間の自転車置き場には誰の姿もなかった。自分の自転車のカゴに何も入っていないことが遠目からでもわかったけど、無駄なあがきと知りつつ、覗きこんで周りを探した。お願い、出てきて。

たとえば職員室に届けられていて、佐方がそれを返してきたら、私はそれ、あいつの手から受け取っても、気持ちよく着られない。周りが全部、自分の敵に思える。見えないところで私を覆う包囲網が張り巡らされてて、私はどこに行こうと捕まってしまう。怖くなる。

物を隠すなんていう幼稚な手段に出られたこと。それがこんなに覿面《てきめん》に自分を打ちのめしてることが、ショックだった。

教室の前に戻ると、中から微かな笑い声が聞こえた。

「ちょっとかわいそうかも」という声は、倖のものだった。

唇を閉ざしたら、熱い息が出口を失って口の中に満ちていく。

「いいって。ね、だけど、あいつさ。プール出てるって、きっとまだ、だからだよね」

「え、まだって何が」

「だから」

芹香の嬌声《きょうせい》。声をくぐもらせて笑う。

その声を聞いたら、悲鳴を上げていた。声がはっきり出たと思ったのに、実際には喉が痛んだだけだった。走り出していた。

仲がよかった頃「プール出て偉いね」って言ってた芹香。あの意味が、まるで違うものになって、私を正面から襲う。探す場所なんてもうどこにもなくて、どこに行くかわからないけど、足が前に前に出る。通り過ぎる全部の人が、私と芹香たちの間にあった事情を知ってて、私を責めてる気がした。

死にたい。

それ以外にもう、どうしていいかわからなかった。

私が思う、本の中の清潔な世界はどこにも存在しない。「少女」であることに価値がある、人形たちの無機質な表情こそ尊ばれるあの空間は幻想で、現実を生きるリア充たちには、そんなもの無価値だ。「まだ」だって笑われるだけ。崇高な血や、儀式や、趣味は理解されず、芹香のようなリストカットの怪我がここでのリアル。どうしようもなくつまらない、くだらないリアル。それが私の現実なら、そんなものいらない。つぶれてしまえ。

チャイムが鳴る。それでも私はすぐに教室に戻る気がせず、校庭に出て夏休み中よりだいぶ高く、色も薄くなった空を仰いでいた。

心に打ち寄せる波のような悲しみが落ち着くと、静かな決意が自然と固まる。真珠のように丸まって呑みこまれた意志が、私の目を通じて外に溢れ、空に広がっていくのを見るようだった。

私はここと、本当に決別する。それしかもう、方法がない。

まだ中二の真ん中。卒業するまでの長い一年半も、そこから先のことも、考えれば考えるほど、気が遠くなりそうだった。到底、私には無理だ。


少し遅れて教室に戻り、授業に来ていた英語教師に謝って席に座る。

「……すいません。遅れました」

芹香や倖の席の方で空気が騒ぐ気配があった。

顔が能面をつけて塗りこめたように、無表情になっているのがわかる。柔らかさを失った額も頬もその下の血が澱《よど》んで、粘土のように固くなっている。

授業の終わり、英語教師から「小林さん、大丈夫?」と声をかけられた。

「顔色が悪いわよ」

「平気です」

私の様子を見て、芹香や倖たちが反省することを少しだけ祈ったけど、背中から、津島と倖と、芹香、三人分の声が聞こえてきた。今度の話題はもう私のことではなく、テレビドラマか何かの俳優の物真似で盛り上がっている。

休み時間がまた来たけど、私は立ち上がれなかった。水着を再び探す気は起きなかった。

芹香の思い通りになるのは癪だけど、もう、学校に来たくなかった。ママに打ち明けてしまいたい。鈍感なママはきっと「アンちゃんが何かしちゃったんじゃないの？」って、私にも原因を求めるだろう。自分の子供を庇うより、まず他人の迷惑についてを考えちゃう人なんだ。

だけど私は、芹香のママより、そんなうちのママの方が立派だと思う。ほとんど初めて、だけど強く、そう思った。

五時間目の体育の前に、学校を早退しよう。そしてもう、明日からは学校に来るの、やめよう。不登校じゃ、確かに昨日まで学校に来ていたのに急に事件に遭って死んでしまうのよりもインパクトが薄れる。『悲劇の記憶』ノートに書いていたいくつかのパターンは使えなくなるだろう。制服姿のまま、桜の木に寄りかかって死んでいたり、砂場で血だらけになっていたり――。

一生懸命考えたパターンを奪われたのだと思ったら、自分の大事な領域が蹂躙《じゅうりん》されたことを思い知って、おかしくなりそうだった。

四時間目の始まりを告げるチャイムが鳴る。

この授業が終わって昼休みになったら、保健室へ行こう。顔色が悪いなら、きっと帰してもらえる。「事件」を待たずに学校からリタイヤするのは悔しいけど、ここまでだ。

そのときだった。

「ロッカー」

え、と思って顔を上げる。

徳川の声だった。ちょうど、横に戻ってきて座ったところだった。今のは私に言ったのだろうか。私に向けられたこいつの声を、学校では初めて聞く。

私は唇を半開きにしたまま、不自然に思われることを覚悟で徳川の横顔を見つめた。だけど、徳川は一言呟いただけでもう何も言わない。長い前髪が、私を拒絶していた。

背骨の中心に、びりっと電気が走ったようだった。チャイムが鳴ったこともお構いなしに、教室を飛び出していた。廊下の、自分のロッカーに急ぐ。

中を開けた瞬間、肩を柔らかいものでくるまれたように、全身から力が抜けた。見開いた目を、瞬きもせずにそのまま止めた。そうやって目に力をこめないと、その場に膝から崩れ落ちそうだった。

私の水着の、青色の袋が入っていた。底に少し、灰色の砂をつけながら。

強張った指を、ぎこちなく、ゆっくりと動かす。――どこにあったんだろう。私は見つけられなかった。

徳川は、芹香と倖の会話を、さっき教室で聞いてたのかもしれない。私が「まだ」なことまで、込みで。それで、探したんだろうか。

ビニールの袋は日に焼けて熱く、溶けそうにぐんにゃりとしていた。中の水着はきちんとある。手に取って、私は小さい頃ぬいぐるみを抱いたときのように、思いきり、袋を抱きしめた。乾いた瞳の下に、涙の膜が盛り上がる。歯を食いしばって、それが粒になって落ちる前に、乱暴に手でこすった。

戻ってきた。

余韻に浸るように、もう一度抱きしめた。

戻ってきた。


これまでどれだけ嫌でも休むことがなかった部活を初めて休んだ。

呼び出した徳川は、コドモ科学センターの展望台の手すりに両腕を置いて、街を見下ろしていた。

その後ろ姿に「おまたせ」と声をかけることに、前ほどの躊躇いはなかった。徳川も技巧がかった様子なく、私を振り返る。

横のセンターも閉館時間を迎え、夏休みも終わった平日の展望台には誰の姿もなかった。徳川に距離をつめると、心なしか塩素の香りがした。長い前髪が風に吹かれると、ヤツのおでこと両目が一瞬だけ見えて、だけど、徳川が髪を押さえたせいですぐに見えなくなった。

「返事がなかったから来ないかと思った」

五時間目のプールに出たすぐ後で、徳川にメールした。徳川は黙ったまま、首だけふるりと動かして手すりを離れた。

「水着ありがとう」

もっと自然に言えると思ったのに、声が硬くなった。徳川は「ああ」と短く応えただけだった。

「どこにあったの？」

「体育館裏の、焼却炉の中」

「そうなんだ」

「部活の後で置きっぱなしになってたのを見つけたって、斉藤芹香が言ってた」

徳川が一呼吸置いて、私を見る。芹香たちが積極的に私の席やロッカーから奪い取って隠したわけじゃないことに、こんなときでも少し安堵する。やられたことは同じでも、この差は大きかった。

私は「うん」と頷いた。

今日、水着に着替えてプールに出た私に、芹香たちは眉をひそめてこっちを見ていたものの、結局何も言ってこなかった。

「部活、今日は休んだけど、明日は行く」

夕方の霞んだ陽光を受ける街に目を向けると、知らない高校か中学のグラウンドが見えた。豆粒ほどの小さな人影が動き回っている。

「きちんと行かなきゃ、事件が起こったときのショックが薄くなるもん。――せっかく死ぬんだから、それまでは続ける」

だから、私が我慢するのは、事件のためだ。

「本気でやる」

と、声に出した。


私は今日も『悲劇の記憶』のノートを持ってきていた。

私と徳川の起こす事件は、芹香がやったようなリストカットとはまるで違う。あんなふうに学級会で話し合われたり、かと思うと翌日には平穏に授業が行われるような、余裕のある痛みやショックじゃダメなのだ。格の違いを思い知らせてやる。

私が死んだときに、芹香や倖が泣くのも許したくない。学級会で倖が書いたあんなベタベタな「大好き」なんて言葉、絶対にもらいたくない。ごめんなさいなんて棺に泣きつくような真似されても、私の「事件」に彼女たちが依存してくるのは絶対に許さない。

私が、私の死と事件に依存するのを許すのは、徳川勝利に対してだけだ。

新しいページを開く。アンティーク調の分厚いノートは、まだかなりのページが白紙のまま残っていた。

徳川と、決行日を決めた。

十二月六日。十二月、最初の月曜日。

年末のニュースは、私たちがさらう。

みんなの度肝を抜くほどオリジナリティーの高い殺人事件は、春からノートにたくさんパターンを書きこんだけど、どれも決め手にかけ、まだ具体的には決まっていない。けれど決行日を決めたら、それだけで気持ちが強くなった。私たちは、必ず、すごい事件のやり方をそれまでに見つける。

帰りの坂道を、私たちは自転車を引いて、距離を空けながら一緒に歩いて下った。

「夏が終われば、プールの授業がなくなるから嬉しい」

私が言うと、徳川が私の顔を見た後で視線をふいっと上に向けた。背の高い木々の間から、暗くなり始めた空が覗く。

「俺、やだな」と徳川が言った。

ヤツが足元の小石を蹴る。石は歩道から車道へ、カラカラと音を立てて転がった。

「プールのが楽じゃね？」

「そうかな」

今日、私が水着のせいでどれだけ嫌な思いしたか知ってるくせに、相変わらず空気読まないヤツだ。

夕方になって、空気が引き締まり、硬くなったように感じる。夏服から出た半袖の腕を風が撫でると、微かに鳥肌が立った。

前に来たときには蟬《せみ》が鳴いていたのに、今は何も聞こえない。

ああ、と思う。

秋が来る。私はもう、生涯二度と夏の感覚を味わうことがない。三学期にはもう、私も徳川もあの教室にはいない。


そのすぐ後で、今年のプールの授業はすべて中止になった。

体育教師たちの方針が保護者たちの間で問題になり、教育委員会をまじえての騒ぎになったのだ。

尤も、騒ぎといっても、私たちは揉めてる気配を肌で感じていただけだ。何人かの親が熱心に学校に来てるのを見かけたり、『プール問題について』と書かれたアンケートをやらされたりしただけ。

学校にクレームをつけた親の一人には、芹香のママも入っていたらしい。職員室の近くで彼女の姿を見かけ、私はあわてて踵《きびす》を返して、近くのトイレに逃げこんだ。横顔を見かけただけで吐きそうになった。トイレの個室で座りこんだまま、しばらく、外に出て行けなかった。

先生たちは、私たちに面と向かって謝ったりはしなかった。生徒たちの間には「ざまあみろ」って空気が蔓延《まんえん》してて、陰でクスクス笑われているのがわかるのか、体育教師たちはさらに神経をピリピリさせるようになった。

しばらくして、生徒と保護者に対する正式な謝罪の文書が学校から配られて、問題はおしまいになった。

生理中の子を無理矢理プールに入れた、というのは、テレビや新聞で取り上げるのに十分な教育現場の不祥事だと思ったのに、残念なことにテレビはもちろん地方新聞にだって取り上げられなかった。

世間を騒がせるって、本当に難しいんだと思い知っているうちに、十月になった。


私と徳川は、また、放課後や土日にコドモ科学センターの展望台で会うようになった。新しい事件が起こって世間を騒がせるたび、「これ、私たちがやるべきだったんじゃないか」と話しながら記事を持ち寄り、ノートに書きこみ、けれど、事件が一週間と保たずに別の話題に取って代わるのを眺めては、落胆したような思いで新しい可能性について考えた。

横浜の中二生、
兵庫県の男子高校生、
足立区の女子中学生二人組、
様々な表記で、ニュースは流れる。友達と一緒に互いの親を殺す相談をして、自分の家に放火した中学二年生の女子二人組のニュースを見て、ひさしぶりに首や背筋をちりっとした感覚が走った。
少女たちは、放火した階段に「着火剤」というのを撒《ま》いていた。それから火をつけたのだ。
「私、着火剤なんて知らない。徳川知ってた？」
もし私が同じことをしようとしたら、きっと、そんなものを使うことも考えず、直接火をつけるか、それかせいぜいガソリンか灯油を撒いただけだったんじゃないだろうか。同じ年の女子が自分の知らないことを知って、しかも実行に移したんだと思ったら、少し焦る。
けれど徳川は平然と「知ってた」と答えた。
「バーベキューとかするときに、網の下に敷くヤツだろ。ホームセンターとかで売ってるし、簡単に買える」
「徳川、バーベキューなんかするの？」

イメージに合わなかった。

まだ仲がよかった頃、芹香たちとやったバーベキューは男子バスケ部も合同の賑やかなイベントだった。徳川は誰とやるんだろう。徳川がつまらなそうに「した」と過去形で答える。

私が「着火剤」を知らなくても、徳川は知ってる。

だから、大丈夫。私が起こす事件の足りないところは、テレビや新聞に出ても遜色《そんしょく》ないよう、徳川が補ってくれる。心配はいらない。


学校では、相変わらず、私は誰とも口を利いていなかった。

芹香たちは私に興味を失ったわけではなさそうだったけど、積極的には何もしてこなかった。陰で笑われるたび嫌な気分になるし、姿を見かけると喉が一瞬で渇いて干上がる思いがするけど、それだけだった。

大問題にしない方が、ずっと長く娯楽が続けられるってことに、芹香たちは多分、本能的に気づいている。

聞こえよがしな悪口も、過ぎるのが遅い部活の時間も、どれだけ馴れたつもりでいても、細かい何かがあるたびに、気持ちがダメージを受ける。

前に外されたときと違って、今度はもう二度と芹香たちとの関係が修復されることはないんだろう。

芹香や倖にも、いいところはあったのに。

好きなところはあったのに。

――だけど、もう終わり。

部活の後、私が片づけ当番になると、ペアになっているはずの子はみんな、私を置いて帰ってしまうようになった。一人でボールをカゴに戻し、体育倉庫に運びながら、私は自分が消えてしまった後の、来年以降のここの光景を心に思い描く。そうすると、苦しかった呼吸が少しだけ楽になる。

私は死ぬことで、この平凡な中学で唯一の伝説になるのだ。


「あのときの写真、どうした？」と、徳川に聞かれた。

東京のスタジオで撮ったもののことだろう。デジカメで撮ったあれらの写真は、当然お店になんて出せないし、リビングにあるプリンターで出すのだって、親の目が気になってできずにいる。

「データで持ってるけど」

徳川にもらった死体写真や『臨床少女』の写真集よりも、今はあれを見る時間の方が増えている。デジカメの小さな画面で繰り返し見ていた。

自分の赤くなった頬や、目を閉じて咳きこんでいる表情や、短いスカートから出た足の曲がり方や、なりふり構わない姿は、本気で苦しかった分、いかにも真に迫って、「私の死体」を連想させてくれる。半目になったり、唇の下にヨダレが光ってる姿でも満足できた。

「プリント、してやろうか」

「本当？」

徳川には、もう直接あの姿を見られているんだと思ったら、いまさら恥ずかしさはなかった。部屋に自分専用のパソコンとプリンターがあることを聞き、羨ましくなる。シヨーグン、息子に甘いんだな、と意外な気がした。

「実際に事件起こす前には、データ消して写真も処分しろよ。準備してたことがバレると台なしだから」

数日後の日曜日、センターの展望台に徳川が持ってきた私の写真は、封筒ではなく乳白色の買い物袋に入っていた。『野菜と肉のオサダ』のロゴを見て、軽く笑えた。徳川が、最初にネズミの死体を入れて蹴ってたのもこの袋だ。

「あんたんちって、買い物全部ここなの？」

「――どうでもいいだろ」

プリントされた写真を取り出すと、データで見るより大きい分、生々しくて、正直、

『臨床少女』の少女たちほどの完璧さがない。それでも何枚かは、データで見るよりさらによく見えた。黒のレザードレスも、実際に着たときはキワどかったけど、写真で見るとそうでもない。

「ナルシスト」

写真を眺めていたら、後ろから言われた。きっと睨むと、徳川は私を振り向きもせず、置きっぱなしの『悲劇の記憶』ノートを開いて、これまでの書きこみを読んでいた。

決行のXデーを決めたあの日から、これまで私が見るだけだったノートを、徳川も熱心にめくるようになった。書きこみこそしないけど、気になる新聞記事を見つけると、切り抜いてきて私に貼らせたりもする。

拷問の本や、推理小説もたくさん読んだ。中に出てくる殺し方について検討して、コンビニで本をコピーして貼ったり、書き写したりする。だけど、私たちが起こそうとしている事件はあくまで「現実」だから、小説のやり方とは合わない部分も多い。それでも、今ノートを開けば、私と徳川好みの事件とモチーフが満載だ。ノートは随分、分厚くなって膨れた。

展望台の床に直《じか》に座りこんだ徳川の向かいに座ると、私がつけていたネックレスが揺れた。徳川が、何か言いたげに目線を少し上げ、だけど、何も言わずに元通り、顔を伏せた。

私は小さく息を吸いこみながら、服装が派手になった、と今日も出がけにママに言われたことを思い出していた。

明るい白やピンク色、フリルやレースが大好きなママに黙って、自分の本当に着たい服を買った。自分のお小遣いで服を買うのは初めてだった。

黒中心の、パンクとゴスロリの要素を少しずつかけ合わせたTシャツとスカートの組み合わせ。ベルトについたチェーンとネックレスはずっと憧れていたブランドの髑髏モチーフのを買った。買うときに、胸が底の方からふわっと浮くような感覚がして、自分がこれまでの自分とは明らかに違う、自由な存在になっていくのがはっきりわかった。もっと早くこうすればよかった、と思う。

事件までにもう一度、東京に行きたい。

そしたら、お小遣いをはたいてバッグと腕時計も買う。もう、芹香たちの目なんて気にしなくてもいい。感性や感覚を変だって言われるのも、今だったら怖くない。

徳川は、私の服やアクセが変わっても何も言わない。だけど、今日のスカートは、徳川があの日選んだレザードレスと少し似ている。きっと気づいているだろう。

翌週の火曜日、女子だけが体育の授業を「保健体育」として教室で受けることになった。

心の中で、私はほっと息をつく。着替えも教室移動もせずに済むことに、クラスの女子たちはみんなラッキー、と声を上げていたけど、私以上に喜んでいる人はいなかったと思う。体育は、集団競技や誰かとペアになって何かする場合が大半だから、友達を失った私には、毎回しんどい。部活よりはマシだけど、席に座って授業を受けてる方が断然いい。

女子だけが教室に残されたことで予感はしていたけど、案の定、入ってきたタマコからプールの話が出た。

文書だけでは納得しなかった親がいたのかもしれない。簡単な謝罪の言葉があった後で、不満げな顔をしたタマコが、生理を言い訳に使うことの卑怯さや、女子の身体の問題についてを説く。

気まずい時間だった。

芹香から「まだ」だって指摘されたことを思い出すと、拳に力が入る。早く終わって欲しかった。

「あなたたちの身体は、今、変化の時期にあります。——自分をもっと大事にしてください」

タマコが仏頂面で言う。

教室にいる女子たちは、今のタマコの声なんて半分も頭に入っていない。私は、聞いていたけど、きちんと聞いていることが周りに知られるのが嫌で、教壇から視線を外した。

体育の授業は、二クラスずつが合同になり、男女に分かれて行うせいで、私は普段の自分の席ではなく、窓際の別の子の席に座っていた。

窓から、男子がサッカーをしているのが見えた。

そのとき、目がピンポイントに徳川を見つけてしまった。

サッカーコートの中で、ジャージ姿の徳川は走っていた。目の前で展開されるボールの動きを不器用に顔だけ動かして追っている。ボールを運ぶのは、津島とか、笠原とか、クラスの目立つ男子たちだ。

ボールの動きに合わせて流れる人の動きを、徳川がただ追いかける。自分がパスをもらうことや、立ち位置を考えずに、ただ「参加してます」ってポーズだけ必死で作るように、闇雲に走っている。

画用紙にバラ撒いた砂鉄が、ボールを磁石代わりに揺らされるのを見るようだった。磁力に従って周辺に集まる砂鉄は、まさに集団でしか意志をもたない虫のようだ。

味方の足元にボールが来ると、パスにちょうどいい場所にいた徳川が、隠れるように、わざわざ敵の背後に回りこんだ。

だけど、そんなことしなくても、ボールを運ぶ目立つ男子たちは、徳川を始めから数に入れてない。昔から、何度も見てきた光景だった。それが、昆虫系の体育への参加の仕方だ。

徳川がまた走る。走り馴れていない男子の走りは、踊るように手が無駄に大きく振れた。

走ってきた津島を、大きな身体がのしかかるようにして止める。昆虫王の田代だった。ファールぎりぎりのデタラメに張り切ったディフェンスは、スポーツってもの全体に馴れていない感じがそれだけで漂っていて、見ているこっちが恥ずかしくなるくらい違和感がある。同じ昆虫系でも、自分を消すことをよしとせず、過剰に目立ちたがる者もいる。田代が津島の足元に滑りこみ、ボールをパコーン、と蹴る。顔を歪め、そんな場面ではないのに、過剰に熱をこめた声で、青春ドラマさながらに叫ぶ。

「頼む！　徳川」

こういうことが平然とできてしまう人間は、どれだけセルフイメージというものを美化して捉えているのだろう。えっちゃんと同じだ。オタクたちって、現実に対しても漫画のノリでいいと思ってるせいで、躊躇いってものが一切ないのだ。

こぼれたボールの先にいた徳川は、ボールが自分の方に来るのを見て、「え」って目を見開き、それから心底困ったように立ち尽くした。あれだけ走ってたのに、肝心の場面で、逃げ出しそうに腰が引けてる。ボールを怖いと思っていることが、離れた、この距離にいてもわかった。前髪の下の、隠れた表情までが想像できた。

私の背筋を、ひやっとしたものが滑り落ちる。

見たくない。

徳川の細い足がもたついたようにボールを蹴る。すぐに誰かにパスを出せばいいのに、そこから不必要にドリブルしようとする。テレビや漫画でしかサッカーを見たことがない、間抜けにかっこつけた仕草に見えた。――それがとても、かっこ悪かった。

「おいっ、徳川！」

「頼むよお、ショーグンＪｒ．」

失笑に似た声が上がって、ボールはあっさり奪われる。津島の声も混じっていた。

ボールが奪われてしまうと、一人残された徳川が、俯いた顔を校舎に向けた。目が合うんじゃないかとドキリとしたが、ヤツの視線は私たちの教室を通り越して、それよりももっと上の方を見ていた。

何を見たか、わかった。校舎についてる時計だ。

表情が見えた。時計を見上げる徳川の目は祈るように切実だった。見た途端、ばつが悪い思いがした。

徳川が、体育の時間の終わりを、あんなにも待ちわびている。

ホイッスルが鳴って、試合が終了になる。男子たちが一列に並んで互いに頭を下げ、コートから出ていく。

ひょろひょろの徳川は、ジャージがまるで似合っていなかった。横に座った津島たちと同じ年で、同じものを着ているとは到底思えない。

コートから出ると、昆虫系たちはまた仲間だけで固まって座った。何か話し始めたけど、内容は多分、サッカーのことじゃない。

津島たちはもう徳川たちのことなんて見てなかった。自分たちの代わりにコートに入った別の組の試合を見て、その中にいる、自分と同類の目立つグループの男子に声援を送ってる。その姿は爽やかで、正しくて、一点の曇りもなかった。

「戻れ！　バックバック！」

彼らが授業に参加する声を聞いて、昆虫系がびくっと姿勢を正す。視線をゆっくりと津島たちに向け、それから俯く。それでもまだ、顔をつきあわせて趣味の話をやめない。

私はその中で小さくなっている徳川を、しばらく見ていた。

――私、あいつと一緒に東京に行っちゃったんだなあ、と思ったら、急に喉と肩が熱くなった。

同じ部屋で、二人きりになって、首を絞められたことだってある。それを、私から、あいつに許した。

見なかったことにしたかった。

あいつが、そういう位置にいるなんてことはわかっていたじゃないか。自分に言い聞かせるように思ったけど、気持ちはいつまでもすっきりしなかった。

夏の終わり、プールの授業がなくなるから嬉しいと言った私に、徳川が「俺、やだな」と呟いた。「プールのが楽じゃね？」という声に、空気を読まないヤツだとうんざりしたけど、本当は、私と徳川、どっちの方がより真剣に、あの会話をしていたのだろう。

胸の奥で、心臓の音が大きくなる。


放課後のホームルームで、徳川が一学期に美術部で描いた絵が、今年のコンクールで去年よりさらに上の賞に入ったことが、中村の口から伝えられた。

「中央コンクールですよ」

中村が言うと、みんな拍手したけど、実感は薄そうだった。後ろで「中央ってどういうこと？」「県でいちばんってこと？」「それってすごいの？」と声が聞こえる。バカにする、みたいな声だった。

去年の絵のタイトルは『魔界の晩餐』だった。階段の踊り場に貼ってある絵は、今も私の心を癒してくれる。

中村の言う中央は、日本全国の中央だ。だけど、ここの子はみんな、運動部が北信越大会に行けるかどうかってところまでの想像力しかない。世界がそこで完結してる。

徳川の絵のタイトルが、中村や佐方に読み上げられないことを祈った。

拍手をされても、徳川は興味なさそうに黙って座ってるだけだった。後ろを振り返ることもないし、友達の昆虫系たちだって、自分たちだけで話すときはあんなにも饒舌なのに、こういうときに仲間を盛り立てるような気の利いた真似はできない。

家に帰ってから、徳川に電話した。絵のことを「すごいね」と褒める。空々しい声になってしまわないかどうか、気がかりだった。昼間うっかり目にしてしまった徳川のドリブル姿や、校舎を見上げた目の色が、まだ瞼に焼きついている。

「入賞した絵のタイトル、なんていうの？」

『……忘れた』

本当かどうかわからなかったけど、そう答えて、電話は切れた。

からかうつもりなんてなかったし、私は『魔界の晩餐』の絵が好きだから、今回のだって本心から見たい。あの教室から中央に繋がれるなんて、私は本当にすごいと思ってるのに。

徳川から「リア充」とか「ビッチ」って突き放されてた私は、本当に純粋なる悪口として言われていたんだなあと思ったら、喉の真ん中を押さえられたように、呼吸がぐっと苦しくなった。

部活の練習中、一年対二年で練習試合をすることになった。

二年チームで、私と芹香は一緒になった。勘弁して欲しかったけど、事件までは耐えるってもう決めたのだ。なんてことない。

芹香が手にしたボールを、背の高い一年女子が回りこんで止める。——手の空いたポジションにいるのは私だけで、芹香は一年に負けることなんて死んでもよしとしないタイプだった。だからだろう。——「アン」と呼ばれた。

私は、小学校の頃からドリブルシュートが得意だった。

試合の流れの中では、もちろん相手チームのディフェンスに阻まれてうまくいかないときも多いけど、練習でただシュートするだけなら、ほぼ外さない。

中学校に入って、ゴールネットの位置が小学校のミニバスのときより高くなっても、それはあんまり変わらない。ネットの奥のボードに描かれた四角の上隅。あそこを狙えば、ボールは跳ね返って確実に入るし、そのためには床をどの位置で踏み切るか、どのタイミングでボールを手から離すか、何度も練習したから、もう感覚でわかる。

すばやく出された芹香からのチェストパスを、胸で受け止める。

考える間もなく身体が動き、足が、床を踏み切る。ジャンプした次の瞬間には、目がネットをくぐるボールの存在を捉えていた。

「ナイッシュー！」という声が上がる。

振り返ると、芹香がはっと気づいたように声を止め、あわてて顔を背けた。拍手をしかけた手を下ろし、そそくさと、ディフェンスの定位置に戻っていく。

私は唇を噛みしめて、どこまでも思い通りにならない現実のツメの甘さに、いっそ唾を吐きかけたい気持ちになって、床に視線を落とした。

弱いものになるなら、徹底的に外されるなら、憎まれるなら、かわいそうな存在になれるなら、話は簡単だし、私が思う事件までの流れだってもっとスムーズかつ劇的なのに、あの子たちはみんな、改めてセンスがない。私に対して怒り続ける持久力がないし、悪者を演じる気概にも欠ける。私の世界通りに、動かない。

気持ちが緩み始めるのが、嫌だった。

芹香がかけた私への「ナイッシュー！」の一言。久々にした会話が嬉しいことが、嫌だった。

思い通りに動かないのは、私の気持ちも一緒だ。どこまでも強く、突っぱねたいのに、現実は甘い。中途半端で、私が望むように、突き抜けてくれない。

自転車を走らせた河原で河瀬を見かけた。

うっすらと、既視感がした。まだ夏休みに入る前の日曜日。河瀬を、こんなふうに河原で見かけた。

部活が終わった後の秋の河原はもうすっかり冬を迎える準備をしていた。夏の河原は、今よりもっと青い匂いがして、水面がおはじきを並べたように光ってた。今はもう、その輝きがない。

今日の河瀬は一人きりだった。ジャージ姿のまま、自転車を降りて、河辺を歩いている。

河瀬がどの程度、今の私のことを知っているかわからなくて、話しかけようかどうか迷った。津島たちから何か聞いているかもしれない。気持ちを奮い立たせるようにして、顔を上げる。背中を押したのは、「あと二ヵ月」なんだという思いだった。

どうせ私はあと二ヵ月で死んで、ここからいなくなる。

言い聞かせ、だけど、無視されたら今夜としばらくがつらいことを存分に覚悟しながら「河瀬」と名前を呼んだ。

河瀬が振り返った。薄暗くなった視界に目を凝らすようにこっちを見て、次の瞬間、「小林」と私を呼んだ。そして、――微笑んだ。

手を挙げてこっちに歩いてこようとするのを見て、胸がつぶれるように痛んだ。柔らかい物腰に、全身がふわりとくるまれたようで、たったそれだけの自然な仕草に鼻の奥が痛くなって、涙が出そうになって、あわてた。

河瀬は私を無視しなかった。

「今、帰り？」

「……うん」

河瀬の態度はいたって普通だった。もともと男子同士は、そんなに女子の人間関係なんて話題にしないのかもしれない。

「河瀬、何してるの？　部活、終わったんでしょ」

「ああ」

近くに停まった自転車のカゴには、すでに帰り支度の荷物が入っている。河瀬が俯くと、夕闇に浮かんだ薄い影が揺れた。「あのさ」と彼が言った。

「うちのネル、覚えてる？」

「もちろん」

河瀬と別れても、ネルになら会いたいと芹香に言ったこともある、あの子猫。すばしこくて、猫ってこんなに小さいのかって驚かされた。

あ、と気づいて河瀬に尋ねる。

「ひょっとして、いなくなったの？」

「うん」

顔を上げた河瀬の頬が引き攣っていた。

「最近、どっかで見たりした?」

「ううん、見てない」

頭の中に、夏の日の河瀬たち兄妹の姿が改めて思い浮かぶ。河原の草むらに分け入っていった彼の妹。彼らはあのときから、ネルを探してたんじゃないだろうか。だとしたら、もう相当時間が経っている。

「いつからいないの? ひょっとして、夏休み前から?」

「いや、四月から」

「え?」

そんなに? という声が喉から出かかる。言葉を止めた私に、河瀬が言う。

「ゴールデンウィークの少し前からいなくて、それからずっと探してる。キホン家から出してなかったんだけど、庭にちょっと出した隙にいなくなった。首輪してるし、うちの猫だってことはすぐにわかるはずだから、保健所に連れてかれたってこともないと思うんだけど」

実際に保健所にも行ったのかもしれない。河瀬がため息をついた。

「もし、見かけたら教えて。うち、母さんも妹もあいつのこと、相当かわいがってたから、心配してて。もう、ダメかもしれないけど」

「ダメって……」

「うちに来た頃から心臓が弱っててさ。獣医から、あんまり長く生きられないだろうって言われてたんだ。いなくなった頃も具合がよくなかった。だからもう、ダメかも」

——お兄ちゃん、いたあ？

河瀬の妹の声が、耳元で弾けた。「あいつのこと」とネルを呼ぶ河瀬が、暗い川面を見つめる。まるで、ネルが水に流されてしまったんじゃないかと思ってるような目だった。

そのとき。

私の全身に、足元から震えるように、鳥肌が立った。穏やかな風が一陣、首筋を通り抜けただけなのに、背筋が凍ったようにまっすぐ伸びる。耳の奥がキン、と鳴る。

唇が乾いた。

「四月から、いないの？」

問いかける声を怪訝そうに聞く河瀬が、うん、と頷くのが、すぐ目の前なのに、とても遠くに感じた。

見つからない子猫。

蘇るのは、手の中のぐんにゃりとした重量感だった。袋の底に沈んだ、唐揚げ肉のような、柔らかい感触だった。ネズミだとしたら、何匹かまとめて入ってるんだろうと思った、その重みと質量。『野菜と肉のオサダ』の袋。

河瀬良哉は性格悪いよ。

つつじ霊園で聞いた声を思い出すと同時に、まさか、と思う。だけど鳥肌が立った後の肌の温度が、一気に冷えていくのは、理屈じゃ説明がつかなかった。さほど時間が経ったわけでもないのに、私が立ち尽くす河原の闇はさっきよりもずっと濃くなって、すぐ目の前の河瀬の顔さえ、もうはっきり見えなかった。

「河瀬。急に変なこと聞くけど、——去年、徳川と何かあったりした？」

唐突でおかしなタイミングになることはわかってたけど、止められなかった。嫌な予感がする。しかし、問いかけを受けた河瀬はきょとんとして戸惑ったように「は？」と私に聞き返すだけだった。

「徳川って……。ショーグンＪｒ．のこと？」

その作った様子のない自然な声を聞いた瞬間、聞いたことを後悔した。絶望的に悟る。わかってしまう。

「去年同じクラスだったけど、あんまり話さなかった」と答える河瀬の声を、それ以上聞き続けるのが嫌で、「そっか」と俯いて答える。

河瀬は多分、徳川のことなんか意識したこともないのだ。だって、あいつは昆虫系で、自分とは生態が違うから。

　怪訝そうに、河瀬が私の顔を見つめる。

「だけど、なんで？」

「……去年、ケンカしたって噂があったから。河瀬がケンカなんて、意外だなって思って」

「ケンカ？　ショーグンＪｒ．と？」

　そんなわけない、と笑う河瀬の晴れやかな顔を見ていられなかった。

　校庭に立つ徳川の姿を思い出す。サッカーのドリブルを笑われ、校舎の時計を睨むように見上げる。あれを笑った津島のことも、徳川は多分「性格悪い」って言うんじゃないだろうか。

　河瀬にそう、言ったように。


　徳川を、夜に呼び出すのは初めてだった。

　ママには芹香の家に行くと言って出てきた。部活のことで大事な話し合いがあるという私の言い訳はいかにも嘘っぽかったけど、押し切るように家を出た。

　早く安心したかった。この気持ちのまま、明日も素知らぬ顔して、徳川の隣になんて座れなかった。

私が指定した場所は、河原の高架下だった。高架線沿いの街灯が照らすせいで、暗い河原の中でも、そこだけ明るい。白く照らし出された道の上に、砂粒が銀色に輝いている。

土手を覆うコンクリートブロックに座っている間、私は自分の足のつま先を見つめていた。――現れた徳川は、今日も全身、真っ黒だった。一つ覚えの黒ずくめの格好が、今日は正視できなかった。

夜になって、水の近くの空気はぴっと張って冷たかった。徳川は両手をポケットに突っこんでいた。掠れた声がした。

「何？」

河瀬のことで聞きたいことがある、と私はメールを打った。

いつも通り無表情な徳川の顔を見た途端、こいつと初めて河原で会ったときのような緊張が背筋を這い上がった。

「違ってたら、違うって、言ってね」

回りくどい前置きをしないと、聞けなかった。祈るような気持ちで笑おうとする。口元が強張る。硬い笑顔を作ったまま尋ねた。

「四月に、徳川が蹴ってたのって、あれ、本当に、ネズミ？」

この上にある橋から、私はその光景を目撃した。草むらに棒きれのように立った徳川のシルエット。思いがけず激しい動きで、繰り返し、蹴りを突き出す。

徳川が顔を上げて私を見た。私は言葉を探しながら続ける。

「今日、河原で帰りに偶然、河瀬に会って。聞いたら、四月から河瀬のうちの猫が行方不明で探してるっていうからちょっとだけ、気になって。徳川がネズミの袋蹴ってたのも、確かその頃だったし、――徳川、河瀬のこと、嫌いだって言ってたこともあったし」

『野菜と肉のオサダ』。店名のロゴ。

袋から、どろっとした赤茶色の染みが広がっていく。

徳川は黙ったまま、私をじっと見ていた。前髪の奥の目が初めて見る他人みたいに冷たくて、それが意思が通じない動物みたいに思えて動けなくなる。瞳の中が、灰色にどろんと濁って見えた。

答えを聞くのが、怖かった。

答えないなら答えないで構わない。私のした誤解を、徳川が軽蔑しても構わない。沈黙に耐えかねて、逃げ出してしまいたいと思ったそのとき、徳川がポケットに突っこんでいた手をゆっくりと抜いた。その手に、何かを持っている。ヤツの手が私の足元に、それを投げた。

ブロックの斜面の上に投げ出された首輪は、落ちるときに音を立てなかった。赤茶けて、ところどころがすり減って、革が随分薄くなっている。スローモーションのようにゆっくり、ゆっくり、小さく回転してバランスを崩し、斜面から落ちていく。首輪の内側に、文字が見えた。

『ネル』

いつ、自分が首輪を手に取ったか、わからない。気がつくと、私の指は震えながらそれを摑んで、目の前で見てた。指にも目にも、痺れたように感覚がない。指は実際より何倍も何倍も膨れて、見えない皮膚に何枚も隔てられながら首輪を摑んでいるように感じた。

『ネル　飼い主・河瀬はるな』

電話番号と住所も、一緒に書かれている。

土手を駆ける途中で、首輪が私の手から離れた。

わあああ、と声を上げてぶつかる私の前から、徳川は逃げなかった。

私が崩れこむ勢いでヤツの顔を叩いても、よけない。徳川の頬を、思いきりぶった。弾みで徳川の頭がぶれる。揺れる前髪から覗いた目は、私を見ていなかった。

「徳川……っ！」

どうしてどうしてどうして。

声にならない。喉にひりつくような痛みがした。

手の中に、柔らかい重量感が蘇《よみがえ》る。ぐんにゃりと、袋の中で肉と血が動いた。私はそれを、あのとき、持ち上げた。

悲鳴が出た。大声を出したつもりだったのに、広い河原は私の声を反響一つさせず、拡散させるように呑みこんでしまう。突き上げる悲鳴は収まらなかった。

許せなかった。

徳川が袋を蹴る後ろ姿と、滲み出した血をこの目で見たこと、手の中の消えない袋の感触を拭いたくて、記憶を手放すように徳川を叩いた。勢いよく殴り飛ばせたらいいのに、ぼこぼこにしてやりたいのに、ひょろひょろで頼りないはずの徳川は、崩れ落ちる気配がまるでなかった。私の手には手応えがまるで返ってこない。感覚だけが麻痺《まひ》していく。途中から、拳を握って叩いた。

「殺してやるっ！」

声が掠れて、ぐずぐずになって、視界が霞む。目から涙が出ていた。塩辛い涙が乾いた唇を通じて、食いしばった歯に吸いこまれていく。

「死ね。ほんっと、死ねっ」

袋を持った感触は消えないどころか、ますます鮮明になる。ネルの姿を思い出してしまう。あの子の首筋の柔らかさと、毛並みの良さと体温が、手の中のぐんにゃりとした重さと重なる。

膝から力が抜けた。身体が横に振れて、喉がつまる。徳川から手を離すと、その途端、倒れそうになった。

河原の草むらにへたりこんで、吐いた。

うっと空気の塊を喉に感じたら、胸が見えない勢いに圧迫されて、もう止まらなくなった。涙と鼻水と、嘔吐《おうと》と。どれが一番つらいのかわからない。吐いたものが、俯いた姿勢のまま鼻の奥をつんと締めつける。苦しくて、苦しくて、それ以上に、手も足もだるい。だけど、吐くものはまだまだ身体の奥底に残ってる。

鼻の奥が痛い。酸っぱい匂いがする。

口だけで息をすると、空気がひっと音を立てた。それが自分の泣き声だと一瞬遅れて気づいた。うわーん、と私は泣き出した。子供みたいに。自分がこんな声で泣くことがあるなんて思わなかった。吠えるように声を上げる。

ネル、ネル、ネル。

私は河瀬とはもう別れてて、関係がなくて、ネルを心配する権利なんかもうなかった。だけど、ダメだ。こんなのはあんまりだ。

ちっちゃい猫だった。

生まれたてなんだ、と河瀬が笑った。今が一番かわいい時期らしいよ、と教えてくれた。

すばしこい、スピードの速い猫。大きくなってもいいように、とサイズがすぐに変えられる赤いベルト状の首輪をしてた。窮屈そうに身を捩る、その姿。

地面に落ちた汚れた首輪は、一部分だけ、穴が大きく広がっている。そこが、首の位置だった。あの子は大きくなって、そのたびに位置を変えるはずだった。

見たらまた、涙が吹き出たように止まらなくなる。ふざけんな、徳川。

「河瀬の妹が探してたんだよ！」

目の奥で瞬くのは、あの子の顔だった。照れくさそうに遠慮がちに笑う。「お兄ちゃん、いたあ？」と聞く。

「なんで、嘘つくんだよ。ネズミなんて嘘じゃん！」

首輪の内側に書かれた名前。河瀬はるな。家族で話し合って、誰の名前を代表で書くか、決めたのかもしれない。そして家族で一番小さなあの子の名前を、書くように決めたんだ。首輪の内側に書かれた文字は、小学校の女の子のものに見える。

どうしよう、あの子が泣く。

あの子が悲しむ。傷つく。

それが嫌だから、河瀬だって、探し続けてるんだ。四月から季節が変わっても、ずっと、ずっと今もまだ、無駄かもしれないって思いながら。

あの子もネルも、愛されてる。彼らの時間は、私たちが傷つけちゃいけないものなんだ。

なのに――。

「……バッカじゃないの、お前」

声が、した。

私は座りこんだまま、街灯の光を背に立つ徳川の顔を見上げた。

徳川の髪は、乱れていた。まるで手応えを感じないと思ったけど、頬が歪み、赤くなっている。私に殴られた場所を拭うように手を当てて、徳川が言った。

「猫殺したぐらいじゃ引かないって、あんな威勢よく言ってたのに、何、そのザマ」

声が出なかった。徳川が吐き捨てるように言う。淡々とした抑揚のない声だった。

「徳川……」

「最初に聞いただろ？『ネズミで安心した？』って。――安心、したんだろ？　猫だって言ったら、ほら、そうなる」

歪めた目が、私を睨んでいた。

「あれ、河瀬良哉の猫だよ。バレて、騒がれたら面倒だからネズミだって言ったけど、なんだよ、やっぱり、ネズミならいいけど、猫はダメなんだ？　あんなに引かないとか、バカにすんなとか、見くびるなって言ってたのに、お前、何なの？」

「……やめてよ」

「言っとくけど、お前が袋持ったときって、中でバラバラだったから。首と胴体、繋がってなかった。あん中入ってたの、猫の生首だよ。俺が切っ」

「やめてよおおおおお――」

「……最後はあいつ、にゃあにゃあ鳴いて……っ！」

耳を押さえ、頭を抱えて叫んだ。この声を途切れさせたくなくて、夢中で息を吐く。途中から、長い声はガラスを引っ掻くように高くなった。

少年A。

新聞で見てた、少年A。

猫や動物を殺す少年A。

芹香たちは、普通の子たちは「キモい」って言うけど、私は、そんなの、引かない。少年Aの気持ちがわかる。

――だけど、それと、ネルが死ぬのとは全然次元が違う。

徳川の舌打ちが聞こえる。自分の声が遠く感じる。上げ続ける悲鳴はもう薄く掠れて、蚊の羽音ほどの力しか残っていなかった。

「リア充」

蹲《うずくま》り、目を閉じた私の頭上に、冷たい声が落ちた。頭の芯が煮え立つように熱くなる。

「人形が腕ちょんぎられた写真や、人間の死体の写真見て興奮してるくせに、それが彼氏の猫じゃ、ダメなんだ？」

「――彼氏じゃない」

「同じだろ。お前、本気じゃないんだよ」

顔を上げると、私を見下ろす徳川の目は、爬虫類《はちゅうるい》の目のように温度がなかった。とても、冷たかった。

「本当に死ぬ気あんの？」

と、私に聞いた。

「俺の事件で、真剣に殺される気ないだろ？」

「そんなこと」

徳川が鼻で笑う。急に身が竦んだ。肩がすぼまる。

「『理想の事件』の形が決まんなければ、肝心なそのときがきても先延ばしにできるぐらいに考えてるんじゃないの？　やる日を延ばして、延ばして、延ばして、そうこうしてるうちにきっとどうでもよくなるんだろ？　甘えてるだけで死ぬ気なんかないくせに」

「そんなことない！」

「嘘つけ」

声に、頬を張られたような気がした。言葉を失った私に向けて、ヤツが続ける。

「本気が足りない。何が『殺して欲しい』だよ。笑える」

「徳川」

肩が震える。悔しかった。

私、本気だ。思うけど、舌の先が丸まったように萎縮して、満足に言い返せない。

私は徳川に、確かに本気で殺して欲しい、って頼んだ。

この河原で。

あの山の上で、だからこそこいつに会った。普通だったら連絡も取らないはずだった昆虫系の男子と、何回も、何回も。

東京にだって、行った。

あのときもあのときも、あのときも、あのときも。

私は対等だと思ってたのに、こんなふうにバカにされてたのか。徳川に「本気」を疑われてたのか。

悔しかったのは、徳川の言葉を完全に否定できなかったからだった。

十二月の、手が届く未来に、もう「事件」がある。そう思えば、生きていけた。我慢できるし、学校にも部活にも行ける。だけど、芹香の「ナイッシュー！」の一言に、その裏に、私はまだ何かを期待してしまう。クラスでは外されてる私を、今日、河瀬が無視せず微笑んでくれたあの瞬間に、嬉しくて、全身がびりびり痺れた。

徳川が使った言葉に、私はショックを受けていた。俺の事件で、真剣に殺される気ないだろ。

——俺の事件で。

それは私の事件だったはずなのに、徳川は、「俺の」って言った。

「……なんで、ネルだったの」

瞼の裏で、また、サッカーの光景が流れた。私の前でどこまでも強気だった徳川が、校舎の時計を見上げた、あの情けない表情。見たくなかった、あの顔。

泣いて、吐いて、叫んで。私の顔は熱が出たように火照《ほて》っていた。頭の内側でがんがん、音が鳴るのが聞こえる。

「ネル、心臓が悪かったんだって。弱ってたんだよ？　それに、どうして、河瀬を性格悪いなんて、言ったの」

何かがあって、そう思ったわけではないのだ。芹香だって言っていた。河瀬と徳川の組み合わせなんて、ありえないって。

パスが来ないようにびくびく怯えて、目立つ男子から顔を背ける徳川。向こうだって、昆虫系のことなんか見えてない。ケンカしたり、揉めることなんて、ありえない。

徳川は答えない。私は顔を上げた。

「徳川、河瀬と口利いたことなんかないでしょ？　ただ、あんたが意識してるだけなんでしょ？　授業中笑われたとか、からかわれたとか、その程度のことが、あっただけなんでしょ？　あんたには気にくわなかったかもしれないけど、河瀬や周りは多分、そんなの覚えてもない」

息が切れそうになる。黙って私を見てた徳川の肩が微かに引かれる。また、私をバカにするように「は？」と声が上がるのを、私は声を張り上げて制した。

「『性格悪い』とか『嫌い』っていうのは、同じぐらいの立場だからこそ、初めて使える言葉なんだよ。一方的にひがんだり、羨ましがってる方が使える言葉じゃないんだよ。わかってるでしょ？　河瀬はあんたのことなんか眼中にもない。そんなことぐらいで、ネルを殺したの？　あの子は抵抗できないのに！」

私に事件が必要なように、こいつにも、事件が必要なのか。

こいつにも逃げ出したい日常があって、事情があって、事件がなきゃ、持ちこたえられないのか。

不気味な少年Aだと思っていた頃の何倍も、今は、徳川の気持ちが生半可にわかりそうな気がする分、なお理解ができないこいつのことが不気味だった。

「河瀬良哉の猫だからやったわけじゃない」

徳川が言った。さっきと違って、あからさまに私から顔を背けている。

「たまたま見つけたのがそうだっただけで、別に、どの犬でも猫でもよかった。――『イライラしてた、誰でもよかった』っていう、少年Aの常套句《じょうとうく》は、こういうとき使うべき？　『今は後悔している』とは、死んでも言えないけど」

「嘘。河瀬の猫だったから」

「関係ない。俺、あの猫だけじゃないよ。やったの」

目を見開く。言葉が続かない私に向け、徳川が淡々と続ける。

「ずっとやってる。犬も、猫も、ネズミも。――写真、見せようか？　河瀬良哉の猫は捕まえたらたまたまそうだっただけ」

部屋に専用のプリンターがある徳川。薄暗い部屋の中で、徳川が一人でそれをいじるところを想像する。

そのとき、私の頭の中に思いがけず、うっすらとした希望が見えた。

たくさんの動物を殺したのなら、私が持ってしまったあの袋の中味はネルじゃなかったんじゃないか。

するとすぐ、私の心を見透かすように徳川が冷めた声で言った。

「お前が見つけたあの袋は河瀬良哉の猫だよ。お前がはしゃいで興奮してたあの血だまりが、お前らの大事なネルい、」

徳川が笑った。

「お前さ、いまさら人間はよくて、動物はダメ、とか言っちゃうわけ？　その猫の写真もあるよ。首だけのやつと、首ないやつ。最終的には、手足もばらしたけど」

　徳川の目が、ネルの首輪を見る。口が利けなかった。ヤツが目をすっと細めて、私を、軽蔑するように見た。

「お前、やっぱ本気じゃないんだよ。わかってたけど。こんなことぐらいで引いて、何にもわかってない。冷やかしなら、もう二度と『事件』とか言わないでくれる？　半端な気持ちで、『本気でやる』とか、超笑える」

　唇を嚙みしめると、存分に泣いた後の目に、また新しい涙の層が浮かぶ。「それ、やる」と、徳川がネルの首輪を顎先で示した。

「彼氏に返せば。——俺がやったってことも、話せばいい」

「だから、彼氏じゃ……」

　そう言うのが精一杯だった。

　ネルの首輪を拾ったら、その軽さと小ささに打ちひしがれて、動けなくなった。小さな首。内側にある、『河瀬はるな』の名前。街灯に照らされた内側に、赤茶けた、染みみたいなものを発見したら、今日はもうショックを受けるだけ受けたはずなのに、また心の柔らかい部分に新しい傷ができて、そこから血が流れ出すようだった。

「『事件』はもう、やめ」

徳川が私をおいて帰ろうとする。土手べりに座りこむ私を、去り際に振り返った。

「あ、俺、これから先、二度とお前のこと狙ったりしないから安心していいよ。やるとしても、別の誰かをイライラしてた、誰でもよかったって言って殺すから。お前だけは絶対やんない。――お前なんて、殺してやる価値もない」

私にとってそれは、死刑宣告と同じに響いた。

胸の奥に、身体の内側に、ドライアイスのような靄《もや》が立ちこめて、それが全身から感覚を奪っていくようだった。絶対に、一番、言われたくない言葉だった。

遠ざかる徳川の足音を聞きながら、私はネルの首輪を抱きしめてその場に泣き崩れた。赤茶けて古ぼけた染みは、あの日のビニール袋に滲んでいたのと同じ色だ。徳川は、本当にやったのだ。

まだ、誰も何も直接手にかけたことのない、未熟な少年A候補だとばかり、思っていた。だけど、違う。徳川は、私が思う以上に私の先を歩いていた。自分がそこに追いつけるのか、追いつきたいのか、わからない。

ネルネルネルネル。

何度も何度も、首輪を握って謝る。

ごめん、ネル。かわいそうに。

振り返ると、徳川の背中はもうだいぶ小さくなって、消えていくところだった。その背中にかかる薄闇に向けて、私は声を振り絞る。「ばかあ！」と叫んだ。

声が届いたか、わからない。徳川はもう、戻ってこなかった。

翌日、早朝の河原で、ネルの首輪を埋めた。

私が最初に袋を見つけた場所と、なるべく近いところを探して、穴を掘った。知らないうちに、季節は私が思う以上に進んでいた。霜が降りた地面は硬く凍っていて、持ってきたスコップを使っても、なかなか掘り進めることができなかった。霜と朝露に湿った地面のせいで手が泥だらけになる。雑草の根も、かなり張っていた。

土をかぶせ、上にそっとカスミソウの花を載せる。

うちのママは、玄関の花瓶から花を絶やすことがない。今朝、そこにささった水色と白が混ざったカスミソウが一かたまり欲しいと申し出ると、ママはびっくりしていた。「アンちゃんが花を欲しがるなんて」と。

私は黙っていた。すると、つられるようにしてママも黙った。昨夜、泣き顔で戻ってきた私を、ママはぎょっとした顔で迎えた。帰り道で涙は拭ったけど、家の中の温かい空気に触れ、ママの顔を見たら、気が緩んでしまった。

「どうしたの」

ママが聞いた。普段はもっと根掘り葉掘り聞くママの声が、思いがけずいたわるように控えめだった。私は「芹香とケンカした」と答えた。昨日までの私を苦しめていた一番の悲しみは、今はもう順位を繰り下げて、どうでもいいことの域に入っていた。だけど、それを聞いたママの顔が「まあ」と気遣うようになる。

その途端、涙が出た。

悲しいのはもう芹香のことではないのに、声が出て止まらなくて、ママが何か聞く声も耳に入らないくらいずっと、温かいリビングで泣き伏した。ママが背中を撫でてくれた。

「大丈夫？　大丈夫？　明日、学校行ける？」

学校に行けないと一言訴えれば、これまでも休ませてもらえたのだろうか。部活にもプールにも、出なくてよかったんだろうか。

ママに、心の中で何度も謝った。

ごめんなさい。

ママは、私が事件を起こすことを知らない。ここから自殺同然で消えることを、まだ知らない。

娘を失うママのことが、そんなことも知らずに娘に優しく接するママのことがかわいそうで、私はただ、わんわんと泣いていた。

徳川に「もう、やめ」と言われて、ネルの首輪を抱えながら帰る途中、泣きながら決断した。

負けたくなかった。あの子を殺した徳川に、死んでも負けたくなかった。空を見上げると、空気が澄んだ夜空の向こうに驚くほどくっきりと星が輝き、散っていた。

深く息を吸う。

涙に霞む目で、きれいだ、と思った。

この空をきれいだと、声に出してはっきり言えてしまう私は、やはりみんなと違うのだろう。空なんて、季節なんて、そこにあるのが当たり前。それをいちいちいだとか、美しいだとか思うのは、芹香や、他のクラスメートからしてみると、きっとものすごくイタいことだ。

吐く息が微かに白い。そして、生きていけない、と思った。徳川と話したことで、激しく揺れていた気持ちが静かになる瞬間がやってくる。

星を見上げて、横の道を過ぎる車の光を頬に浴びながら、決意は自然と固まった。

――「事件」を、続ける。決行する。

自分を中途半端にしないために。

徳川にかけられた言葉の一つ一つを反芻すると、目眩がしそうで、泣きすぎた頭がくらくらする。悔しかった。その他大勢の何も特別でない教室のクラスメートたちと同じだと、私はさっき、徳川に烙印《らくいん》を押されたのだ。――殺してやる価値もないって。

夜の河原は静かで、時折車が過ぎるタイヤの音が近づいてくる他は、何の音もしなかった。星の瞬きの音すら聞こえそうな夜の真ん中で、私は誰からも取り残されて、立ち尽くしていた。

今度の本気は、本当に本気。

これまでは、こんなにはっきり死の感覚が、私に迫ってこなかった。

今は違う。

徳川が本気でやれる人間なのだともう知ってしまった。あいつは、私を殺せる。

蹴り上げられたネル。バラバラにされたという、ネル。

徳川は、私を平然とそれと同じ目に遭わせるだろう。無表情な、いつもどおりの目をしたまま、きっとあいつは、ネルの身体に刃物を入れた。

私は、死ぬんだ。

首に手を当てると、東京のスタジオで徳川に首を絞められたときの感触を鮮明に思い出すことができた。あの苦しみ。あれの遥か先に、死が、私を待っている。

徳川は私を試したのかもしれない。

ネズミだと嘘をついた袋の中味は、それがネルかどうか聞かれても、しらばっくれることができたはずだ。首輪を隠したまま、ネズミだと言い張ることもできた。それをあえて明かしたのは、私を試すためじゃないのか。

一緒に東京に行っても、『悲劇の記憶』ノートに事件の構想を書いてても、徳川は、その裏で猫を殺していたことを私に教えなかった。犬も猫もネズミも、私と会ったすぐ後で殺していたことだってあったかもしれない。なのに、徳川はその事実を教えなかった。私が引く、と決めつけて。

そして私は徳川が思ったとおり、引いてしまった。

怯み、動揺し、徳川を責めた。

胸の底から震えるような吐息がこみ上げる。長時間冷たいプールに入った後のように、身体が内側から冷えている。息が冷たく感じる。

事件をそれでも続けると決めたら、今度こそ、絶対に逃げられない。

引き返すなら今だ。

視界が滲む。見ている星の光が空の中にじんわりと溶けて、星の像が一連に繋がる。

窒息しそうな、死にたい現実の中で、徳川の存在は、唯一空いた私の空気穴だった。

それがあるから、呼吸ができた。その穴が失われても、薄い空気の中でか細く息をして、生きていくことはできるだろう。「事件」がなくなり、二人で決めたXデーを過ぎても、無為に時間を生きながらえていくことはできる。

何も特別でない、地球の人口を構成する平凡なその他大勢の一人として、生きていくことはできる。芹香や倖にバカにされながら。——徳川にも、バカにされながら。

背筋が寒くなる。明日からの教室で、私は徳川の隣に座る。表向き、私たちの間は何もないまま。だけどあいつがもうはっきりと私を蔑《さげす》むのを、私は知ったまま、隣に座ることになる。

そうなれば、階段の踊り場にある『魔界の晩餐』も、もう二度と私を癒さない。

——そのとき、閃《ひらめ》いた。

澄んだ空気がそっと、鼻を抜ける。星の真ん中で浮かぶ月の強い光を正面から浴びたことで、ぐちゃぐちゃだった頭の中がすっきりと整理されていく。

私の、事件。

胸を撃ち抜かれるようにして、たった今、思いついた。

私と徳川が作る、誰にも文句を言わせない、私たちの事件。

唇を噛みしめて、もう、それしかないと悟る。十二月、私は逃げない。徳川になんて負けない。

河原に座りこみ、どんなときでも持ち歩いている『悲劇の記憶』のノートを開く。月明かりだけの暗闇で、手元の字は満足に見えない。だけどそれでも、書き殴る。

このノートは、私たちが作り上げた悲劇の記憶。最後まで、そのときの気持ちまで含めて、すべてを記憶して、残す。

カスミソウを供えたネルのお墓は、掘り起こした部分の土の色が周りと違うせいで、すぐにどこがそうかわかる。

河瀬と、彼の妹のはるなちゃんが、一生、ネルの首輪を見つけませんように、と祈った。心の底から願った。

部活を終え、教室に行くと、徳川はもう自分の席にいた。その後ろ姿を見ると、胃の底に押されるような重たい痛みがのしかかる。唾を呑みこみ、横の席に座る。気配で気づいたろうけど、徳川はこっちを見ない。収めたつもりの怒りがまた湧いて、はらわたが煮えくりかえりそうになった。

今、この教室で昨日の続きのようにこいつの頭を机に叩きつけることができたら、どれだけいいだろう。何度も、夢想する。他のクラスメートの前で、そんなこと構いもせず、こいつのことが殴れたら、どれだけスカッとするだろう。

だけど、そんなことを自分がやらないことを、私はよく知っている。

黙ったまま、徳川の隣に座り続けた。

部活の後で自転車置き場に行く。芹香や倖が彼氏たちと待ち合わせして帰るところに鉢合わせするのを避けるため、私はいつも着替えもそこそこに自転車置き場までダッシュする。

自分の自転車のところまで行くと、珍しい人が立っていた。

「――えっちゃん」

「アン、今日、一緒に帰んない？　ボクも今日、部活でさ。今帰りなの」

「いいよ」

鞄の横にかかったアニメキャラクターもののキーホルダーは、一学期に一緒に帰ったときよりもパワーアップしていた。一個一個が大きいし、数も増えてる。

誰かと一緒に帰るのも久々なら、学校の敷地内で人と話すのだってひさしぶりだった。

「あのさ、聞きたいことがあるんだけど。っつーか、聞いて欲しいって頼まれたっていうか」

「うん」

自転車で並んで裏門を出てすぐ、えっちゃんが問いかけてきた。

「徳川勝利のことなんだけど」

胸の奥で、鼓動がどん、と跳ねた。

えっちゃんの横顔を見つめ返す。

咄嗟に思ったのは、徳川と会っていたのをどこかで見られたのではないかということだった。

「徳川？」

尋ね返した声が平然として聞こえたか、自信がない。だけど、えっちゃんは「そそ。アンの隣の席の」とけろっと答える。

「アンさ、あいつからコクられたりした？」

「は？」

思わず大声が出た。私の反応の大きさに、えっちゃんがわざとらしい仕草で顔を「うーん」としかめた。

「知りたがってる子いてさ。――前にアンに話したでしょ。うちの美術部で、あいつのこといいって言ってる子がいて、その子が聞いて欲しいって。アンと徳川、三組で席替えあってもずっと離れずに隣の席だし」

「コクられてないよ。あり得ない」

「そっか。じゃ、違うのか」

「ただ隣の席だっていうだけで、なんでそんなふうに疑うわけ？　その子ちょっと気にしすぎなんじゃない？」

「うーん。なんか、徳川に好きな人がいるらしいって気にしてるんだよ。なあんか、ボク、そういうのちょっとげんなりだけど。徳川みたいな男子がいきなりアンとか、運動部のいい子好きになったりするのってさ、身のほど知らずっていうか、一体なんだ？　って思うよね。美術部の子たちにしとけばいいのに」

えっちゃんが本当にうんざりした顔つきになって言う横で、私は微かに衝撃を受けていた。

今、えっちゃんは「運動部のいい子」って言い方をした。自分の文化部と、運動部の子たちが違うことの自覚があるのか。

「……徳川が私のこと好きとか、ないよ。話したこともないし」

「わかった。その子にはそう伝えとく」

「うん」

自転車が、朝作ったネルのお墓の前に差しかかる。かぶせた土と上に載せたカスミソウを目で追うと、あんなにもすぐにわかると思っていた土を掘り返した場所は、周りの地面と同化して、カスミソウも飛ばされて、どこがそうか早くもわからなくなっていた。

徳川のことを好きだという美術部の女の子は、あいつのことをどこまで知っているのだろう。

やめた方がいいよ、という言葉が喉まで出かかる。その子はきっと、徳川のことを何も知らない。

「徳川の絵ってさ、タイトルなんていうの」

「絵？」

「美術部で描いたヤツ、コンクールで入賞したんでしょ？　うちの担任がホームルームで言ってた」

「ああ」

「えっちゃん、見た？」

「見た。『アリア』」

アリア、と口の中で呟く。えっちゃんが頷いた。

「あいつ、絵はうまいよね。確かに将来、漫画家とかになるの向いてるかも。コミカルな萌《も》え絵《え》とかじゃなくて、青年誌に出てくる劇画調の方で成功する気がする。今もさ、ネームの分量だけ多くて、ストーリーがいまいちでも絵で持ってる漫画って案外多いから。ボク、そういうのはどうかと正直思ってるけど。まあ、徳川はそっち方面に行けばいいんじゃない」

青年誌の漫画を読んだことはほとんどないし、そもそも青年誌ってどれがそうかいまいちわからない。ネームってなんだろうってことも気になったけど、えっちゃんの話題を掘り下げるとキリがない。「どういう絵？」と尋ねた。

「夜の女王、みたいな絵」

と、えっちゃんが答えた。

「怖いけど、ボクは好き」

「そうなんだ」

アリア、の響きを胸にしまう。聞き覚えがある。美容院か、レストランか、どこかのお店か何かの名前として聞いたような気がするけど、家に帰ったら、調べよう。音楽に関する言葉だったはずだ。

別れる頃になって、えっちゃんが「ねえ」とやけに改まった声で私を呼んだ。まだ何かあるのかと軽い気持ちで目線を上げた途端、えっちゃんがせっぱつまった声で続けた。

「アンさ、大丈夫なの？」

心配そうに気遣う目が私を覗きこんでいた。

その目を見たら、一発で、何を心配されているか、わかってしまった。芹香たちとのことだ。

昔からの友達にそんな顔をされたら、返す言葉がなかった。えっちゃんは、私の反応を待っているだけで何も言わない。

「何が？　——大丈夫だよ」

顔が笑ってしまう。えっちゃんとこれ以上一緒にいると、涙が出てしまう予感があった。えっちゃんが、やがて、「ならいいけど」と俯いて言った。

私、心配されてる。

そして、えっちゃんは、私を心配まではしても、芹香たちには何もできない。話せない。

えっちゃんと私は、同じ小学校だったから仲がいいけど、今、もし違う小学校から来て同じ教室の中にいたのだとしたら、口も利かなかったかもしれない。

そんなことを思う自分を最低だ、と感じた。クラスのどの子が、ヒエラルキーでどのあたりで、どんな傾向のグループに属してて、スクールカースト的にはどんな立場で。そんなことに全部自覚がある自分がくだらなかった。

だけどその一方で、私たちは自覚せざるをえないし、周りに敏感でなければならない。くだらないことを知ってても、ここで生きていかなきゃならないんだから、仕方ない。

家に帰ってから、「アリア」の意味を調べた。

「ａｒｉａ」は、やっぱり音楽用語で、直訳すると「詠唱」ってあった。オペラなんかに出てくる、叙情的、旋律的な独唱曲をさす、という説明は、わかるような、わからないような感じだったけど、動画サイトをあたると、実際の曲を聴くことができた。歌姫っぽい人が、豪華なドレスを着て舞台の真ん中で歌ってる。

サイトを巡るうち、代表的なアリアとして、モーツァルトのものを発見した。動画を再生し、聴いて、たちまち虜《とりこ》になる。それはとても私と——それと、おそらくは徳川にとっても、好みの一曲だった。

タイトルを見る。

『復讐の炎は地獄のように我が心に燃え』。かっこつきで、横に『(夜の女王のアリア)』、『(魔笛)』って書いてある。

えっちゃんが言った「夜の女王」のイメージとも合う。歌詞を探して、夢中になって読む。何度も何度も、その曲を繰り返し再生してヘッドフォンで聴いていると、ママが途中で、私が一瞬ヘッドフォンを外した隙をついて「アンちゃん、それ、オペラ？」と尋ねてきた。

昨日、私が泣きながら帰ってきたことをまだ気にしてるのか、ちょっと無理するみたいに笑いながら、だけど、娘がクラシック音楽に興味を持ってることが嬉しそうだった。

——これは、母親の夜の女王が、宿敵を殺すよう娘に命じる曲なのに。

私は「うん」と頷いて、タイトルの「復讐」や「地獄」という文字がママの目に入らないよう、画面を閉じる。

「芹香ちゃんと仲直りできた？」と尋ねるママに「うん」と嘘をつくとき、胸にまた、罪悪感がこみ上げた。

ごめん、ママ。

私は、やります。

次に徳川に電話をするのは、もう後戻りができない、本格的な覚悟のときだとわかってた。中途半端な気持ちは見透かされるし、許されない。このままうやむやに「事件」を忘れるのには、今は最後のタイミングで、ここが分かれ目だった。

それでも私は電話をかけた。

だって、「事件」の形を決めた。

今年の四月、今のまま時間を止めたいと願った私の「今」は、夏を過ぎて干涸《ひから》びたように色あせ、乾いて、もう本格的に魅力がない。来年になって芹香たちと違うクラスになっても、彼女たちに外されたという私の傷は残り続ける。

来年は、中三だ。

クラスの底辺だと見なされたまま、修学旅行になんていけない。部活だって、期限つきだから耐えられたけど、来年の県大会でスタメンやるとか、想像できない。うちの中学は、一度入った部活を途中で退部する生徒なんかほとんどいない。人間関係でやめるなんて注目の的だ。

ここで終わらせるしかない。

徳川への電話は、呼び出し音が何回鳴っても、取られることがなかった。心がずくんと、抉《えぐ》られるように痛む。だけど、仕方ない。もう一度かける。徳川はやっぱり出なかった。

徳川は留守電をセットしてないようだった。こんなに長く呼び出し音が続くまで取られなかったことがないから、知らなかった。

今日話ができなければ気持ちが挫《くじ》けてしまいそうだった。だからめげずに繰り返した。残ってしまった向こうへの着信履歴の数を想像すると、死にたい。

「最後の一回」のつもりで、そう決めてからも諦めきれなくて、さらに三回かけた。

十二時近くなって、やっと電話が取られた。

耳元から呼び出し音が消えたとき、通じるのを望んでいたはずだったのに、喉を通る唾が重かった。

「徳川」

返事は、なかった。

目線を上げると、部屋の押し入れの前に重たい、喪服のような制服の冬服がかかっているのが見えた。――明日から、十一月だ。それは、私が最初に想定していた「事件」の季節。

冬服の季節のうちに、間に合った。

「十二月の事件、まだやる気ある？」

息遣いの消えた電話の向こうに、一息で言う。

「誰もやったことのない新しい『事件』のパターン、私、考えた」

これで徳川に認められることができなければ、計画はなしになる。ネルの首輪を抱いて歩いた一人の帰り道、私がした決意は本物だ。

「……『事件』を、私たち二人の事件にするの。今みたいに被害者と加害者を、私と徳川で分けるんじゃなくて、被害者の、殺される私もグルだったことをきちんとわかるようにしておく。私たちが今やってることを、そのまま残すだけでいいんだよ。私たち二人が、『事件を作る』って目的のために、試行錯誤して、自覚的にそれをやったことを、示すの」

机の上に置いた、『悲劇の記憶』ノートを見つめる。

そうなんだ。それだけで十分に新しく、どこにも前例がないことに、あの日、気づいた。

人を殺す少年Aや少女Aはたくさんいるけど、殺された少女Aはまだいない。「事件」のために殺されてみたいと、自分から進んで少年Aと共謀する被害者など、これまでいなかった。

電話の向こうに徳川がいて、黙っていても、私の声を聞いているのがわかる。

「私と徳川の間でした携帯の通話もメールも、記録、全部、残ってるでしょう？　――『事件』の前に消そうって話してたけど、携帯から消しても、携帯会社には残ってるかもしれない。だったら、逆でいいんだよ。記録を、残すの」

話しているうちにどんどん、より具体的になっていく。

「私たち二人がやってること、会ってたことに気づけなかった学校も、親も、友達も、きっと驚くよ。その後で、どうして私たちがそんなことしなきゃならなかったのかってことも、きっと反省しながら、大人が勝手に分析する。……本当の理由なんか、あの人たちにはどれだけ考えたところで絶対にわからないだろうけど、それでも、大騒ぎになる」

私の感性を理解しない大人たちが推測する動機はきっと的外れだろう。そういうのが嫌だからこそ、私はここから降りるのだ。だけど、私たちがすることは、私たちと同じ感性を持った全国の少年A少女A候補の胸に、確実にエールとなって届くはずだ。

「事件を作る」という目的のために、加害者と被害者、双方が了承済みで殺人事件を起こす。そんな考え、世も末だ。心中でも自殺でもない新しい形の事件は、世間に長く記憶されるだろう。真似をする子だってきっとたくさん出る。

目に浮かぶようだった。

私たちのように日々の生活に疲れ、飽きた子たちが、被害者と加害者でペアになって、私たちの二番煎じの「事件」を起こすところ。ネットや携帯サイトで、それぞれ「殺してくれませんか」「殺させてくれませんか」と相手を探すようにだってなるかもしれない。自分の命をなんだと思ってるんだ、と大人は「命」について嘆き、その大切さを説くだろう。

私たちは、そのパイオニアになるのだ。

そのとき、私たちが書いてきた『悲劇の記憶』ノートは彼らのバイブルになる。

「『悲劇の記憶』のノートの最後に、きちんと犯行声明を書いておく。今の、こんな毎日と生活が嫌で、私が徳川に殺してもらうことにしたんだって告白するの。あのノートが、事件の最大のポイントになる」

東京に行ったことも、スタジオで写真を撮ったことも、すべてここからは大事な証拠になる。――私たちの事件の後で、それを真似する子たちにとっても、それらは尊い、なぞるべき軌跡だ。

これは、私と徳川の「事件」。

どちらか一方のものだなんてことはない。

ネルを殺したのは、徳川と、そして私だ。私もあの子が入った袋を持ち上げて、一度は気持ちを高揚させた。その責任を、最後まできちんと取らなきゃいけない。

このまま「事件」を終わらせたら、ネルの死が無駄になってしまう気がした。

だから、答えて。徳川。

「私を、殺してよ」

『わかった』

電話の向こうの声は、一拍置いて返ってきた。

7

十一月最初の待ち合わせは、コドモ科学センター近くのつつじ霊園になった。私たちが起こす「事件」は、あと一ヵ月後だ。

霊園の階段を上がり、一番高い場所から並んだ墓を見下ろすと、小春日和の陽光が墓石の上を滑るように光っていた。墓参りに来ている人の姿も見える。

いつもは先に来ている徳川が遅れていた。

だけど、きっと来るはずだと、私は信じていた。

十分遅れて、徳川は現れた。自転車を近くの道に寄せて停め、こっちを見上げる。合図するように手を振ると、興味なさそうに顔を伏せ、私の方を一切見ないで階段を上がってくる。

「あそこにいる人たちも、そのうちに証言すんのかな。私たちのこと」

長い階段を上ってきた徳川の息が整うのを待って、聞いた。指さした方向に、ウォーキング中の中年夫婦の姿が見える。帽子にウエストポーチのおそろいのスタイルで、山道に沿ったガードレールの向こうに広がる、山の間ですり鉢状に沈む街を見下ろしていた。

これまでだったら気になってたまらなかった周囲の目が、今はまるごと私たちの目撃者であり証言者になるんだと思ったら、まるで祝福を受けているようだった。

私が指さす方向を眺めていた徳川が、すぐに興味なさそうに目線をそらす。そして、私を見た。

目に、物言いたげな光が浮かんでいる。

どうして私が「事件」を続行することにしたのか。徳川に再び電話したのか。聞きたいだろうけど、徳川は多分、聞けない。いかにも、こいつらしかった。

「――私、本気だよ」

宣言する。

「ネルのことは許せない。だけど、電話で話した通り、事件はやる」

「わかった」

ネルのことでこの前あんなに饒舌に喋ったのが嘘のように、今日の徳川は静かだった。

『悲劇の記憶』のノートを取り出して、徳川に手渡す。

私は書きこみを増やしていた。どこで何回徳川と打ち合わせをしたか、いつ、東京のスタジオに行ったか、日付や場所を詳細に書き入れた。徳川にプリントしてもらった、スタジオでの私の写真も貼った。『スタジオ・バーニー』のサイトからアクセスマップも連絡先も印刷して貼り、場所が特定できるようにした。

ノートは、今や完璧に私たちの起こす悲劇までの記憶を詳細に刻んでいる。

「現場は、『臨床少女』の写真を再現して。──私の一番好きな、腕を切られて、それが水に沈められてるのを女の子が見てるやつ。あれの、見立てをして。あの写真に憧れてることも、きちんと中に書いといた。どの写真か、徳川わかる？」

「──わかる」

ノートを開いて見ていた徳川が顔を上げた。私は頷く。

「あんな大きな水槽は用意できないだろうから、現場は、河原の上流にしよう。流れが速くないけど適度に深くて、腕が流されない場所を探して、そこに沈めて。切った腕、私の身体の近くから離ればなれに流しちゃったりは、絶対、しないで」

自分の身体に今はくっついているこの腕。せっかく死ぬのだから、派手な現場にはもちろん憧れる。だけど、自分の身体で想像できる範囲、許せる範囲は、腕一本が限界だ。

「河原の水の中に沈めて、できれば、固定して。私の身体の方は、近くで、それを覗きこむような角度にして置いて」

「腕は、コンクリートブロックと一緒に沈めれば固定できると思う」

徳川が言った。

今日、初めて徳川が自分から口を利いたことにほっとするけど、そのすぐ後で胸の奥がざわついた。私の腕は、どうやら本当に切られる。

「殺し方は、絞殺にして。腕を切り離すのは、私が、死んでから」

話すとき、覚悟してきたはずなのにさすがに震えそうになった。

「刃物で死ぬのは、やっぱりちょっと怖い」

バカにされるかと思ったけど、徳川は「ああ」とおとなしく頷いた。

首を絞められるのだって、私には冒険だった。

顔は、涙が出て、ヨダレが出て、きっとひどいことになるだろう。徳川に話すと、そうなったら、きちんと涙やヨダレを拭いてきれいにしてくれると言う。大真面目な顔で言われると、少しおかしかった。

「首の骨が折れたりしたら、きちんと川の中の腕を覗きこんでるポーズ作れるかな。……首が長くなったり、伸びたりしない？」

「お前、それ首つりと間違えてるだろ。骨が折れたら、それも固定すればいいんだろ。どっちみち、川の中覗きこむんだったら、下向きになるんじゃない」

「あ、そうか」

「お前が抵抗しなきゃ、そんなに強い力かけないで済むかもしれないけど、俺も、人間は初めてだから自信ない。きっと、思いっきり絞める。お前も暴れそうだし」

「うん。暴れると思う。自信ない」

秋の、色の薄い太陽の下でそんな話をしていると、気持ちが穏やかになった。枯れた雑草の根だけが張った、腰の下の地面が硬い。

「本当は、毒を飲む方が希望だけど、徳川、手に入らないよね？」

「――今からだと難しいかも。ネットとか辿って行き着いても、家に配達されると親の目が面倒だし。決行日までに、あたれるだけあたってみようか？」

「うん。でも、徳川、それでいいの？」

「何が」

「毒殺だとさ、私を直接殺す実感、薄くない？　自分がやった感がなくなる」

徳川が前髪の奥の目を瞬いた。黙った後で、「別に」と答える。

「メインは、切り刻む方だから」

「じゃ、当日までに、もし手に入ったら、お願い。だけど、確実に死ねるヤツにして。中途半端に生き残っちゃうヤツじゃダメだよ」

ニュースでたまに見る少年A少女Aの失敗談。毒を混入させたけど、相手や自分が死まで至らないニュースは、なんだか刺激としても間が抜けて映る。

毒を飲むのと、首を絞められるのと、どっちが苦しいのかわからない。

首を絞める場合には、冬服のスカーフを使って絞めてもらうことにした。赤い色が首に絡みつくのはきれいだし、どこかから紐やロープを持ってくるのより、みんなが何気なく着ている制服の一部である方が皮肉な感じがしていい。

ノートの残りページは、すごい勢いで埋まっていった。

理想の死体の配置。

夜のうちに殺して、朝、発見されるのがベストなこと。

徳川には、私の死体のそばで誰かに発見されるまでずっと座って、私の姿を見ていて欲しいこと。

「現場の写真を撮って、いつか、私のお墓に供えて。……当日はバタバタして難しいかもしれないし、警察にカメラや写真も没収されちゃうかもしれないけど。どこかに、もし、メモリーカードとか隠せたら、後で回収して、プリントして」

「わかった。どうにかする」

「――私が死んだ後で、うちのパパやママが、何か聞いてきても、徳川を責めても、全部、私の希望だったって、きちんと話して。あの二人、特にママはしつこいかもしれないけど、それで押し切って」

「わかった」

「あとは――」

声と、ノートの記述はとめどない。話し、書きこみながら、これは私の遺言であり遺書なのだから、長くなっても当たり前だと思った。

メモリーカード。私の写真はどう、隠すつもりなんだろう。細かな疑問を追及するより、話し続けていないと不安だった。笑うように歌うように話していないと、麻痺させた感覚が戻ってきそうで怖かった。そう、私は、怖いのだ。

必要なもの、お互いの準備を確認し合う。私の腕を切る刃物については、徳川が過去の少年Aたちが使ったナイフや包丁の種類やメーカーを調べてくれると言う。切断場所は、例の高架下。そのわきの草むら。

「夜中、ママに隠れて、黙って家、出る。朝まで気づかれなくて済むと思う」

「わかった」

思いつく限り事件の詳細をつめた後で、立ち上がって下を見ると、街も空も、ともにオレンジ色と夕闇が溶け合い、毒々しい、焼け野原を連想させる色をしていた。道路標識の矢印ラインがくっきりと浮いて見える。

あと、何回も二人で会える機会はないのだと、声に出さなくても、お互い、理解してるのがわかった。

証言者や、目撃者はもちろん欲しい。だけどそれは、全然知らない、他人であればの話だ。決行まで、知り合いに一緒にいるところを見られるわけには絶対にいかない。事件の衝撃が薄れる。私と徳川の関係は、今日まで誰にも知られずに来たことが、本当だったら奇跡のようなものなのだ。その危うさを、お互い知っていた。あと一ヵ月の目前に来て、その秘密を台なしにするわけにはいかないことも。

「もうすぐだね」と呟いてみた。

「晴れるといいね」とも。

雨が降り、水かさが増した河原で、私の腕が流されてしまったら、そんなの間抜けすぎる。それに、上田はそろそろ雪の時期だ。

そのとき、徳川が「お前さ、いいの」と呼びかけてきた。

「何が」

振り返ると、徳川はすぐに顔を伏せた。

「事件の後で、俺と会ってたこと、バラして」

「いいよ」

迷わずに答えた。

徳川が黙る。私は、徳川が言いたいことの意味がわかってしまうことが気まずくて、早口にまくし立てた。

「もう決めたじゃん。そのために準備してきたのに、いまさら、何言ってんの？」

徳川が言いたいのは、自分みたいな昆虫系と会ってたことを、私が、人に知られていいのか、ということだ。

立場に自覚的じゃなきゃ、教室でなんて生きていけない。私はそれを知っていたけど、徳川が声に出すのを聞いた途端に、たまらなくなった。生意気なこいつが、そんなことを口にしたのに、驚いていた。

どうしてそうしたか、わからない。

だけど、私は徳川のぼんやりと垂らしてる手をひったくるように摑んでいた。そんな大胆なこと、一度だって、好きな男子にだってこれまでやったことがなかったのに、徳川の手をぎゅっと握った。

徳川が目をぎょっと見開き、弾かれたように私の手を払った。それまでぼんやり立ってたのと同じ相手がそうしたなんて、到底思えないすばやさだった。

払われた手をそのままに、私は徳川を見た。拒絶されても、不思議と嫌な感じはしなかった。ただ、徳川が本当に馴れていないことがわかったら、なんだか胸がいっぱいになる。

女子にも、人間にも、馴れてない。

東京のスタジオで、私の背中のホックはあっさりと留めたくせに、体温にも感触にも、馴れてない。

自分が示した反射のような拒絶さえ持て余すように、徳川が顔を俯ける。

「あと、一回は会おう」

私の顔が微笑みを浮かべる。

あと一回という言葉を使ったことで、もう本当に最後までの時間が近づいていることを自覚する。

徳川は答えず、どうにか取り繕うようにして横顔のまま頷いた。私が握った手をどこに戻していいかわからないように、足の横にぴったりとつけていた。黒ずんでへこんだ親指の爪が見える。もう、キモいとも怖いとも思わなかった。

「決行の前に、あと、下見だけしよう」

自分が殺される現場を、決行前に一度、確かめておきたかった。そして、その日にはもう、同じ中学の子に少しくらい姿を見られても構わない。

「ああ」と頷いた徳川に、聞いてみたくなった。えっちゃんに会ったせいかもしれない。

「徳川って、好きな子いるの？」

尋ねると、徳川が一瞬、虚をつかれたような完全に素の表情を浮かべて、私を見た。一瞬だ。ほんの一瞬。すぐに顔をしかめ、「は？」って声を上げげて、私から遠ざかる。

「いねえよ」という子供っぽい声は猫を殺した少年Aのものとも思えない、普通の男子みたいだった。

「どうでもいいだろ。なんでだよ」

「ちょっとだけ、気になって」

美術部の子が徳川を好きなこと、徳川は知っているんだろうか。女子に馴れてない昆虫系だけど、その子に思われ、付き合ったりする道があったことを知らないまま、こいつが事件に臨むことになるのは、残酷な気がした。

教えようかどうか、一瞬迷う。

だけど、言葉は喉の途中で止まって、出てこなかった。教えたら、徳川はどうするだろう。私たちの事件は、どうなるだろう。

「お前、どうなの」

迷ってたら、聞き返された。

「何が」

「好きな人。いるなら、このまま死んでいいの」

「うーん。どうなんだろ。——河瀬のことは好きだけど、振っちゃったし、そういうのとはなんか違うし」

名前を呟きながら、だけど肝心の河瀬の顔が思い浮かばなかった。胸はもう、痛まない。ネルのことを思って泣きそうになるけど、それだけだ。

徳川とこんな普通の話をするのは初めてだ。おかしくなって笑うと、空に近い山の上で発した声は、夕闇の向こうに吸いこまれるようにかき消えた。

数日後、徳川から肉切り包丁を買った、というメールがあった。

記事が添付されていた。三年前にあった、少年Aが母親を殺害し腕を切断して植木鉢に植えた事件で使われたものと同じらしい。長方形の、斧を彷彿《ほうふつ》とさせる大ぶりな刃の包丁。写真も添付されていた。買ったものを直接撮影したわけではなく、何かのカタログから取った画像だった。

それからさらにしばらくして、今度は、海外の有名な刃物会社のアーミーナイフを買った、というメールが来た。そっちの方には、実際に徳川が実物を撮った写真がついていた。宮崎県で男子生徒が担任の女教師を授業中に刺殺したのと同じものだ。

このメールの履歴も「事件」後に警察に見られることになるだろう。画面に表示された「切断」の文字を親指で撫でる。

「事件」までの一ヵ月。

学校で、ショーグンを見るたびに、他人事のようにぼんやりと、この人はどうするんだろう、と考えた。

放課後の図書室で、私は人生最後に読む本を、本棚を舐めるようにして探していた。もう、これらを読めないいんだなあと思うと、そう読書熱心だったわけじゃないのに、すべてが惜しくて、もどかしかった。

図書室のバルコニーから外を見ていると、ショーグンが下の渡り廊下を歩いて行った。背の高い姿勢のいい立ち姿は、徳川と、やはり似てない。改めて、徳川はやっぱりお母さん似なんだろうと思う。

視線に気づいたのか、ショーグンが上を向いた。どきっとする。どぎまぎする私に向け、彼が一言「さようなら」と微笑んだ。

驚いて、弾みで身が竦んだ。いつもしかつめらしく、険しく凍った印象の顔がふいに溶け出したようで、意表を突かれた。私も急いで「さようなら」と挨拶し返す。

そのままショーグンは行ってしまった。

白髪が微かにまじった後ろ頭を眺める。ショーグンはこれから息子がやることを知らない。息子がそんなことをすれば、学校の先生なんてもう続けられないだろう。あの人の人生は台なしになる。

ショーグンと口を利いたのも、正面から顔を向き合わせたのも、初めてだった。

ショーグンは、今の私との挨拶なんか、もう忘れてしまっているだろう。――「事件」の後も、息子が殺した女生徒と自分が会話したことを、一生思い出さないままかもしれない。

徳川の家を見に行こうと考えたのは、ほんの気まぐれな思いつきだった。四月に配られた学級名簿の徳川勝利の家は、私に馴染みがない一小地区で、芹香の家よりも、河瀬の家よりも、学校から離れたところにあった。

この辺りだろうか、と辿っていった四つ辻の角に『徳川』という表札があった。周囲に比較的新しい洋風の家が並ぶ住宅街の中に建つ徳川の家は、青い瓦屋根の和風な家だった。クリーム色の壁に苔色《こけいろ》をしたひびが入っている。

ずっと前からあるような、古い家だった。

周りをぐるんと囲んだネズミ色のブロック塀の一番上に、松の模様をかたどった穴が空いている。塀と家の間はわずかな隙間が空いているだけで、庭はほんの少ししかなさそうだ。家のすぐわきに、一台分の駐車スペースがあって、傷や汚れだらけになった茶色い柱がビニールハウスみたいな屋根を支えていた。

自転車も車もない。徳川もショーグンも、帰ってきていないみたいだった。勝手口らしいドアのすぐ横に、プロパンガスのボンベが立っていて、その横にピンク色のゴムボールが落ちていた。

ここが、あいつの家。

二階の窓を見上げて、どこがあいつの部屋なんだろうと想像してみる。夜遅くまで起きていても親に怒られる気配がなさそうな徳川。自分専用のパソコンとプリンターがあって、それを使って動物や人間の死体の写真をプリントする少年Aの部屋。――シヨーグンも、徳川のお母さんも、「事件」の後で初めて息子が部屋で何をしていたかを知るのだろうか。うちのママたちが徳川を恨むであろうのと同様に、彼らは私を恨むだろうか。

徳川が帰ってくる前に、自転車の向きを変えて、こぎ出す。家が見えなくなったかならないか、というところでもう一度だけ振り返り――、そこで私は視界の輪郭がたわむほど、大きく目を見開いた。

反対側の道から、ちょうど、徳川が帰ってきたところだった。自転車を引いて、歩いてくる。だけど、徳川は、一人じゃなかった。

横に、音楽教師の櫻田美代がいた。

小花柄のロングスカート。マキシ丈なんていう言葉が雑誌に出てくる遥か以前から売っていそうな、サクちゃんの足のラインに沿ってつぶれたダサいスカートは、表面の布がぺたりと湿って見える。

サクちゃん、と薄く、私の唇が開いた。あわてて自転車を引きずり、曲がり角まで急ぐ。いけない、いけない、と頭の奥が警鐘を鳴らす。でも、何がどういけないのか、わからない。

身体を隠し、頭だけ覗かせるようにして、徳川を見る。何故、という疑問は、一瞬後で湧き起こってきた。

微かな声を聞いた。高い声は、サクちゃんのものだ。徳川の横で、あいつと同じ速度で自転車を引き、その顔を覗きこむ。自転車のハンドルに、小さなコンビニ袋が下がって揺れていた。徳川は答えない。サクちゃんの方も見ない。サクちゃんの顔に、泣き出しそうな表情が広がる。泣き出しそうなだけで、絶対に泣くことなんてない、媚を含んだいつもの表情が広がる。だけど、学校で見るより、必死な顔に見えた。

勝利くん、と彼女が呼んだのがわかった。

勝利くん、お願い、と囁いたように聞こえた。

私は呆気に取られたまま、身動きできずにその光景を見つめていた。サクちゃんがまだ何か話しかけている。反応しない徳川と、彼の家の前まで来ると、二人とも足が止まった。

サクちゃんが俯いた。これ、と自転車のハンドルにかけた袋を外して、徳川に手渡す。無理するような、取ってつけたような、作り笑いが浮かんでいた。

徳川が、初めてサクちゃんの方を向いた。前髪に隠れ、表情の見えない顔が大きく横に振れた。サクちゃんの手を振り払う。持っていたビニール袋が弾かれて、地面に落ちた。中からハーゲンダッツのアイスのカップが落ちて、カツッと地面に転がった。

サクちゃんの顔が衝撃に固まっていた。勝利くん、とまた呼んだ。

徳川は落ちたアイスも、サクちゃんのことも見ようとせず、そのまま、逃げこむように自転車を駐車場に入れた。前の道路で立ち尽くしたサクちゃんは呆然として、またヤツの名前を呼んだ後、あいつが消えた方向に足を一歩踏み出しかけ——、そしてやめた。のろのろとしゃがみ、落ちたアイスを拾う。

サクちゃんがこっちを向く気配があった。

私は背筋を伸ばし、右のペダルに足をかけ、もう片方の足で懸命に地面を蹴った。全速力でこぐ。流れる景色がどんどん遠ざかって輪郭を風に流す中、頭ではそれと反比例するように、さっき見た徳川とサクちゃんの姿がより鮮明になっていく。

私はまだ、何故、というすさまじい混乱の中にいた。

サクちゃんと津島のことを気にしていた徳川。

その後で、津島と芹香がよりを戻したかどうかだって気にしていた。

音楽の授業中、女子の間を回ってきたメモには、確かに『サクちゃんは、ショーグンJr.がお気に入り』と書いてあった。

徳川が爪を噛む。それを見たのは、サクちゃんの音楽室を後にした、あのときだけだ。あんなになるまで、徳川は親指をぎりぎりと噛んだ。

混乱は続いている。ショックだったし、びっくりした。

だけど、それ以上に寂しかった。

許せないとか悔しいとか、気持ちは怒りの方向に傾いてもいいはずだと、頭では理解できる。だけど、このむなしさと紙一重の寂しさは、私の身をただ竦ませた。

それは、徳川が私に何も言わなかった、という寂しさだった。

あの二人の間に、何があるのかは知らない。

学校教師と生徒の間になんか、何もあるわけない。それも、昆虫系男子じゃなおさらだ。だけど、何なんだ。あのアイスの生活感、並んで歩く、二人の距離の空き方。

サクちゃんといた徳川は、初めて見る他人のようだった。

イケてない、かわいくない音楽教師。前に一度、あんなのをいいと思うとしたら、徳川にはがっかりだと思ったことがあったけど、さっき目の前でやられてしまったやり取りの衝撃は、遥かにその気持ちを凌駕《りょうが》した。だって、徳川は相手にされている。津島たちや他のリア充男子だって、懐くどまりで近づいていけなかったサクちゃんの手を、あんなふうに払った。

自転車が、坂道にさしかかる。

勢いだけで上ることができなくなって、アスファルトの道路にとん、と両足をつくと、頭の奥がじんじん鳴った。嚙みしめるように思う。さっきより、気持ちはだいぶ冷静だった。目の前の道が、暑くもないのに陽炎《かげろう》を立てるように煙って見えた。

徳川の好きな人は、サクちゃんだ。

その夜も、その次の夜も、眠れなかった。

十一月が半分過ぎて、私の余命がどんどん、削られるように少なくなっていくのに、安らかな気持ちでいられないことが悲しかった。

学校では、相変わらず同じ時間が過ぎていた。音楽の時間、どれだけ注意深く観察しても、徳川もサクちゃんも、この間私が見た光景をおくびにも出さない。普通に授業受けてるだけ、サクちゃんも平然としてる。むしろ、リア充男子たちにからかわれて、嬉しそうにしてる。——徳川の前で、泣きそうな顔をしてみせたのが嘘みたいに。あんなのは、私の見間違いだったかのように。

考えてみれば、徳川はそういうの、得意なはずだった。横の席に座っていても、私と徳川は、傍から見たら何でもない。私たちの間には、死ぬまで、何もない。あることになるのは、私が死んだ、その後だ。

徳川の描いた『アリア』の絵が、コンクールから返却されてきた。

ホームルームで、中村が紹介する。見て、息を呑んだ。去年の『魔界の晩餐』とは、雰囲気、確かに違う。だけど、色調の底の部分は似ていた。中央に、ピアノを背に立つ大人の女が描かれていて、徳川は人間を描いてもこんなにうまいのかって、感動すら覚える。リアルで、暗く、ゴスっぽいこの世界は、澁澤龍彦の本の表紙にだってそのまま使えそうだ。

それは、普段昆虫系をからかう芹香や、他のクラスメートにとっても同じだったらしい。「すげえ」「うまい」という、単純な呟きが発されただけで、誰もバカにしなかった。

徳川は多分、私が調べたのと同じ、モーツァルトのあの曲を聴いたことも、それを歌う夜の女王の姿を見たことも、あるのだろう。

真っ黒く艶やかな髪の、絵の中央に立つ女性は、暗く沈んだ目をしながらも毅然として、腕を広げて立っていた。眉の上で切り揃えられた前髪が、ハリウッド映画に出てくる日本女優を連想させる。

彼女は、グランドピアノを背にしていた。

どうして誰も気づかないのだろう。あれは、櫻田美代だ。徳川の中の、彼女の姿だ。

確かに、まったく似ていない。美化しすぎだし、あの人は実際はそんな美人じゃないし、ダサいのに、と歯がみしたい思いもするけど、きっとそうだ。

並んで歩いてくるのを見てしまった日から、私は徳川と連絡を取っていなかった。「事件」については、無論、進める。だけど、悔しく思ってる部分もあった。いつも電話するのは私からで、徳川からは、これまで一度だってかかってきたことがない。

あいつからの初めての電話がかかってきたのは、私たちが決めたXデーの一週間前だった。

『よお』

徳川はどう声を作っていいかわからないように、不器用に挨拶してきた。

『一週間前だから、下見、行くかなって思って』

「うん」

意地悪く、「徳川から電話なんて珍しい」と告げると、徳川は不機嫌そうに黙った後で『俺からも着信、少しは残しとかないと事件の後で不自然だから』と告げた。

徳川に好きな人がいて、ヤツにはヤツの世界がある。

寂しく思うのは、どうしようもないけど、時間が経って、少し、嬉しく思えるようにもなっていた。何にも持ってない、ただかっこ悪いだけの男子に殺されるよりずっと、いい。私を殺すのは、こいつでいい。

学校から離れ、川を北へ上っていくと、水の匂いが濃くなっていくように感じた。

電話の翌日、放課後の部活をサボって、私と徳川は河原に行った。まだみんなが部活で学校にいるうちなら、芹香たちにも一緒にいるところを見られないで済む。

他の学年の知らない生徒にならば見られてもいいし、そうなることを期待したくらいだったけど、誰にも会わないまま、学区を離れた川の上流まで来てしまった。

ネルのことで揉めた高架下も遠くなり、別の、さらに先にあった橋をくぐる。下で足を止めると、日陰では葉っぱが腐ったような、湿った森の匂いがした。

「ちょっと待ってて」

知らない場所のコンビニを見つけ、中に入ってハーゲンダッツを買う。ロイヤルミルクティーとクッキー&クリーム。出てきて手渡すと、徳川は怪訝そうな顔をしながらも受け取った。

「最後の晩餐。――私、昔っから大好きなんだよね。ちょっと前から、最後の晩餐に食べたいものって何だろうって考えて、これにするって決めたの」

手の中のクッキー&クリームを開けると、ひんやりと甘い匂いがした。一口すくって口に入れると、クッキーの部分が歯にほわっとあたった。

サクちゃんとのことを聞こうかどうか、迷った。

徳川は、ハーゲンダッツを無言で食べていた。静かな食べ方だった。私がこれまで付き合ってきた運動部系男子たちは、河瀬も含めて、勢いよくかっこむような食べ方をするのに、黙々とスプーンを動かして、口の中の音がほとんど聞こえない。

好きな人がいてもいいし、教えてくれなくてもいい。

だけど、それでもやっぱり、何か一つくらい、こいつの中で、サクちゃんに勝ちたかった。自分を殺す相手にそれぐらい望んでも、ばちは当たらない気がした。

水の流れは、かなり上流まで歩いてきたけどそんなに速くなかった。橋の下の水は、太陽があたらないせいで藍色だ。土手に座ったまままそれを見ていて、ふっと思う。徳川は事件のあとで、私とこうやって会ってたこと、サクちゃんにバレてもいいんだろうか。

アイスをすくったスプーンを前歯の裏側にくっつけて唇を閉じると、クリームがじんわりと溶け出して舌に流れていく。信頼してる、と思った。

私は、徳川を信頼してる。

私を殺した後、徳川は私と打ち合わせた通りのことをきっと、全部、忠実にやる。現場の様子も、その後の証言も、私がどんな気持ちで死んでったかも、事実通り、きちんと伝えてくれる。自分のいいように操作したり、ごまかしたりは絶対にしない。

信頼してなきゃ、命なんか預けない。

「このノート、今日からは徳川が持ってて」

アイスを置いて、鞄から『悲劇の記憶』ノートを取り出す。

気をつけて、大事に扱ってきたつもりだったけど、表紙にこすれて白くなった部分が出てきた。

ずっと前から徳川のことを知ってて、話してきた気がするのに、こいつと話すようになったのは今年になってからだなんて、信じられなかった。

徳川がいつも通り、表情も変えずにノートを見る。アイスのスプーンをくわえたまま、深い意味などなさそうに受け取って、めくり始める。

ノートには、これまでの記憶も、これから私を殺して遺体をどういうふうに配置するかということまで図で示してある。決行日のことも。

最後に、私の遺書を書いた。

何故、こんな「事件」を起こすことにしたか。語りたいことはたくさんあったはずなのに、いざとなったら、うまくまとまらず、何度も消しゴムをかけながら、書き直した。家のこと、ママのこと、佐方のこと、芹香たちのこと、それらに埋もれそうになってたときに、徳川と出会ったこと、これは、私が望んだ、私の意志だということ。

遺書は、五ページになった。私は日記もつけていないし、メールも他の友達に比べるとそんなに長く書かない方だから、こんなに長く文章を書いたのは生まれて初めてだった。

一文、こう書いた。

『これは、悲劇の記憶である。これは、オーダーメイドした事件。』

徳川に仕立ててもらった、私だけの、事件。

「――私は書いたから、後は、徳川が書いて。犯行声明文でも、なんでも、書き方は任すから。当日までに書いて、それで事件の後で警察に提出して。筆跡、私のだってすぐにわかるはずだから」

「わかった」

　徳川が何を書くのか、本当なら読んでみたい気もしたけど、私が見るなら、徳川は本当のことはまず書かないだろうって気がした。ああ、私は、それを読むこと、一生できない。

「たくさん書いたけど、ページ、全部は使い切れなかったね。全部びっしり書いてあった方が、かっこよかったのに」

　余白のページはまだまだ二十数ページ、残っている。全部埋めたかったけど、そこに至る前に結論が出てしまった。準備は終わってしまった。

　冬になる。

　もうコートが必要なほど寒いのに、私たちは、外でアイスなんか食べてる。だけど、おいしかった。甘かった。気温は低いし、橋の下は暗いのに、カップの縁で、アイスが溶け出している。そのことがとても理不尽に思えた。何故ずっと時間は止まっていてくれないのか。

　最後の晩餐。私はアイスを一口、口に放りこむと、まだ中味が残っているカップをそのまま川に投げた。向こう岸まで行けばいいと思ったけど、途中で落ちて、紙のカップは、石を投げたときのようにポチャンと沈むことはなく、間が抜けた音を立て、ぷちゃりと浮いた。

徳川が、投げられたカップと私の顔を順に見た。

「ここにして」

叫ぶように、声を張り上げて言う。

「私を殺して置く場所、ここにして。——殺すのも、腕を切るのも、この橋の下なら目立たないよ」

いつも「わかった」とかしか言わない徳川は、今回もそうかと思ったら、しばらく返事をしなかった。

急に立って、まだ食べかけだった自分のハーゲンダッツを、私のと同じように川に向かって投げた。

私の食べてたのより中味が少なくなってた徳川のカップは飛距離が伸びず、私のカップの遥か手前で、同じようにぷちゃっと浮いた。

のろのろとした流れの中、斜めに並んだ二つのアイス。徳川が私の真似して投げた姿を見たら胸が急につまって、私はそのまま「きゃー」と叫んで、自分が一週間後には腕を沈める水に向け、勢いよく駆け下りた。足からザブザブと入っていく。

「ちょ、お前……」

徳川が、目を見開いて声を上げた。

こいつを動揺させたことが嬉しくて、私は笑顔を作って振り返る。「すっごく冷たい」と応えた。実際、その氷のような感覚に驚いていた。

「見てるだけと全然違う。ひゃあー、やばい。足元から冷えてくる感じ」

深さは膝の真ん中くらいまでだ。そこから上に鳥肌がさっと立つ。足を動かすと、靴にたまった空気が水中でたぷんと揺れて、足の底が柔らかく、気持ち悪かった。

「上がれよ」徳川が顔をしかめて言う。

「何してんの、お前」

「どんなもんかと思って。私が沈む水」

「沈めるの手だけだろ」

顔を上げる。私の顔はなおも微笑みを浮かべてしまう。「本当の水槽がよかったな」と呟いた。喋って、声を上げていなければ、本当に寒かった。

「絶対無理だけど、私にお金があったら、『臨床少女』で見たのと同じような巨大水槽買う。そこだけ惜しい。心残り」

「仕方ねえだろ。あんなでかいの、いくらすると思ってんだよ。だいたい、どこにも売ってねえっつーの」

「わかってるよ」

知っている。この町のどこにも、それどころか、この町の外にも、きっとあんな幻想的な光景はない。お金があっても手に入らない。

「徳川、あっち、すごい」

　川の下流を指さす。

　橋の下にずっといたから、気づかなかった。明るい夕焼けが広がって、日向の水は金の魚の鱗《うろこ》のように、輝いて、揺れていた。私は水を追いかける。緩慢な流れに沿って、一緒に流れるように進んでいく。

　思いがけない景色が開けて、言葉を失う。すごい、と思う。胸が震える。

　どのくらい、そうしていたか。足元に目を向けると、私の足は水の金色に呑まれ、切断されたように見えた。制服の影が、水面にぐずぐずに絵の具を溶かしたようになって、映っている。

　足を一歩引いたらバランスを崩した。スカートの裾が濡れる。こんな温かい色をしていても、水の温度は橋の日陰とさほど変わらず、冷たかった。

「上がれよ」

　徳川が手を伸ばしてきた。不機嫌そうに、土手からこっちを見ている。

「目撃されたいにしても、目立ちすぎじゃない？」

「……うん」

　手を摑んでいいのかどうかわからなくて、短い間が空いた。また振り払われるんじゃないかと黙ってしまった私に痺れを切らしたように、徳川が手の距離をさらに近づけてくる。

手首を掴まれるのだろう、と思った。男子の多くは、授業で手を繫がなきゃならないような場合、露骨に手のひらを握るのを避けて、そうする。

だけど、徳川ははっきりと手のひらの真ん中を合わせ、自分から私の手を取った。その瞬間、唐突に胸が苦しくなって、自分でも自分の感情のコントロールができなくなった。

徳川の手を握り返す。

互いに引っ張り合うような姿勢のまま、川の中からヤツを見上げた。

徳川は目をそらさなかった。黙ったまま、私を引っ張り上げる。

水から出した足は冷えて真っ白になっていて、濡れた靴も靴下も気持ち悪かった。枯れた土手べりの雑草の上に足を出すと、水が滴って、下にすぐ水たまりが滲み始める。

手を離したくなかった。

徳川の青白い手は、あたたかくも冷たくもない。私の手を握り返したりもしない。躊躇いながら親指を少し動かすと、徳川のへこんだ爪に触れることができた。穴が空いたように陥没した黒い点は、触ってみると、プラスティックのように硬かった。

川の金色が瞼の端から端に伸びる。

「嚙むの、もうやめなよ」と、視線を、繫いだ手に向ける。徳川は黙ったままかもしれないと思ったけど、一言「ほっとけよ」と応えた。そして、私に尋ねる。

「あの猫の首輪、どうした？」

「……河原に、埋めたよ」

徳川と、目が合った。

「あんたが袋を置いてたとこに、埋めた。どうして？」

「いや」

徳川が横を向く。だけど手は離さなかった。

「お前が死んだ後に部屋から見つかると、面倒だと思って」

「うん。――それは、大丈夫」

河瀬たち兄妹には、ネルがどうなったか知って欲しくなかった。ノートにも、ネルのことは一切書いていない。

手をいつ離したか、覚えてない。どっちから離したかも覚えてないということは、徳川に振り払われたわけではないんだと思う。

当日の待ち合わせを決め、私たちは別れた。


午前二時。

十二月、六日。

待ち合わせ時間の河原に、徳川勝利は来なかった。

空は、星が出ていた。

瞬きするたび、瞼の裏でも星の残像が霞むような、空気の澄んだ、完璧な冬の夜だった。その張りつめた緊張感と、暗い夜の底の水の匂いは、今日を逃したらもう二度と、この機会が巡ってこないことを私に予感させた。

ぴんと張った、蜘蛛の巣状の糸の真ん中に、私は今立っている。糸の緊張が途切れたら、もう二度と、私はここに戻ってこられない。この特殊な夜は、生涯で今日一日限りだった。

橋の下から、土手を、向こうを、周りを見る。そこに、白い息を切らして徳川がやってくる姿を思い描いて。だけど、どこにも、彼の姿はない。誰も、土手の上には来ない。

自分の白い息が、マフラーで覆った口元から目に向けて上がるのを見つめながら、私は祈っていた。三十分が過ぎた頃から、悟り始めていた。

私の覚悟と、今日に向けて備えてきた「本気」が消えていこうとしていることを。私はそれを、手放さなければならない。

信じられない。さっきから繰り返し、メールし、電話しているのに、徳川は何の返答もしてこない。

目を閉じる。

どうして、と呼びかける。

何かあったのか。出かけようとして家の人に見つかっちゃったのか。ショーグンに、バレたのか。それとも――。

もう一時間、過ぎた。

三時になっても、冬の夜は少しも白み始める様子がなかった。

私は同じ場所で立ち続けた。徳川を待っているのか、それとも意地になっているだけなのか、わからない。だけど、この場所を動いたら、私は何か、大事なものを失ってしまう。奪われてしまう。そして奪うのは、徳川じゃない。もっと大きな何かが、私から、骨の真ん中やおなかの中央にある、見えない大事なものを抜いて行こうとしている。

私が死ぬための時間が、過ぎていこうとしている。明るくなれば、もう、今日は死ねない。それどころか、これからだってもう。

唇を噛みしめた、そのときだった。

徳川が、自転車で現れた。近づいてくるライトの光が徳川だってわかったとき、背中から安堵と恐怖が一緒くたになって襲ってきた。――徳川が来なければ来ないでいいと期待していたこと、私は死ねなくなったのだと嘆きながら、気抜けしたようにほっとしていたことを見透かされた気がして、理不尽に怒りが湧いた。徳川のことが許せなくて、

「遅いよ！」と叫んだ。

　大声を上げる羽目になったことが悔しくて、バカにされた気がして、徳川に縋りついた。「遅いよ！」もう一度、言う。徳川は、初めて見るカーキ色のリュックを片方の肩に背負っていた。

　体当たりするようにぶつかると、徳川は私の身体を胸にまともに受けて、後ろに転んだ。のろのろと立ち上がる。そして一言「ごめん」と言った。

　顔色が悪かった。

「――ごめん。俺、『事件』、できなくなった」

「できないって――」

　身体の内側でさあっと水が引いていく感覚がした。徳川がまた、「ごめん」と続ける。

　こいつから、謝られるのなんか初めてだった。

「どういう、こと？」

　声が、ひくついて、口の端もそれにつられるように引き攣った。おかしくもないのに、笑うような顔になる。だって、そうしなければ、今、徳川に謝られていることが本当になってしまう。

「ごめん」徳川が繰り返した。

「お前と、『事件』は無理。――俺、今から行かなきゃならないとこがある。やらなきゃならないことが――」

声が終わらないうちに、私は徳川の背中に飛びついた。肩にかけていたリュックサックを揺らし、もぎ取ろうとすると、徳川が目を見開いた。大きく腕を振って、私を引き離そうとする。だけど、私も真剣だった。思いきりリュックを引っ張ると、徳川が姿勢を崩し、リュックの紐が私の手に握られた。遠心力に振り動かされるように、私の腕が弧を描き、地面にリュックが叩きつけられる。弾みで中味が散らばった。

『悲劇の記憶』ノートは、そこになかった。

徳川にメールで画像をもらったことがあるアーミーナイフが、刃先を開きかけた格好で落ちていた。私の目がそれを捉えたのを見て、徳川がすばやく拾い上げようとする。私はそれより一瞬早く、ナイフを手に取った。

今から、行かなきゃならないところ。

やらなきゃならないこと。

徳川はただ、デタラメを言っているのかもしれない。本当はただ「事件」に臆しただけで、少年Aになるのが単純に怖いだけかもしれない。だけど、私にはわかった。

徳川は何か、やろうとしてる。本当にやらなきゃダメだって、信じてる。この、ナイフを使って。

「――サクちゃんのところに行くんでしょ」

突きつけるように言うと、徳川の顔が息を止めたように、凍りついた。その顔を見てしまったら、私も息ができなくなる。やっぱり――、と胸に吐息が落ちた。

「行かせない」と、私は言った。

「櫻田先生と、何があったかは知らない。ひょっとして、付き合ってるのかもしれないけど、もう、何もさせない。徳川は、私の少年Aだよ」

「――返せよ」

顔を歪めて、手を伸ばす徳川の力は強かった。私の頭を叩き、ナイフにかけた指をこじ開けようとする。「嫌だ！」と私は叫んだ。ナイフを守るように抱きしめ、身体を丸くして、地面に蹲った。

「行かせない、行かせない！　私を置いていかないで」

もう、嫌なのだ。あの日常に、外され続ける教室に、色をなくしたような毎日に、戻るのなんか、嫌なのだ。

置いてかないで、お願い、徳川。

「私を、殺して――」

引き絞るように声が出た。

涙が溢れ、徳川の力に抗《あらが》って握りしめたナイフの手を絶対に離したくなかった。徳川の爪が、私の手に食いこむ。そのまま、徳川のおなかにしがみついた。それしかなかった。

私の命と身体しか、懸けられるものは何もない。徳川、助けて。

殺しちゃダメだ。

殺しちゃ、ダメだ。

私以外を殺しちゃ、嫌だ。

「殺せねえよ!!」

声が吠え、空気が震えて、私は自分が抱きしめた場所のすぐ近くで上がった声に、顔を上げる。

徳川の目が、私を見下ろしていた。情けない、顔だった。私を見てる。いつか、体育で、時間が過ぎるのを待ちわびて、校舎の時計を見上げたのと、同じ顔だった。

私は驚き、徳川を見上げ続ける。

「とくが……」

「小林は、殺せない。——殺し、」

たくない。

きれぎれになった声が言って、徳川の顔が泣きそうに歪んだ。

自分のいた世界がひび割れる音が、そのときはっきり聞こえた。徳川の、普段通りの無表情も、愛想のない物言いも、もう、どこにも、欠片《かけら》も見えない。徳川の手が震えた。

「俺、行かなきゃ……」

「どこに？」

わかってしまった。見えてしまった。

今、私に見せた、目の底に沈んだ怯えの光を、見なかったことにはもうできなかった。徳川は怖がっている。勘違いかもしれない。でも——私に助けを求めてる。目の力ありったけで、私を呼んでる。

何も言ってくれなかった。話してくれなかったけど、わかる。

私がそうだったように、あの教室で、徳川にとっても、心の内側に入れてもいいと思ったのは——思ってもらえたのは、私だけだったはずだ。

徳川は答えない。

私は徳川の薄っぺらいおなかに、覆うように腕を回したまま呼びかけ続けた。

「徳川。どこに行くの？　——私、見た。徳川がサクちゃんといるところ。そのナイフ、どうするの？」

私との『悲劇の記憶』ノートも、腕を切る肉切り包丁も持たず、ただアーミーナイフを忍ばせて、こんな夜中にどこを目指すのだ。

私の声を受けた徳川が棒立ちになった。衝撃に打ちひしがれた目がゆっくりと瞬きして私を見た。——徳川は、まだ泣きそうだった。そんな顔しないで欲しかった。いつでもぴっと立ってて欲しかった。

　混乱する頭でも、気づけたことがある。

　このまま送り出せば、徳川は多分、本当に遠くへ行ってしまう。私と無関係な、私の知らない少年Aになる。

　徳川の顔の向こうに広がる空の星が、落ちてきそうに近く見えた。私の胸を、光が貫きそう。

　させない。

　サクちゃんのところに行くというなら、行かせない。誰にも、徳川は渡さない。

「学校の教師なんか、殺すの？　私との事件じゃなくて？　男子生徒が女教師を殺すのなんて、そんなの、ありふれてるよ。徳川には、似合わないよ。そんな、ダサい、普通な事件を起こしたぐらいで、徳川、分析されちゃうんだよ。——大人たちに、心の闇とか、語られちゃう」

　徳川は答えない。

だけど、腰に回された私の腕から逃げようとはしない。黙って立ったまま、彼の腕がふるふると、さらに大きく震えだした。

それを見たら、確信できた。

私が、徳川の最後の一線だ。

「――どうして、櫻田先生なの？」

徳川の描いた『アリア』の絵の中に立つ夜の女王。復讐の炎は地獄のように我が心に燃え。そんな激しい感情を、徳川がサクちゃんに向けるのは何故だ。

今夜徳川が被害者に選ぶのは、私じゃなくて、どうして、あの人なんだ。

「父さんと、……付き合ってるんだ」

徳川が抜け殻のような声で明かして、私は物も言えずにただ徳川の顔を見上げた。

「櫻田先生は、うちの父さんと付き合ってる。――去年から、うちに来るようになって、俺たちの面倒、見るようになった」

「徳川のうち、お母さんは」

「いない」

私は今度こそ何も言えなくなった。徳川は、墨で真っ黒に塗りつぶしたような、がらんどうな目をしていた。

「中学に入る前、死んだ。櫻田先生は、このままだと親父と再婚する。――あの人に、子供ができたんだ」

言葉は、機械が単語を読み上げるように出ていた。子供、と言うときだけ、徳川の口の中で声がこもった。徳川、と私の口からも呟きが漏れる。

瞼の裏に、あの日見た徳川とサクちゃんの姿が思い出された。お願い、とサクちゃんは言ってた。勝利くん、お願いって。

かける言葉が見つからなかった。

子供。

徳川が、サクちゃんを「あの人」と呼ぶのがぼんやりと遠く響いた。

「うちの、妹が」

徳川がしゃっくりを我慢するように、息をとぎらせた。私がしがみついた身体が、不自然に姿勢を前のめりに倒す。

「うちの妹が、あの人が来るようになってから、嫌がって、泣いて、うちの中、変わらないで欲しいって、なんで今のままじゃダメなのかって、部屋に、閉じこもるようになった。子供のことも、再婚のことも、あいつはまだ知らない。だから、今のうちに」

「徳川、妹がいるの?」

徳川が無言で頷いた。

そうなんだ、と私は頷きながら、したたかに衝撃を受けていた。私が思う以上に、私は何も知らなかった。徳川の家に転がっていた、ピンク色のゴムボールが記憶の奥で弾ける。――私は、気づかなかった。

「いくつ、妹」

「……小二」

河瀬の妹よりも、さらに小さい。

東京のスタジオで、レザードレスを着たとき。徳川があんなにあっさりと背中のホックを留めたわけだ。彼女がいるんじゃないかと思うような、自然な仕草。――誰にやっていたのかがわかったら、胸が締め上げられるように痛んだ。

徳川のその無自覚さが、とても切なかった。

「――うちはもう、めちゃくちゃなんだ。このままだと、本当に、俺たちの家は変わる。だから」

「サクちゃんを殺しても、徳川の家は元通りにはならないよ」

告げると、喉がひりひりした。

「サクちゃんと、おなかの赤ちゃんを、殺しても……」

徳川が黙った。

言いながら、目眩がしそうだった。おなかの赤ちゃん。サクちゃんの妊娠。口に出しても、全然イメージが具体的に湧かない。

徳川の家は、変わっていく。目をぎゅっと閉じると、しがみついた身体から、徳川の心臓が立てる大きな音が伝わる。徳川は、苦しんでいる。

今、わかった。

徳川が、どうして私と「事件」をしようと思ったのか。それは、お父さんへのあてつけだったんじゃないのか。

お父さんと、おそらくは、サクちゃんへの。

横に並んで自転車を引いた、サクちゃんと徳川。泣きそうに媚を含んだ顔が徳川の顔を覗きこむ。

徳川が少年Aになれば、彼らは教師だ。きっと、大騒ぎになる。

徳川の気持ちの全部がわかるなんて、到底言えない。妹のためと言いながら、少年Aになれば、その子だって犯罪者の妹だ。立場なんてなくす。どうあがいたって、徳川の家は元には戻らない。徳川の中でだって、全部が整理されて考えられていたわけじゃないのだろう。

人を殺したいというなら、その衝動は確かにあるのだろう。だけど、私にはどうしても釈然としないことがあった。

それは、どうして、今夜でなければならないのかということだ。

考えれば、わかってしまう。

「徳川、本当は、違うでしょ……？」

徳川の身体は置物のように硬くなって、動かなかった。返事がこない、表情の見えない顔に向けて、私は訴える。

「私との『事件』を、やりたくないから、だから、今夜、サクちゃんのところに行くんでしょ？」

　いつだって、良かったはずだ。今夜の前でも、いくらだってサクちゃんを殺すチャンスはあっただろう。だけど徳川はこれまで、そうしなかった。

　徳川は、サクちゃんを殺したいから、私を殺すのをやめたんじゃない。

　逆だ。

　徳川は、私に置き去りにされるのが怖いんだ。

　私はもう、あの日常に、徳川の存在もなしに、戻るのなんか無理だ。置いていかれるのが嫌で、「事件」を決行しようって確かに決めた。

　だけどそれは、徳川も同じなんじゃないのか。

　自惚れかもしれない。見当違いかもしれない。だけど、私を殺せば、徳川は「事件」の後で、一人きりだ。私が死んだ後、私のいない世界で、一人で生きていかなければならなくなる。

　サクちゃんのところへ、どうして、今夜行く必要があるのか。今夜でなければダメなのか。それは多分、言い訳が必要だったからだ。

　私を、殺さないための。

　両目から、涙が溢れた。

　徳川は、私を殺せない。殺したくないって、はっきり言った。

私は、最後の言葉を用意する。徳川、と呼びかける。声が涙でつまった。——言いたく、なかった。

「本当は誰も、殺したくないんでしょ？」

咆哮《ほうこう》が上がった。

おおおおお、と、何を言っているかわからない声が響きわたる。頬が、びりびり痺れた。徳川が暴れ出すんじゃないかと、しがみつく手に力をこめる。だけど、徳川は暴れなかった。ただ、声だけが長く続いた。

私は言う。手からナイフを離すと、強く摑んでいたせいで、指の感覚がまったくなくなっていた。地面に落ちたナイフの存在に、徳川が気づいたかどうかわからない。懸命に、目を閉じて、続けた。

「誰かを殺すなら、私を殺してからにして。私を殺せないなら、誰のことも、一生、殺さないで。私、許さない。そんなことしたら、絶対に許さない。私を殺せもしないくせに」

徳川が私を殺さないなら、今日のこの、完璧な夜が破れたなら、もう、他に方法はなかった。私は、明日からも、吐き気がするほど長い長い日々を生きることを考えなければならない。

それは、徳川も一緒だ。

だから、私は命を武器に徳川を脅すしかない。それしかできることが、ない。

徳川の家は、これから変容していくだろう。兄にしか心を開かない妹も、子供に懐かれないサクちゃんも、彼らの真ん中にいるショーグンも、それぞれの気持ちに折り合いをつけていかなきゃいけない。その中で生きてく徳川に、私ができることなんて、何もない。

落としたナイフが、月明かりを弾いて、足元で光る。

ああ、と目を細める。

川の一部に、淡いタンポポの綿毛のような光の玉が揺れる。東の、山の向こうの空がうっすらと明るみ始めていた。朝日が、川を照らそうとしている。

見たくなくて、目を閉じた。

徳川、と呼びかける。無様な、涙まみれの声だった。徳川の手を取った。彼のおなかに顔をつけ、シャツの向こうにある薄い身体に言葉を沁みこませるように、言う。

「朝だよ、徳川」

徳川は答えなかった。目を開けて、立ち上がり、同じ高さから顔を見ると、徳川の頬に、音もなく幾筋も涙が流れていた。目が真っ赤で、歯を食いしばってて、その泣き顔を見たら、笑ってしまった。

バカみたいだと思ったら、徳川の髪を小さい子にするように撫でてしまった。その途端、涙がまた出た。笑っていた声がだんだん、大きくなる。笑いながら、途中から泣いた。しゃがみこんで、そして、泣きじゃくった。

私はもう、死ねない。「事件」で死ぬことを支えにした、あのすべてが清潔で、透明感溢れる光に満ちていた日々は、もう二度と帰ってこない。

——私たちは、やり損ねた。


徳川に、どこまで「事件」をやる気があったのか。いつ、私を殺せないと思ったのか、確かめたくて、別れ際、「包丁は本当に買ったの？」と聞いてみた。

徳川はとても嫌そうに顔をしかめた後で、「買った」と一言だけ、つっけんどんに答えた。ぶっきらぼうな愛想のない顔をしてたけど、泣いた後の頬が強張った感じも、疲れたように腫らした目も、まだ熱を残して見えた。

嘘かもしれないと思ったけど、それ以上、聞くのはやめた。

冬の河原は、朝露に濡れて、全体が白く光っていた。川面に太陽が反射するのが、光の雨が降り注いでいるように見える。眩しくて、目を開けていられなかった。

完全に周囲が明るくなると、二人とも「事件」のことは一切口にしなかった。

「じゃあ」

「ああ」

何事もない、ただの普通の夜を経て、普通の朝を迎えたふりして、私と徳川は、別々の方向に歩き出した。

家に帰ると、ママは私が抜け出したことに気づいていなかったらしく、拍子抜けするほど簡単に、私は自分の部屋に戻ることができた。――小一時間して、ママが起き、「アンちゃん、朝よ」と呼びかけてきたとき、私は部屋で、河原にへたりこんだせいで裾が汚れた冬服を着たまま、まだ放心してた。「起きなさい」と呼ばれて、ああ、私は本当に死に損ねたんだな、と思った。

そうしてまた少し、部屋で泣いた。

胸がはち切れそうに痛くて、私は、今日から余生だ、と思った。

学校に行ったら、徳川はなんてことない顔をして、昆虫系に混じって、王である田代のつまらない自慢話をぼうっと突っ立って聞いてた。チャイムが鳴って、私の横の席に座る。

黙って、何も言わず、挨拶もなく、お互い座る。

それから、私たちは卒業まで、口を利かなかった。

一度だけ、会話めいたものをしかけたときが、あることはあった。

考えれば、思い出す、という程度の些細なことだ。

中三の文化祭で、私は自分のクラスから出たゴミを、捨てに行った。そしたら、徳川がゴミ集積所のそばに座っていた。文化祭の係分担で、ちょうど、捨てられるゴミを積み上げる当番をしていたのだ。

私たちはもう違うクラスだった。その頃は互いの姿を見かけること自体、珍しくなっていた。

「あ」と声を出したら、徳川も気づいた。私を見て、それから「よお」と言った。

あの、「あ」と「よお」が、多分、最後の会話だ。


中学生活の大きな事件は、それからもあると言えばあったし、ないと言えば何もなかった。中三で、私のクラス担任は佐方や中村たちではなくなり、佐方は、副担任から初めて専属のクラス担任になって、張り切って、彼が担任したクラスの生徒はみんな、それにうんざりしながら付き合わされて、大変そうだった。私たちのクラスからは、芹香が彼のクラスになった。

県の書道大会で入選した子に渡す賞状を、佐方が「皆さんは字がうまいから、自分で名前を書き入れてください。先生が書くと下手になってかえってよくないから」と表彰文だけの名無し状態で配り、またも問題になった（芹香のママは、もちろん騒いだ一人）。

後日、保護者や校長に怒られた佐方が、「今から持ってきてくれれば、書き入れます」と、ホームルームでふざけ調子に笑顔で言ったらしいけど「誰があんなヤツに書いてもらうかっての！」と芹香が部活のときに激ギレしながら、みんなに話していた。

佐方の起こした書道表彰状問題は、小さくだけど、地元新聞で記事にもなった。だったら、プール生理問題の方がよっぽど人道的にどうかと思うのに、何が記事になるかなんてわからない。そして、どれも本当に、相変わらず小さな問題だって気がした。

一生来なかったらどうしようと、あれだけ思いつめてた生理は中三の初めにあっさり来て、ママは何を勘違いしたのか、私に自分が若い頃に買ったというお古のダイヤモンドの指輪をプレゼントしてきた。お赤飯を炊いて、「あなた、アンがね……」と露骨にパパに耳打ちする姿にげんなりする。

そしてその初潮以降、生理はただめんどくさくて、眠くて、おなかが痛いものになりさがった。夏のプールだって、生理の日と重なったら休む。皆勤賞はもうない。

芹香と倖は、私を無視するのをやめた。

謝ったり、和解の瞬間がやってきたってわけではなく、急にまた、挨拶してきたり、私の持ち物を褒めたり、話すようになった。

私は部活もやめないで済んだ。

中三になって、えっちゃんと同じクラスになった。えっちゃんの、人の話を聞かず、自分の話ばっかりするところに多少イラだったり、困ったりはしたものの、中三のクラスで一緒にいて、楽しかったこと、救われたことも、同じ数ある。修学旅行も一緒に行った。

卒業する少し前、河瀬に彼女ができたらしいと噂で聞いた。私でも、バスケ部後輩の近田でもない、一年生の女子。自転車置き場で待ち合わせして一緒に帰るところを、何度か見かけた。

櫻田美代は、私たちが中三に進級するのと同じタイミングで、他の中学に異動になった。まだ、おなかは目立ち始めていなかった。

どういう経緯があったのかわからない。だけどしばらくして、櫻田美代の妊娠と徳川先生との結婚は、ひとしきり学校でスキャンダルめいた噂になった。だけど、先生たちからの報告は一切なし。だからみんな、好きなだけ陰で騒いだけど、徳川もショーグンも、それらに動揺した様子は、表向き一切見せなかった。

あれからたまに、考えるときがある。

たくさんの犬や猫やネズミを殺したという徳川は実際どこまで少年Aだったのか。

河瀬の話だと、いなくなったとき、ネルは心臓が弱っていたらしい。都合のいいことを考えそうになるたび、ネルのあの首輪の小ささ、柔らかさを思い出し、私はそれ以上、考えるのをやめた。考えるのをやめて、ネルに謝りに、花を抱えてお墓に行く。

そこで、ある日、ちぎれたつつじの花を見かけた。

誰かが、置いたのだろうと思った。

つつじ霊園のつつじは春に咲くのだと、教えたのは私だ。


私は勉強して、勉強して、勉強して、同じ中学の大半の子が進む高校とは別の、学区内の進学校に入学した。この辺りの進学校は、ほとんど全部制服がない。私服で通うことが名門に通ってる証《あかし》みたいなものだった。ママも、いろんなおしゃれができるねって嬉しそうだった。

高校に入ってから、ママと三者面談の帰り、一小地区にある『野菜と肉のオサダ』に寄ったことがある。ママが買い物する間、私は車の中で本を読んでいた。

ふと顔を上げると、ガラス張りのドアの向こうに、徳川の姿が見えた。

徳川は、小さな女の子と一緒だった。女の子は、ようやく歩き始めたばかりといったところ。後ろ姿だったけど、徳川に懐いてるのがわかった。ズボンの裾をぎゅっと持ってる。

年齢的に見て、徳川があのとき話してた妹とは、違う妹だった。

そこに、ひょろっと膝頭が高い、少し生意気そうな女の子が近づいていく。彼女の手が小さなベビーカーを押して、よちよち歩きの妹を中に座らせようとしているのを見て、私は彼らから目をそらした。

あの子のことを母親もろとも殺そうとしたことを、徳川は覚えているだろうか。頭を撫でるとき、頬ずりするとき、思い出すだろうか。

ママが戻ってきて、食料品を積みこみ、車のエンジンをかける。

よかったね、と去り際、心の中で呟いた。


高校に入って、中学の頃よりもお金が自由になるようになってから、『臨床少女』を買いに、久々に、あの書店を訪れた。懐かしい、紙の匂い。あの頃通いつめた奥の本棚は、配置が少し変わっていて、あの頃は意識しなかった黴《かび》と埃の匂いがした。――当時は、そんな匂いすら、どこか高尚なものに感じて、酔いしれていた。

数年ぶりに探すと、『臨床少女』の写真集は、なくなっていた。

誰かに買われてしまったのかもしれないし、徳川によれば、あの出版社はつぶれてしまっていたという話だったから、数年遅れで回収されたのかもしれない。

ネットで探すことも、買うこともできたけど、私があの当時、舐めるように、構図や細部を暗記するように見つめていたあの本は、ここにしかない。あんなに必死に、本を読むことは、もうない。

個人経営のあの書店は、国道沿いにできたレンタルビデオ店に入った本屋に押されてどんどん存在感をなくしていき、私が高校二年のときに閉店した。看板が消え、本屋でなくなったその場所の前を通るたび、私があの当時通った場所は、もうどこにもないのだということが信じられず、不思議な気持ちがした。

胸の中の私は、いつでも、気持ちを一つ切り替えるだけで、あそこの棚の前に立っている。分厚い、自分にはまだ買えない写真集を開いて、その世界の中に入りこむことを、夢見て信じてる。

あの気持ちをまだ心に抱き、一日数秒だけであっても、目を閉じれば、私はあそこに立つことができる。

本屋にも、学校にも、あの日の、あの河原にも。

等しく、私の記憶は息をしている。

*

東京への荷物を、あと数時間で赤帽のトラックが取りに来る。

「アンちゃん、これはどうするのおー？」

台所でママが呼ぶ声に、「何、どれ、今行く！」と返事をする。ママが私に持たせようとする食器類はどれも花柄で、私のセンスにはほど遠い。

昨日、あんなにいらないって言ったのに。

うんざりとため息をつくけど、高校に入って、少しは世の中に流通するものの値段がわかるようになってから、私はママを少し見直した。あの人の好きなローラ・アシュレイやウェッジウッドの食器が意外なほど高かったこと、センスがないと思ってたうちの食器のほとんどが、ちゃんとジノリやノリタケや、つまりはブランド志向だったことを知った。うちのママは、贅沢しませんって顔してるくせに、趣味にお金かける人だったんだって、苦笑してしまった。

見せてもらった食器から、どこのブランド品でもないけど、ワンポイント金色の蝶のマークが入ったティーカップのセットをもらう。

荷造りの途中で、お茶を飲んでいると、ママがしみじみ「寂しくなるね」と言った。「遊びに来なよ」と私は答える。ママは少女のように首を傾げ「やあだ。東京は怖いもん」とこれまた少女のような口調で答えた。

高校に入って急激に背が伸びたせいで、ママと私の目線はダイニングの上でほぼ同じ位置だ。相変わらず乙女心全開で生きてるせいか、ママはまったく老けた様子がなく、太りもしない。お店や何かで姉妹に間違われることもあって、そういうとき、ママは喜んでいるけど、嬉しいのは、多分、私の方がもっとだ。うちの母、若くてイケてるでしょって、最近になって、割と素直に自慢できるようになった。

あ、そうだ、とママが言う。

「英文学科でさ、留学できるようになったら、絶対にカナダのプリンスエドワード島にしなさいね。そしたらお母さん、そっちの方には遊びに行くから。アンちゃん、通訳してね」

「そんなの、留学じゃなくて、一緒に普通に旅行に行けばいいじゃん」

「でも、機会があったら行きなさいよ、だってアンの名前はね――」

「わかったってば。赤帽、そろそろ来ちゃうよ。――東京行く前に、芹香たちも挨拶来るって言ってたし。支度、急がなきゃ」

笑って受け流し、二階に戻って作業を再開する。

向こうに持って行く本やＣＤ、残していくものと、あっちで買うもの。頭の中で、新しい部屋の間取りを再現しながら作業していると、さっきの会話から十分と経っていないのに、またママから「アンちゃあん」と呼ばれた。

「何？」

答える声が、つい乱暴になる。しかし、次に返ってきたのは予想外な言葉だった。

「お客さーん。下りてきなさい」

まだ作業中なのに、あの子たち、もう来ちゃったのか。「はあい」と返事をして階段を駆け下り、待っている相手の姿が見えたとき、――私は、息が止まりそうになった。

相手は玄関に立って、階段の上の私をまっすぐに見上げて待っていた。

「よお」

徳川勝利だった。

「……どうしたの」

何かの間違いじゃないかと思う。もうずっと、連絡することはおろか、会うこともなかった。二度と、話すこともないと思っていた。

――美大に進むのだと、同じ高校に進学した芹香たちから聞いていた。美大や芸大は何年も浪人して当然な世界なのに、一発合格で驚いたって、地元に残る私たちバカとは違うねーって、私のことまで羨ましがるように眺めて、言っていた。

数年ぶりに正面から向き合う徳川は、意外なほど背が高く、前髪ももうあんなに長くない。あの頃私だけが近くで見ることができていた瞳が堂々と表に出て、黒縁の眼鏡をかけていた。喉仏が、うちの高校の男子たちと同じように隆起している。首も肩も、骨が昔よりがっしりして見えた。

だけど、当時の面影はある。何より、無愛想なところは変わらなかった。

久々に会っても、目が無遠慮に私を見た。

「返しにきた」

ざらざらした声だった。中学の頃より低くて、徳川の声じゃないみたいだ。

次の瞬間、徳川が持っていた紙袋から取り出したものを見て、私は、今度こそ息を止める。

それは『悲劇の記憶』ノートだった。

分厚く膨れたノートは、あの日、徳川に預けたままになっていた。差し出され、私はノートに手を伸ばす。

掠れた声で「ありがとう」と答えるのに、長く、時間がかかった。ママは台所に戻ってしまって、もういなかった。

どう言っていいかわからず、二人きり、お互いに黙ってしまった後で一言、私から「元気?」と聞いた。徳川が答える。「まあまあ」

私と同じように、進学で家を出る荷造りの途中で、しまいこんでいたのが出てきたのかもしれない。捨てるのも気が咎めて、私に返すことにしたのだ。

心の底に沈めていた懐かしさがこみ上げ、その瞬間、胸と、首を、やすりをかけるような痛みが撫でた。徳川、ともう一度、声が出そうになる。だけど、続けられる言葉がないのに気づいて、名前をまた、眠らせるように、呑みこんだ。

あの、「悲劇」を起こすことができなかった私たちの一年足らずの日々は、徳川の中で、どう意識されているのだろう。熱病のような黒い歴史として封印されているのだろうか。

若さは恥の記憶の連続で、徳川はおそらくこの町に、それらをすべて置いていく。だからノートも返すことにしたのかもしれない。私たちの縁はここで途切れ、私は徳川に忘れられるのだろう。そして、私も徳川を忘れる。

あんなにも、濃く、特別で、だからこそ封じこめたい日々の記憶とお互いの存在があまりに密接に結びついているから。近かったからこそ、二度と、繋がり合わない。

このノートは、別れの証であり、徳川からの餞別《せんべつ》だ。

「じゃあ」と徳川が言った。

「うん」と私は答えた。

「あと、これもやる。いらなかったら捨てて」

徳川がもう一つ、茶色い紙で覆われた包みが紙袋の中に入っているのを示す。そのまま、紙袋ごと、私に手渡した。必要なことだけを短く告げる話し方は、相変わらずだった。

彼が出て行き、閉じたドアと一緒に暗くなった玄関に立ち尽くして、私はノートの表紙をめくった。逃げ出したい自分の過去と、向き合うような気持ちで。

最初のページに、鉛筆が滲んだ、下手な、あの頃の私の字が書かれていた。

『これは、悲劇の記憶である。』

起こらなかったよ、と私は、それを書いたあの子に呼びかける。

自分の世界で手一杯で、人のことが見えず、人の話を聞かない、考えることと人をバカにすることだけ一人前で、隣にいる男子一人が抱えた事情にも気持ちにも気づけなかった、中二の小林アンに、教える。

「悲劇」を起こせなかったことが、あなたの悲劇だ。

気づかなかったことが、あなたの、悲劇だ。

ページをめくる手がわななくように、震え出す。

紙の向こうから、鼓動と、息遣いが伝わる。私と徳川が、書いていた。黄ばんだ新聞を貼り、好きな小説や本から、まさに中二のセンスで文章を抽出し、遺書を書く。彼らが懸命に、楽しんで、それをやったのが伝わる。今の私にもバカにするのを許さないような健気さと必死さで、つたない計画を立てるのに夢中だ。

そして――。

自分の見慣れた文字が続くページをめくり、私は、現れた新しいページが目に入った途端、あまりの衝撃にノートを落としてしまいそうになった。

絵が、描かれていた。

一瞬、あの写真かと思う。だけど違う。

それは『臨床少女』の構図、そのものの絵だった。

肩の付け根のところから切り取られた真っ白い腕が、水槽に沈んでいる。それを水槽のガラスの向こう側から、女の子がじっと見つめている。私の一番のお気に入り。片腕のない女の子。自分の腕が青い色の砂が敷かれた水槽の中で光を受けてるのを、すべてを受け入れるようにして、表情のない目で見てる。

あの書店の奥で、何度も何度も見ていた、理想の一枚。だけど、写真と絵では、一箇所だけ違うところがあった。

そこに描かれているのは、私だった。

中学二年の、あの頃の私が、あの人形の代わりに腕を切られて、そこにいた。私が欲しがった、現実には売ってない巨大水槽も中にある。そこに描かれた中二の私は、不機嫌そうで、退屈そうで、私のよく知る「あの子」の顔をしていた。

ノートを持つ手ももどかしく、私は急いで、先をめくる。絵が、描かれていた。何枚も、何枚も。

『臨床少女』の写真集にあった構図の絵が続く。描かれている人形の顔は全部、私だった。

途中から、ページをめくる手はさらに速くなった。見ながら、視界の底が白く滲んで、ノートの上に、涙が落ちていた。紙を支える手に力が入らない。

最後のページまでびっしり、二十枚近く並んだ絵は、いつ、どんな気持ちで描かれたものだろう。

最後のページに描かれた絵が、ダントツにうまい。

どれぐらいの期間にわたって、描かれたのか。最後のは、つい最近、それこそ、今の徳川が描いたものだという気がした。今、あいつこんなにうまいのかと見惚《みと》れて、感心してしまう。天才じゃん、と思う。何も大袈裟な感覚じゃない。あいつ、本当に天才だ。

あの河原が、描かれていた。

別れた朝に見た、光の雨が差したような明るい川面の下に、私の腕が切られて沈んでいた。あの、もう二度と着ない中学の冬服を着て、スカーフを首に巻きつけて、私が、水の中を覗きこんでいる。

あの日、予定通り「事件」が起こったら、きっと少年Aの徳川が見たのは、こんな景色になったはずだ。それとも、徳川は、何も起こらなかったあの朝に、見たんだろうか――。

走り出していた。

徳川が私に預けた、茶色い包みの中味。見ないでもわかる。あの、つぶれてなくなってしまった本屋からあの写真集を買い上げたのは、きっとあいつだ。

私の手に、戻した。

「徳川っ!!」

ドアを開け、叫んでいた。ひっかけるようにサンダルに足を入れ、表に飛び出すが、徳川の姿はもうどこにもない。私は舌打ちし、それから大慌てで、二階の、荷物が散らかる自分の部屋に急いだ。


中学を卒業する少し前、えっちゃんがこっそり「アンにだけ」と教えてくれた。

中学三年間の思い出に、恋バナが何もなかったと思われるのは癪だから、と前置きして。

　美術部で、徳川を好きだった子というのは、実は自分だったのだと、照れながら、教えてくれた。告白して、振られたことも、「ナイショだよ」と何重にも注意しながら打ち明けてくれた。私が徳川の隣の席だったのが羨ましかったと。

「――徳川に振られたとき、言われたの、他に好きな人がいるって」

「うん」

「アンのことだと思うんだ」

「違うよ」

「そうだよ」

　えっちゃんはムキになった。徳川の『アリア』の絵のことを告げる。

「あの絵の中の夜の女王、絶対、アンだもん。ボク、見た瞬間、ピンと来た」

　へ？　と声が出た。何をバカな、と思う。だってあれは櫻田美代だ。グランドピアノを背にして立ってた。じゃあ、見てみようと、強引に絵が飾られた踊り場に連れて行かれ、私はそこで、えっちゃんから「ね」と、夜の女王の前髪を示された。

　眉の上でぱっつんと切りそろえられた、前髪を。

「偶然だよ」と答える声が、自分でもわかるほど上ずって聞こえた。えっちゃんが「聞いたんだ」と続けた。

「徳川の好きな人は、徳川と同じクラスで――、徳川の絵を、踊り場でずうっと見惚れるみたいに見ててくれたことがあったんだって。名前は教えてくれなかったけど、そう言ってた」

えっちゃんが徳川に告白したのは、中二の四月だったそうだ。

私が河原で、最初にあいつを見かける前だった。


「徳川あああああ……っ」

窓を開け、大通りまで一直線で繋がる道を眺め、私は叫びながら、あいつの姿を探す。ちょうど、芹香と倖がやってきたところだった。高いヒールの靴をカツカツさせながら、巻いた茶髪をかき上げ「アン？」と、私の方を怪訝そうに見る。

徳川の後ろ姿を、その、後方に見た。

「徳川って、あの徳川？」と、芹香たちが、そっちを振り返る。「ショーグンJr.？」と怪訝そうに。

徳川が足を止める。

私は大きく手を振り動かしながら、次の声をおなかの中で用意する。

芹香たちがこっちを見てるのに気づいたけど、おかしくて、笑えて、バカみたいで、それから愛しく、懐かしかった。

笑いながら、目からは涙が流れた。

ショーグンJr.。

ばっかじゃねーの、いつの話してんだよ。そんなふうにまだ呼んで、この先、あいつにバカにされても知らないから。

何年も経たなきゃ認められないなんてどうかしてるけど、あいつは私の友達で、私はあいつの友達だ。そのことを、誇りに思う。

徳川が、こっちを振り向いた。えって、迷惑そうな顔をしながら、眼鏡の奥の目が歪む。

私は、余生を生きている。

死にきれない、完璧な夜を越えて。あの日、死なずに、ここに残った。たくさんの少年Aと少女Aが命を削り、寿命を振り切る陰で、どれだけの私や徳川がいるだろう。事件も自殺も断念して、生き残ってしまった落ちこぼれのかつてのA候補たち。きっと、私だけじゃない。

あの日、私は確かにやるつもりで、少女Aと私を隔てるものはあんなにも薄かった。近づいていた。やり損ねた『悲劇の記憶』を、私たちはずっと抱えながら、これから先、その余生を死ぬまで生きるのだ。

認めて、腹をくくって、諦めて。なるべく楽しく、精々、生きるのだ。

拒否されるかな、怒られるかな。ドキドキしながら、私は言う。祈りながら。声を準備する。

徳川、お願い。

「東京の住所、教えて」

解説

大槻ケンヂ

『オーダーメイド殺人クラブ』を最初に読んだのは、単行本が発売される直前であった。雑誌の特集で辻村深月さんから対談相手にご指名をいただいたのだが、この頃まったく不勉強で、当時すでに吉川英治文学新人賞を受賞されていた気鋭の女性作家を僕は知らなかった。驚くべきは、なんでも僕のバンド・特撮《とくさつ》や筋肉少女帯《きんにくしょうじょたい》を以前からよく聴いて下さっているのだそうな。対談を楽しみにされているとのこと。そりゃあこっちも読んどかなきゃいかんねと思い、本屋に行って『ツナグ』と『ぼくのメジャースプーン』を買って家へ戻ったところ、宅配ボックスにドスッと『オーダーメイド殺人クラブ』のゲラが届いていた。まず新しい作品を知ってもらいたいと願う気持ちはバンドマンも小説家も同じであろう。こちらから読み始めることにした。

「これは、悲劇の記憶である。」

と、巻頭にあった。この一行、妙なたとえだけど、夢野久作《ゆめのきゅうさく》の『ドグラマグラ』巻頭における「胎児よ／胎児よ／何故躍る、母親の心がわかって／おそろしいのか」に匹敵する名巻頭文だと今では気づく。しかし、何せ当時は『オーダーメイド〜』が僕にとっての〝初辻村深月〟であったものだから、赤子が手をひねられるかのごとく、この巻頭文に込められた、作家・辻村深月の仕掛けに翻弄《ほんろう》された。もう本当、総合格闘技の技術を知らなかった時代のプロレスラーくらいにコテンパンにやられちゃったなオイ、って感じ……妙なたとえですいません。

本書は、ザックリと言ってしまえば、中二病同士の初恋はかくもまわりくどい、という物語である。

地方の町の本屋に置かれた少女人形写真集（しかもタイトルは『臨床少女』だ！）の構図のままに「私を、殺してくれない？」と頼む中二少女と、彼女の無茶ぶりに「いいの？」とシレッと答えてみせるこれまた中二男子。二人のオーダーメイド殺人計画は、まさに「若さは恥の記憶」の連続そのものである。二人同様に、スクールカースト、クラスヒエラルキーの中で隠れ異端派＝中二病重症者であった我が身からすればこれはイタイ、イタイ、イタ過ぎるじゃないか。読んでいて青春の黒歴史に何度苦笑いしたことか。

死を覚悟しながらも中二女子・小林アンは『臨床少女』を本屋へ立ち読みに行く。「買えよ」と殺害予定者の中二男子・徳川に言われてのアンの言い訳は「お金、ないもん」だ。

「殺して欲しいって言ったのに、最後の小遣いの使い道も迷うわけ？」もっともなつっこみを入れる中二男子。けれど彼もまた、殺害決行の期日に関してアンに真顔で提案するのだ。

「俺、受験前がいいな。三年になると、テスト結果とかやたらと気にしなきゃいけなくなって」嫌だから、と。中二にとって殺人計画は重要だが、受験もそりゃ大事だ。お小遣いはもっと大問題なのだ。

苦笑いを超えて思わずププッ！　と吹いてしまった。もしかしてこの小説ってコメディーなんじゃないのかな？

と思ったものだ。

巻頭文にある「悲劇の記憶」の「記憶」とは、数年も経《た》てばふり返って「おかしくて、笑えて、バカみたいで、それから愛しく、懐かしかった」一瞬の青春の時代の記憶のことであり、バカバカしさに気づきもしなかった当時の自分たちの愚直さを、愛と皮肉を込めて「悲劇」と呼んでいるのではないか。もしそうだとするなら、『オーダーメイド殺人クラブ』はとても上手《うま》く仕掛けられたコメディー小説である。たまにある、公開当時は「全米が泣いた！」的な感動作として観《み》られたけど、何年か後に観てみたら「ん？アレ、これコメディーじゃん（笑）」って気づくタイプの映画みたいなシニカルコメディーだ。

とは言え、初辻村読者の僕にしてみれば、はたして辻村深月という作家が、そういう、人を喰《く》った作風の持ち主かどうかの判断がつきかねた。

「いやいや、中盤に喜劇と思わせて、終盤でやっぱりグサッ！　と悲劇をネジ込んで来るんじゃなかろうか？　う〜ん、どうなるのだろう？」

喜劇か？　悲劇か？　何せ特撮や筋肉少女帯を聴いている作家なのである……あのこれ自分で言っちゃいますが、辻村深月を語る時ここけっこうポイントですよ（笑）。大槻ケンヂのロックを聴いてる小説家はやっぱちょっとアレ（ドレ？）なとこあるに決まっているもの。何を書きだすかわかったもんじゃない。

で、うーん、どうなるんだこれ〜？　想像つかねえなー、と思っているうちにもアンと徳川の殺人計画はドンドン進んで行く。

少女が『臨床少女』の人形のように美しく死ねるよう、また少年が、このくだらない世界の中で唯一特別な殺人者・少年Aになれるよう、予行演習として、二人は秋葉原の写真撮影スタジオへ日帰り小旅行をする。アンがコスプレをして死体を演じ、徳川がその姿を写真に収め、殺人風景の構図を決めようという、聞いただけなら狂気の恐るべき十代の奇行、なわけだが、見方を変えれば、いやいや、端から普通に見て、これはつまり二人のデート、わくわくドキドキの初デートである。

中二病同士の初恋はかくもまわりくどい。オーダーメイド殺人クラブを結成するくらいの大義名分が無ければデートにも行けないほどのツンデレなのだ。

しかし、中二病の時期をとうに過ぎた者たちは、多くの読者は、何より僕は、このまわりくどいツンデレ・初デートに、それが喜劇であろうと悲劇にころがろうと、腹の底からしぼり出す、『ああっ、いいなぁ、うらやましいなぁ、おかしくて、バカみたいで、それから愛しくて、懐かしくて、つまり美しい』と。青春の一時、人は皆、アンと徳川が見た、金の魚の鱗《うろこ》のように光る川面のごとく、輝きに包まれる時がある。それをこの作品は、見事に、そしてよりにもよって、ツンデレコスプレアキバ初デートというナニコレ珍百景の中にネジ込んでくるのだからスゴいなぁ、と、ただただ驚嘆することとなるのだ。

それほどに、秋葉原「スタジオ・バーニー」におけるアンと徳川の喜劇性と悲劇性のツンデレ・シーソーゲームはサスペンスフルだ。かつ青春の光と闇のバランスのあやうさを伴って綺麗《きれい》だ、と僕は思う。

後半はもうプロレスで言うなら垂直落下式ブレインバスターを切り返しての逆さ押さえ込みでフォール！である。悲劇に終わるのか喜劇に終わるのか、「これは、悲劇の記憶である」の一文で、引っぱって引っぱってハラハラさせてきた物語を「あ？　そうまとめるんだ」と驚く間もなく一気に作者は丸め込んでみせる。

もちろん大感動したに決まっているんだが、正直「優しいなぁ、この作家さん、でも、いい人過ぎないか？」と、ちょっと思ったのも事実である。

なぜならラストが、愛があふれてちょっと驚くくらいの多幸感に満ちていたからである（だからと言ってむごい惨事が起きなかったと言うわけではない。それは読んでみないとわかんないですよ。ウフフ）。

悲劇でも喜劇でもなく、なんだろう……やっぱり多幸感。言ってしまうと人間万歳！ぐらいな、いい塩梅《あんばい》の読後感が待っていたのには驚きもしたし、また正直に言えば、この優しさ、人のよさは、小説を書き続ける上で、今後なんか作家として壁になったりしないのかなぁ、と、あの辻村深月に対してオーケンごときが笑っちゃうんだけれど、その時は思ったりもしたものだ。本当に笑っちゃいますねぇ。またまたすいません。

『オーダーメイド』を読了し、『ツナグ』『ぼくのメジャースプーン』も読んで、そして対談をしてみてようやく「あ、辻村さんって、本当に優しくていい人なんだ。なるほど、人柄が作風に表れている。そこがまた作品の魅力であると読者は評価しているのだな」と腑《ふ》に落ちた。

『オーダーメイド殺人クラブ』の、僕にとっては驚きの多幸感エンディングも、辻村さんの愛読者にしてみればむしろ真骨頂、「辻村節、来ターッ」てもんなのであろう。予定調和という意味ではなく、誠実な物語を誠実に書き切り書き続ける作家の凄味《すごみ》が「来ターッ」ということだ。

「これは、悲劇の記憶である」と大上段にふりかざしてから（考えてみればすごいハードルの上げ方だ）、いや喜劇かもわかりませんよと翻弄し、面白いからもうどっちでもいいやと読者が降参したところでまさかの多幸感フィニッシュホールドによってしめるという、『オーダーメイド殺人クラブ』は読み終わってみれば、誠実に作られたであろう物語だけが持つ、凄味に満ちた小説であった。誠実の凄味という読後感もまた、そう出会えるものではない。

それにしてもいや本当、辻村さんは優しくていい方である。対談後に「今度ライブに来てくださいよぉ」と言ったところ、次のライブにちゃんとチケットを購入して来てくださった。え!? 買ってくださったの!? そんな人初めてだ。

「す、す、すいません、次は前もって言ってくれたら御招待しますんで」

「いえ、いいですよ、特撮も筋少も好きなんで」

「いえいえそういうわけにはいきません。必ず御席用意しますんで、次のライブ前は絶対連絡しますよ〜」

そう約束して、不誠実なこのオレ様は何度か連絡を忘れ、またちゃんとチケットを購入して来てくださった辻村さんに「す、す、すいません」とライブ後に恐縮するのだから不誠実の凄味である（自分で言うな）。だから辻村さんへのライブのお誘いのメールはなる早で、と思いつつ、この原稿を書くにあたってあいさつのメールを送ったところ、

「よろしくお願いします。次の筋少のチケットも編集部の人に取ってもらいました。楽しみにしてます」と、あらまたやっちまった。メールからでさえわかる辻村さんの誠実の凄味に作品同様恐れ入ったしだいなんである。

（おおつき・けんぢ　ロックミュージシャン）

初出
「小説すばる」二〇〇九年十一月号〜二〇一〇年十一月号

この作品は二〇一一年五月、集英社より刊行されました。

集英社文庫　目録（日本文学）

つかこうへい　飛龍伝　神林美智子の生涯
塚本青史　項羽　騅《すい》逝《ゆ》かず
塚本青史　呉越舷《げん》舷《げん》
柘植久慶　21世紀サバイバル・バイブル
辻仁成　ピアニシモ
辻仁成　クラウディ
辻仁成　カイのおもちゃ箱
辻仁成　旅人の木
辻仁成　函館物語
辻仁成　ガラスの天井
辻仁成　オープンハウス
辻仁成　ニュートンの林檎(上)(下)
辻仁成　ワイルドフラワー
辻仁成　千年旅人
辻仁成　嫉妬の香り
辻仁成　二十八光年の希望

辻仁成　99才まで生きたあかんぼう
辻仁成　右岸(上)(下)
辻原登　許されざる者(上)(下)
辻原登　東京大学で世界文学を学ぶ
辻原登　韃靼の馬(上)(下)
辻村深月　オーダーメイド殺人クラブ
都筑道夫　怪奇小説という題名の怪奇小説
堤堯　昭和の三傑　憲法九条は「救国のトリック」だった
津原泰水　蘆屋家の崩壊
津原泰水　少年トレチア
津村記久子　ワーカーズ・ダイジェスト
津本陽　北の狼
津本陽　月とよしきり
津本陽　龍馬一　青雲篇
津本陽　龍馬二　脱藩篇
津本陽　龍馬三　海軍篇

津本陽　龍馬四　薩長篇
津本陽　龍馬五　流星篇
津本陽　幕末維新傑作選　最後の武士道
津本陽　巨眼の男　西郷隆盛1～4
津本陽　深《じん》重《じゅう》の海
津本陽　下天は夢か一～四
手塚治虫　手塚治虫の旧約聖書物語①　天地創造
手塚治虫　手塚治虫の旧約聖書物語②　十戒
手塚治虫　手塚治虫の旧約聖書物語③　イエスの誕生
天童荒太　あふれた愛
戸井十月　チェ・ゲバラの遥かな旅
戸井十月　ゲバラ最期の時
東郷隆　鎌倉ふしぎ話
東郷隆　おれは清海入道　集結！真田十勇士
藤堂志津子　かそけき音の
藤堂志津子　銀の朝、金の午後

集英社文庫 目録（日本文学）

藤堂志津子　昔の恋人
藤堂志津子　秋の猫
藤堂志津子　夜のかけら
藤堂志津子　アカシア香る
藤堂志津子　桜ハウス
藤堂志津子　われら冷たき闇に
藤堂志津子　夫の火遊び
藤堂志津子　ほろにがいカラダ　桜ハウス
藤堂志津子　きままな娘　わがままな母
藤堂志津子　ある女のプロフィール
堂場瞬一　8年
堂場瞬一　マスク
堂場瞬一　少年の輝く海
堂場瞬一　いつか白球は海へ
堂場瞬一　検証捜査
堂場瞬一　複合捜査

童門冬二　全一冊　小説　上杉鷹山
童門冬二　明日は維新だ
童門冬二　全一冊　小説　直江兼続《なおえかねつぐ》　北の王国
童門冬二　全一冊　小説　蒲生氏郷《がもううじさと》
童門冬二　全一冊　小説　二宮金次郎
童門冬二　全一冊　小説　平将門
童門冬二　全一冊　小説　新撰組
童門冬二　全一冊　小説　伊藤博文　幕末青春児
童門冬二　異聞　おくのほそ道
童門冬二　全一冊　銭屋五兵衛と冒険者たち
童門冬二　小説　小栗上野介　日本の近代化を仕掛けた男
童門冬二　全一冊　小説　立花宗茂
童門冬二　全一冊　小説　吉田松陰
童門冬二　上杉鷹山の師　細井平洲
童門冬二　巨勢入道河童　平清盛
童門冬二　小説　田中久重　明治維新を動かした天才技術者

常盤雅幸　真ッ赤な東京
徳大寺有恒　ぶ男に生まれて
十倉和美　犬とあなたの物語　犬の名前
豊島ミホ　夜の朝顔
豊島ミホ　東京・地震・たんぽぽ
戸田奈津子　男と女のスリリング　映画で覚える恋愛英会話
戸田奈津子　スターと私の映会話！
戸田奈津子　字幕の花園
伴野朗　三国志　孔明死せず
伴野朗　上海伝説
伴野朗　呉・三国志　長江燃ゆ一　孫堅の巻
伴野朗　呉・三国志　長江燃ゆ二　孫策の巻
伴野朗　呉・三国志　長江燃ゆ三　孫権の巻
伴野朗　呉・三国志　長江燃ゆ四　赤壁の巻
伴野朗　呉・三国志　長江燃ゆ五　荊州の巻
伴野朗　呉・三国志　長江燃ゆ六　巨星の巻

集英社文庫　目録（日本文学）

伴野朗　呉・三国志　長江燃ゆ七　夷陵の巻
伴野朗　呉・三国志　長江燃ゆ八　北伐の巻
伴野朗　呉・三国志　長江燃ゆ九　秋風の巻
伴野朗　呉・三国志　長江燃ゆ十　興亡の巻
永井するみ　ランチタイム・ブルー
永井するみ　欲しい
長尾徳子　僕達急行　A列車で行こう
中上健次　軽蔑
中上紀　彼女のプレンカ
中沢けい　豊海《とよみ》と育海《いくみ》の物語
中島敦　山月記・李陵
中島京子　ココ・マッカリーナの机
中島京子　さようなら、コタツ
中島京子　ツアー1989
中島京子　桐畑家の縁談
中島京子　平成大家族

中島京子　東京観光
中島たい子　漢方小説
中島たい子　そろそろくる
中島たい子　この人と結婚するかも
中島たい子　ハッピー・チョイス
中島美代子　らも　中島らもとの三十五年
中島らも　恋は底ぢから
中島らも　獏の食べのこし
中島らも　お父さんのバックドロップ
中島らも　こらっ
中島らも　西《さい》方《ほう》冗《じょう》土《ど》
中島らも　ぷるぷる・ぴぃぷる
中島らも　愛をひっかけるための釘
中島らも　人体模型の夜
中島らも　ガダラの豚I～III
中島らも　僕に踏まれた町と僕が踏まれた町

中島らも　ビジネス・ナンセンス事典
中島らも　アマニタ・パンセリナ
中島らも　水に似た感情
中島らも　中島らもの特選明るい悩み　相談室　その1
中島らも　中島らもの特選明るい悩み　相談室　その2
中島らも　中島らもの特選明るい悩み　相談室　その3
中島らも　砂をつかんで立ち上がれ
中島らも　こどもの一生
中島らも　頭の中がカユいんだ
中島らも　酒気帯び車椅子
中島らも　君はフィクション
中島らも　変!!
中島らも　小堀純　せんべろ探偵が行く
長嶋有　ジャージの二人
中園ミホ　古林実夏　ゴースト　もういちど抱きしめたい
中谷巌　痛快！経済学

集英社文庫　目録（日本文学）

集英社文庫　目録（日本文学）

夏樹静子　蒼ざめた告発
夏樹静子　第三の女
夏目漱石　坊っちゃん
夏目漱石　三四郎
夏目漱石　こころ
夏目漱石　夢十夜・草枕
夏目漱石　吾輩は猫である(上)(下)
夏目漱石　それから
夏目漱石　門
夏目漱石　彼岸過迄
夏目漱石　行人
夏目漱石　道草
夏目漱石　明暗
鳴海章　劫火 航空事故調査官
鳴海章　五十年目の零戦
鳴海章　鬼灯(ほおずき)

鳴海章　幕末牢人譚 秘剣念仏斬り
鳴海章　求めて候 幕末牢人譚 弐
鳴海章　凶刃 累《かさね》之《の》太刀《たち》 幕末牢人譚 参
西木正明　わが心、南溟に消ゆ
西木正明　其の逝く処を知らず
西木正明　夢顔さんによろしく(上)(下) 最後の貴公子・近衛文隆の生涯
西澤保彦　異邦人 fusion
西澤保彦　リドル・ロマンス 迷宮浪漫
西澤保彦　パズラー 謎と論理のエンタテインメント
西澤保彦　フェティッシュ
西村京太郎　真夜中の構図
西村京太郎　パリ・東京殺人ルート
西村京太郎　東京─旭川殺人ルート
西村京太郎　河津・天城連続殺人事件
西村京太郎　十津川警部「ダブル誘拐」
西村京太郎　上海特急殺人事件

西村京太郎　十津川警部 特急「雷鳥」蘇る殺意
西村京太郎　十津川警部「スーパー隠岐《おき》」殺人特急
西村京太郎　十津川警部 幻想の天橋立
西村京太郎　殺人列車への招待
西村京太郎　十津川警部 四国お遍路殺人ゲーム
西村京太郎　祝日に殺人《ころし》の列車が走る
西村京太郎　十津川警部 修善寺わが愛と死
西村京太郎　夜の探偵
西村京太郎　十津川警部 愛と祈りのJR身延線
西村京太郎　幻想と死の信越本線
西村京太郎　十津川警部 飯田線・愛と死の旋律《メロディ》
西村京太郎　明日香・幻想の殺人
西村京太郎　十津川警部 秩父SL・三月二十七日の証言《アリバイ》
西村京太郎　九州新幹線「つばめ」誘拐事件
西村京太郎　十津川警部 小浜線に椿咲く頃、貴女は死んだ
西村京太郎　門司・下関 逃亡海峡

集英社文庫　目録（日本文学）

西村　健　仁俠スタッフサービス
西村　健　マネー・ロワイヤル
西村　健　ギャップＧＡＰ
日経ヴェリタス編集部　定年ですよ　退職前に読んでおきたいマネー教本
ニューマン　五木寛之・訳　リトル　ターン
貫井徳郎　崩れる　結婚にまつわる八つの風景
貫井徳郎　光と影の誘惑
貫井徳郎　悪党たちは千里を走る
貫井徳郎　天使の屍
ねこぢる　ねこぢるせんべい
ねじめ正一　眼鏡屋直次郎
ねじめ正一　万引き天女
ねじめ正一　シーボルトの眼　出島絵師　川原慶賀
ねじめ正一　商人《あきんど》
野口　健　落ちこぼれてエベレスト
野口　健　100万回のコンチクショー

野口　健　確かに生きる　落ちこぼれたら這い上がればいい
野沢　尚　反乱のボヤージュ
野中ともそ　パンの鳴る海、緋の舞う空
野中ともそ　フラグラーの海上鉄道
野中　柊　小春日和
野中　柊　ダリア
野中　柊　ヨモギ・アイス
野中　柊　チョコレット・オーガズム
野中　柊　グリーン・クリスマス
野中　柊　このベッドのうえ
野茂英雄　僕のトルネード戦記
野茂英雄　ドジャー・ブルーの風
法月綸太郎　パズル崩壊
萩本欽一　なんでそーなるの！　萩本欽一自伝
萩原朔太郎　青猫　萩原朔太郎詩集
爆笑問題　爆笑問題の世紀末ジグソーパズル

爆笑問題　爆笑問題　時事少年
爆笑問題　爆笑問題の今を生きる！
爆笑問題　爆笑問題のそんなことまで聞いてない
爆笑問題　爆笑問題のふざけんな、俺たち!!
橋本　治　蝶のゆくえ
橋本　治　夜
橋本　紡　九つの、物語
橋本　紡　葉桜
橋本長道　サラの柔らかな香車
橋本裕志　フレフレ少女
馳　星周　ダーク・ムーン(上)(下)
馳　星周　約束の地で
馳　星周　美《ちゅ》ら海、血の海
馳　星周　淡雪記
畑野智美　国道沿いのファミレス
畑野智美　夏のバスプール

集英社文庫

オーダーメイド殺人《さつじん》クラブ

2015年5月25日　第1刷　　定価はカバーに表示してあります。

著　者　辻村深月《つじむらみづき》

発行者　加藤　潤

発行所　株式会社　集英社
東京都千代田区一ツ橋2-5-10　〒101-8050
電話　【編集部】03-3230-6095
【読者係】03-3230-6080
【販売部】03-3230-6393（書店専用）

印　刷　凸版印刷株式会社

製　本　凸版印刷株式会社

フォーマットデザイン　アリヤマデザインストア　　マークデザイン　居山浩二

ISBN978-4-08-745313-3 C0193